Knaur.

Im Knaur Taschenbuch Verlag sind bereits folgende Bücher der Autorin erschienen:
Bint-Anat. Tochter des Nils
Sit-Ra. Weise Frau vom Nil
Sit-Ra. Die Rache der Weisen Frau

Über die Autorin:
Birgit Fiolka wurde 1974 in Duisburg geboren. Nach der Realschule arbeitete sie als Justizangestellte und besuchte später das Abendgymnasium. Schon seit ihrer Kindheit befasst sich Birgit Fiolka mit dem alten Ägypten, das sie seither nicht mehr losgelassen hat. Mittlerweile lebt und arbeitet sie als freie Schriftstellerin in Duisburg. Bei Knaur erschien von Ihr »Bint-Anat. Tochter des Nils« und »Sit-Ra. Weise Frau vom Nil« sowie »Sit-Ra. Die Rache der Weisen Frau«.
Mehr Informationen zur Autorin finden Sie unter www.birgit-fiolka.de

BIRGIT FIOLKA

PAMIU. LIEBLING DER GÖTTER

Roman

Knaur Taschenbuch Verlag

Für Kevin

Besuchen Sie uns im Internet:
www.knaur.de

Originalausgabe Januar 2005

Ein Unternehmen der Droemerschen Verlagsanstalt
Th. Knaur Nachf. GmbH & Co.KG, München

Redaktion: Dr. Gisela Menza
Umschlaggestaltung: ZERO Werbeagentur, Müchen
Umschlagabbildung: Sir Lawrence Alma-Tadema
Satz: Ventura Publisher im Verlag
Druck und Bindung: Nørhaven Paperback A/S
Printed in Denmark
ISBN 3-426-62695-0

2 4 5 3 1

Der Osten ist die Himmelsrichtung, in die ich schaue, während ich stetig den Federkiel in die schwarze Tinte tauche, um meine Geschichte zu schreiben. Der Osten ist der Beginn allen Seins, denn im Osten gebiert Nut jeden Tag Re, während er abends im Westen wieder von ihr verschlungen wird. Der Süden ist der Ort, an dem ich mit meinem Schicksal hadere, und während ich die schön geschwungene Hieroglyphe für Osten, »jabtet«, niederschreibe, sehe ich ihr Gesicht vor mir, von makelloser Schönheit, wie es in ihrer Jugend war, ein Gesicht mit Augen von tiefem Grün wie der Nil, tiefschwarzem Haar und einem bezaubernden Schimmer von Gold auf der Haut, so wie es eigentlich nur Re zukommt. Ich wage es nicht, ihren Namen auszusprechen, geschweige ihn auf Papyrus niederzuschreiben, denn mein Ka hat es mir verboten. Vergessen will es sie, doch es ist töricht, denn wie kann ich vergessen, was ich einst vor Jahren verloren habe und jetzt wieder so greifbar nahe vor mir liegt. Uns verband das Schicksal seit dem Tag ihrer Geburt, als die seltsamen Augen der Prinzessin mich ansahen, so als könnte ein neugeborener Säugling bereits sehen und verstehen, was ihm im Leben bestimmt ist. Wir gehörten zusammen, so unterschiedlich wir auch waren. Jetzt ist sie fort, doch ich bin noch hier. Ich weiß, es kann nicht einfach vergessen werden, was geschehen ist, deshalb übertrete ich heute das Verbot meines Königs und schreibe ihren Namen nieder: Neferiabet – Die Schöne aus dem Osten. Mögen die Götter mir vergeben, dass ich noch immer keinen Frieden gefunden habe und dem nachtrauere, was ich einst verlor. Memphis, die Stadt meiner Kindheit, die Stadt meines Ruhmes und meines Lebens, lebt noch immer in meinem Herzen und in meinen Träumen.

Ich bin Bastet, die Katzenköpfige
Ich bin die Feinsinnige,
die leidenschaftlich Liebende
Die kommt aus den Schatten
und verschwindet im Nebel
Ich bin die Schönste
Ich bin goldene Verführung
und reines Salböl

Kapitel 1

Pamiu wurde von seinem Freund den staubigen Weg entlanggetrieben, der zum Palast führte. Es herrschte eine unerträgliche Hitze, denn der Monat Mesore war ungewöhnlich drückend für das eher milde Klima im Delta. Unter normalen Umständen hätte niemand Pamiu dazu bewegen können, den schattenspendenden Garten seines Elternhauses zu verlassen, aber leider war sein Freund nun einmal ein Prinz, weshalb man auch nicht wirklich von einer Freundschaft zwischen den beiden zehnjährigen Knaben sprechen konnte. Eigentlich war es so, dass Khufu befahl und Pamiu gehorchte. Seit Pamius Vater es geschafft hatte, für seinen Sohn das zu erreichen, was er selber für sich nicht vermocht hatte, litt Pamiu unter dem jungen Prinzen, der in ihm ein neues Spielzeug gefunden hatte. Hätte Pamiu das geahnt, als der Lehrer die beiden Knaben einander vorgestellt hatte, er hätte mit Sicherheit eine seiner berühmten »Masken« aufgesetzt, indem er ein dümmliches Gesicht gezogen oder einfach erbärmlich gestottert hätte. Pamius Täuschungen erreichten Meisterklasse, und seinen Namen Pamiu, »Der Kater«, hatte er seinem Scharfsinn und seiner Geschmeidigkeit zu verdanken. Diese Wesenszüge verbarg er jedoch so gut es ging vor seinem Freund, denn er hatte schnell festgestellt, dass der eitle Prinz gefährliche Wutausbrüche bekommen konnte, wenn er sich brüskiert oder übertroffen fühlte.

Pamius Freundschaft zu Khufu hatte seinem Vater einige Vorteile sowie eine Beförderung eingebracht, für Pamiu selber hielt sie jedoch nur Nachteile bereit. Er musste sich bemühen, schlechter zu schreiben als der Prinz, was ihm schwer fiel, er durfte keine Antwort wissen, die nicht auch Khufu wusste, und er durfte nicht beliebter sein als Khufu, den die Lehrer unangenehm und verwöhnt nannten, während die anderen Kinder in der Tempelschule ihn fürchteten. Khufu hatte keine Freunde, und so war es leicht für Pamius Vater gewesen, ihm mit Hilfe der Lehrer seinen eigenen Sohn als Freund oder vielleicht eher als Leibeigenen zuzuspielen, denn Pamiu bezweifelte, dass der Prinz wusste, was Freundschaft bedeutete. Das war vor etwa drei Monden gewesen, und Pamius Hoffnung, dass der Prinz irgendwann den Spaß an seinem Spielzeug verlor, schwand immer mehr.

Khufu war ein gesunder und kräftiger Knabe, seine Haut war braun von der Sonne, und er überragte seinen gleichaltrigen Freund um einen ganzen Kopf. Sein Körperbau ließ schon jetzt Kraft erkennen, und seine Kinderlocke war dick und dunkelbraun. In seinem dreckigen Schurz wirkte er eher wie ein Kind aus der Gosse als wie ein Abkömmling des Gottes, als er Pamiu hinter sich herzog, der sehr darauf bedacht war, seinen gestärkten weißen Schurz nicht zu beschmutzen. Pamius dicke schwarze Kinderlocke fiel ihm über die bronzefarbene Haut, und er vermied es, hastige oder ungelenke Bewegungen zu machen, denn seine schlanken Gliedmaßen waren Derartiges nicht gewohnt.

»Weshalb müssen wir bei dieser Hitze so schnell laufen? Wir werden stinken wie die Esel, wenn wir im Palast ankommen.«

Khufu warf seinem Freund einen verächtlichen Blick zu. »Na und wenn schon! Ich bin ein Prinz. Wenn ich heute sage, dass Schweiß ein göttlicher Duft ist, dann stinkt morgen der ganze Palast.«

Khufu schien sich über seinen eigenen Scherz zu amüsieren, doch Pamiu schnitt angewidert eine Grimasse. Schon oft hatte Khufu ihn aufgezogen, dass er bereits jetzt Salböle benutzte und sich die Haut rasierte, so als gäbe es schon Haare an seinem Körper.

»Ich will rechtzeitig da sein, wenn die Nebenkönigin meines Vaters ihr Sklavenkind bekommt. Weißt du, wie sie heißt? Ihr Name ist Tahemet, und das bedeutet Sklavin.« Khufu grinste und entblößte dabei makellose Zähne. »Sklavin, das passt zu der trächtigen Kuh. Wäre sie wenigstens so anmutig wie die Himmelskuh.« Wieder ließ er ein böses Lachen hören und zog Pamiu weiter.

»Die Hieroglyphe kann aber auch für Hoheit stehen«, entgegnete Pamiu leise und bereute seine Worte im selben Moment, denn Khufu blieb erneut stehen und funkelte ihn an.

»Es steht aber für Sklavin! Davon kannst du dich gleich selbst überzeugen, wenn du ihre schiefen Zähne, ihre dunkle Haut und ihre unförmigen Glieder siehst. Nur eine Sklavin kann so hässlich sein. Ich frage mich, was mein Vater an diesem Nilpferd findet.«

Pamiu spürte den Hass in Khufus Worten und schwieg.

Als sie den Palast erreichten, stellte sich ihnen eine Wache in den Weg. Pamiu zog scharf die Luft ein, denn er befürchtete sofort wieder einen Wutausbruch seines Freundes. Die Wache wandte sich an Pamiu.

»Was wollt ihr beiden hier? Arbeitet dein Vater hier? Du kannst nicht einfach irgendwelche Straßenkinder in den Palast mitbringen.«

Pamiu wagte nichts zu sagen. Er fürchtete, dass Khufu sich im nächsten Moment auf den ahnungslosen Wachsoldaten stürzen würde. Er war noch jung und hatte seinen Dienst wahrscheinlich gerade erst angetreten, sodass er die Gesichter der königlichen Familie noch nicht kannte. Allein das war schlimm genug, aber was er sich eingehandelt hatte, indem er Pamiu höher einschätzte als den Prinzen, darüber mochte Pamiu nicht nachdenken. Doch Khufu blieb vergleichsweise ruhig, denn er zog nur schweigend seinen Ring von der linken Hand, der das königliche Siegel trug. Der Wachsoldat wurde blass und stammelte Entschuldigungen, während er den Weg freigab.

»Es wundert mich, dass du so ruhig geblieben bist«, sagte Pamiu vorsichtig, als sie die langen Hallen des Palastes durchschritten, in denen es angenehm kühl war und die von den Aromen der Salböle, die hier jeder benutzte, dufteten.

»Ich stamme von den Göttern ab, er ist ein stinkender Bauer, den mein Vater leicht ersetzen kann. Außerdem wartet meine Mutter auf mich.«

Ehe Pamiu etwas darauf erwidern konnte, hatten die beiden eine große Flügeltür erreicht, vor der mehrere Personen warteten.

Khufu zog Pamiu direkt zu einer Gruppe von Frauen, hinter denen dunkelhäutige nackte Nubierinnen standen, die ihnen mit großen Straußenfächern Luft zuwedelten. Eine ältere, jedoch anmutige Frau wandte sich Khufu zu und lächelte ihn an. Dieser ließ sich von ihr in den Arm nehmen, und Pamiu erkannte, dass es Hetepheres sein musste, die erste Gemahlin Snofrus und somit Khufus heiß geliebte Mutter. Neben Hetepheres standen zwei Mädchen, die etwas jünger als Pamiu waren – die königlichen Prinzessinnen Meritates und Henutsen.

Meritates musterte Pamiu von oben bis unten.

»Du bist das neue Lieblingsspielzeug meines Bruders, nicht wahr?«

Meritates' Frage hatte keinen spöttischen Unterton gehabt, vielmehr hatten Neugierde und Interesse in ihrer

Stimme gelegen. Pamiu fragte sich, ob sie wirklich so etwas in ihm sah. Khufu löste sich aus der Umarmung seiner Mutter und nahm Meritates' Hand.

»Sein Name ist Pamiu.«

Meritates begann zu lachen. »Du heißt wirklich Kater? Wie kommst du an einen derart beschämenden Namen?«

Pamiu gefiel das kecke Lachen von Meritates nicht. Sie wirkte älter als sieben Jahre, und aus ihrer Stimme klang der gleiche Spott, den Khufu meist an den Tag legte. Es war nicht zu übersehen, dass Khufu seine Schwester mochte. Henutsen hingegen beachtete er kaum, da sie sich ohnehin verschüchtert hinter dem gefältelten Gewand ihrer Mutter versteckte.

»Tahemet liegt schon seit heute Morgen in den Wehen. Ich fürchte, wenn das Kind nicht bald kommt, wird sie es nicht überleben.« Hetepheres' Worte schienen teilnahmslos, doch Pamiu fiel auf, dass ihre Augen aufblitzten.

Khufu schob trotzig seine Unterlippe vor. »Meinetwegen! Vater hat genug Bastardkinder von seinen Sklavinnen.«

»Du darfst nicht vergessen, dass er Tahemet in Nebenehe zu sich genommen hat. Ihre Kinder sind also durchaus ...«, Hetepheres machte eine kurze Pause, bevor sie weitersprach, »... königlicher Abstammung.«

Pamiu entging nicht die Schärfe in der Stimme der Großen Königlichen Gemahlin. Obwohl sie eine zierliche Frau mit weichen Gesichtszügen war, der auch der Verlust ihrer Jugend nicht viel hatte anhaben können, lag in ihrer Stimme eine Härte, die ihn verängstigte.

Hetepheres wandte sich um und starrte Pamiu an.

»Meinst du, dass es klug war, ihn heute mitzubringen, mein Sohn?«

»Mach dir keine Sorgen, Mutter. Pamiu ist mein Freund.« Er legte in einer kameradschaftlichen Geste den Arm um ihn, was Pamiu nicht gefiel, weil es nicht ehrlich wirkte. »Das bist du doch, nicht wahr, Pamiu?«

Pamiu blieb nichts anderes übrig als zu nicken.

Khufu schien zufrieden. »Hoffentlich müssen wir nicht zu lange warten, bis sie ihr Sklavenkind geboren hat.«

»Verkündet dem Gott, dass eine Prinzessin das Antlitz des Re erblickte.«

Der kahl geschorene Priester breitete die Arme aus, sodass das Leopardenfell imposant auf seinen Schultern wirkte. Hinter ihm traten zwei junge Priester aus den Gemächern von Tahemet und schwenkten Weihrauchschalen.

Hetepheres erhob sich von dem filigranen Stuhl, den ihr eine Dienerin für die lange Wartezeit aufgestellt hatte, und gab ihren Hofdamen ein Zeichen, dass sie sich zurückziehen sollten. Sodann ging sie durch die große Flügeltür in die Gemächer Tahemets. Die Prinzessinnen folgten ihr, und auch Khufu ging hinter ihr her. Pamiu blieb unentschlossen stehen. Er hielt es nicht für angebracht, sich einer Königin im Kindbett zu nähern. Khufu gab ihm jedoch ein Zeichen, dass er ihn begleiten sollte.

Der Geruch in den königlichen Gemächern verlangte Pamiu ein Höchstmaß an Selbstbeherrschung ab, denn es vermischten sich Schweiß, Weihrauch und Blut. Er bemerkte in einem Anflug von Panik, dass die großen Flügeltüren sich hinter ihnen schlossen und somit kaum Aussicht auf Verbesserung bestand.

Er trat hinter der königlichen Familie an Tahemets Bett und versuchte einen diskreten Blick auf die Königin zu erhaschen. Ihm war klar gewesen, dass Khufu in seinen Beschreibungen, was Tahemets Hässlichkeit anging, übertrieben hatte, doch als er die junge Frau jetzt sah, meinte er, dass sie von großer Schönheit war. Viel jünger als Hetepheres, besaß sie große mandelförmige Augen, und das Haar, das nun von der Anstrengung der Geburt schweißnass an ihrem Kopf klebte, war von einem tiefen Schwarz.

»Wie geht es dir, Tahemet?« Hetepheres' Stimme klang ungewöhnlich weich.

In Tahemets Augen lag Furcht, die sie kaum verbergen konnte.

»Ist der König da, um seiner Tochter einen Namen zu geben?«

»Er wird bald kommen. Ich habe ihn rufen lassen.«

Pamiu zog sich der Magen zusammen, denn Hetepheres hatte gelogen. Sie hatte den König nicht rufen lassen, zumindest hatte er nichts davon mitbekommen. Sein kindlicher Verstand ließ ihn Unheil erahnen.

»Du musst etwas trinken, um zu Kräften zu kommen.«

Tahemet schüttelte den Kopf, doch Hetepheres hielt auf einmal einen Silberbecher in der Hand, den sie beim Eintreten des Gemachs von einer Dienerin in Empfang genommen hatte.

»Ich bin nicht durstig, Majestät.«

»Doch, das bist du, Tahemet.« Hetepheres gab Khufu ein Zeichen, das Kind aus der Wiege zu nehmen, und er machte ein paar Schritte auf die Wiege zu und wartete Tahemets Reaktion ab.

»Bitte, Majestät, verschone meine Tochter. Sie ist doch nur ein Mädchen. Von ihr droht dir keine Gefahr.«

Hetepheres nickte. »Nun gut, ich verspreche dir, deine Tochter zu verschonen, wenn du jetzt trinkst.«

Pamiu wusste in seinem tiefsten Innern, was hier passierte, und er wäre gerne weggelaufen, doch natürlich ging das nicht.

Tahemet griff nach dem Becher, den Hetepheres ihr reichte, und trank ihn in schnellen Zügen aus. Hetepheres nahm ihn ihr aus der Hand und wandte sich zum Gehen, gefolgt von den Prinzessinnen und ihrem Sohn. Ehe Pamiu sich's versah, war er mit der sterbenden Tahemet alleine.

Er stand erstarrt vor dem Bett der Königin. Er wollte weglaufen, schreien, irgendetwas, doch er konnte es nicht. Stattdessen sah er zu, wie Tahemet sich zu verkrampfen begann. Dann entspannte ihr Körper sich etwas, doch Pamiu wusste, dass das Gift seine Arbeit tun würde.

»Bitte ...«

Pamiu zuckte zusammen.

»Bitte gib mir meine Tochter.«

Er ging zaghaft hinüber zur Wiege, die neben dem Bett stand, nahm das kleine Bündel heraus und legte es in Tahemets Arme. Die Königin sah ihre Tochter eine Weile an, bevor die Krämpfe wieder einsetzten. Schnell nahm Pamiu ihr das Kind wieder ab. Plötzlich erbrach sie sich in ihre Laken.

»Versprich mir, dass du auf sie achtest.« In Tahemets Augen lag wilde Panik. »Und halte sie ... von Hetepheres fern.«

Er schüttelte ängstlich den Kopf. Tahemets Augen füllten sich mit Tränen.

»Bitte«, stieß sie noch einmal hervor.

Ohne sie anzusehen, nickte er dann doch. Pamiu hätte sich verdammen können. Er erkannte, dass er Khufu unterschätzt hatte. Durch seine Mitwisserschaft hatte er ihn auf ewig an sich gebunden. Pamiu konnte Khufus Spiel mitspielen oder sterben. Er legte das Kind zurück in die Wiege, und plötzlich schienen die Augen des Mädchens ihn zu fixieren. Grün, schoss es ihm durch den Kopf, grün wie der Nil.

Dann drehte er sich um und rannte so schnell er nur konnte davon.

»Es war nicht klug von dir, ihn mitzubringen.« Hetepheres ging ungehalten in ihren Räumen auf und ab, während ihr

Sohn es sich auf ihren Ruhemöbeln bequem gemacht hatte und sich reichlich von ihrem Süßgebäck nahm.

»Er ist mein Freund und wird uns nicht verraten.«

»Und wieso bist du dir dessen so sicher, mein Sohn? Meritates ist ihrer Zeit voraus. Sie ist klug genug, um zu verstehen, worum es geht, und Henutsen ist ohne Belang.« Sie warf einen Blick nach draußen auf die Terrasse, wo ihre beiden Töchter versunken mit ihren Puppen spielten. »Aber dieser Pamiu. Ich sage dir, dass er gefährlich ist. Wir müssen ihn beseitigen lassen.«

Khufu stand auf und schüttelte energisch seine braune Kinderlocke. Er trug noch immer den verschmutzten Schurz. »Und ich sage dir, dass er keine Gefahr darstellt. Im Gegenteil, mit dem heutigen Tage habe ich ihn mir zum Diener gemacht. Ich will ihn behalten, vielleicht ist er ja sogar einmal nützlich.«

Hetepheres war nicht überzeugt von den Ausführungen ihres Sohnes. Es hatte sie schon viel Mühe gekostet, die Priester und Ammen zu bestechen, damit sie ihre Nebenbuhlerin ungestört aus dem Weg räumen konnte. Am liebsten hätte sie das Kind direkt mit beseitigt, doch das wäre zu auffällig gewesen, und außerdem war es nur ein Mädchen, was die Situation fürs Erste entschärfte. Ihr Gemahl war in Tahemet vernarrt gewesen, seit er sie das erste Mal in seinem Harem gesehen hatte. Hetepheres hatte es als eine schmerzhafte Brüskierung empfunden, dass Snofru sie sogar zur Königin gemacht hatte. Was wussten Männer schon von den Ängsten und Problemen einer Frau, wenn sie älter wurde, zu alt, um Kinder zu bekommen, und zu alt, um das Ka des Königs noch zu reizen? Doch Snofru hatte sie vor ihrer Zeit verstoßen. Hetepheres war vielleicht nicht mehr jung, aber sie war noch schön, und sie hatte dem Pharao Kinder geboren. Sie würde sich niemals von einer Nebenfrau verdrängen lassen.

»Also gut, wir werden ihn beobachten. Aber wenn er auch nur ein falsches Wort verlauten lässt, muss er sterben.«

Khufu stand auf und umarmte seine Mutter. »Sorge dich nicht, Majestät-Mutter. Keine wird jemals deinen Platz einnehmen können. Du bist mir die liebste von allen.«

Voller Zärtlichkeit legte Hetepheres die Arme um ihren Sohn. »Wenn es nach mir ginge, würdest du der Falke im Nest sein und nicht Nefermaat. Dein Bruder ist ein guter Baumeister, aber zu schwach für die Krone.«

Khufu entwand sich ihrer Umarmung und setzte sich erneut auf das Ruhebett. »Und was ist mit Rahotep?«

Hetepheres löste das Silbernetz von ihrer Perücke und entschied sich dann, auch gleich die Perücke abzulegen, wobei ihr kahler Schädel zum Vorschein kam. Sie strich sich über den Kopf und griff nach einem leichten Tuch, um es sich umzubinden. »Rahotep ist zu schöngeistig.«

Khufus Blick schweifte hinaus auf die Terrasse, wo Meritates ihrer Schwester gerade eine Puppe entriss, woraufhin Henutsen zu weinen begann. Er lächelte über das Durchsetzungsvermögen seiner Lieblingsschwester und fühlte Wärme für sie. »Ich werde Meritates heiraten, wenn ich alt genug bin.«

Pamiu war gelaufen, einfach nur gelaufen. Er konnte sich an den verwirrten Blick des Wachsoldaten erinnern, als er an ihm vorbeigerannt war, als ginge es um sein Ka. Sonst konnte er sich an kaum etwas erinnern. Den Staub der Straße hatte er nicht wahrgenommen, die Schreie der Marktweiber nicht gehört, und selbst der Stand mit den Süßwaren hatte ihn nicht zum Anhalten bewegen können. Er war geradewegs nach Hause gelaufen, wo ihn seine Mutter entgeistert angestarrt hatte, denn es war wohl das erste Mal, dass sie ihren Sohn in einem derart aufgebrachten Zustand gesehen hatte.

Sie hatte ihn angewiesen, im Badeteich des Gartens ein Bad zu nehmen, aber sie hatte es vermieden, ihn zu fragen, was geschehen war, denn sie wusste, dass er mit dem Prinzen unterwegs gewesen war. Manchmal fragte Pamiu sich, ob seine Eltern sich mehr für ihren gehobenen Lebenswandel interessierten, der sich nur mit guten Kontakten zum Palast aufrechterhalten ließ, als für ihren Sohn. Pamius Schwester war vier Jahre älter als er und hatte vor ein paar Monden ihre erste Monatsblutung bekommen. Kurze Zeit später hatte sie einen hohen Palastbeamten geheiratet, der zwanzig Jahre älter war als sie. Obwohl Anchmutes nicht mit Pamiu über ihre Hochzeit gesprochen hatte, hatte er gespürt, dass sie diese Hochzeit nicht gewollt hatte. Seit Anchmutes fort war, war das Haus leer geworden. Seine große Schwester fehlte ihm. Seltsamerweise hatten sie so gut wie nie gestritten.

Pamiu ließ sich in den Badeteich gleiten, nachdem er seinen mittlerweile dreckigen Schurz abgelegt hatte. Er seufzte. Selbst das Wasser war nicht mehr so angenehm kühl wie gewohnt. Wenn die Hitze anhielt, würden bald Algen auf dem Teich erscheinen. Pamiu schüttelte sich bei dem Gedanken daran. Er machte ein paar kräftige Schwimmzüge und entspannte sich etwas. Was sollte er nun tun? Er war Zeuge des Mordes an der zweiten Königin geworden, und das Schlimme daran war, dass es niemanden gab, mit dem er darüber reden konnte. Nahezu die gesamte königliche Familie war anwesend gewesen. Der Einzige, der wohl nicht davon wusste, war der Pharao. Pamiu stellte sich vor, wie er, ein zehnjähriger Knabe, vor den Thron trat und die Große Königliche Gemahlin Hetepheres sowie ihren jüngsten Sohn und ihre zwei Töchter des Mordes beschuldigte. Es würde seinen Tod bedeuten. Selbst wenn der König ihn auslachen würde, spätestens in der Nacht darauf würde Hetepheres dafür sorgen, dass er keinen zweiten Versuch wagen würde, sie zu beschuldigen. Er hatte Angst vor dieser seltsamen Frau und ihren kalten Augen.

Pamiu stieg aus dem Badeteich und streckte sich nackt im Gras aus. Er mochte es, wenn die Wasserperlen auf seiner Haut trockneten und der warme Wind über seine Haut strich. Er schloss die Augen und spürte plötzlich, wie müde er war. Langsam verwischten sich die Ereignisse des Tages vor seinen Augen, und er nickte ein.

Pamiu fuhr hoch, weil er spürte, dass er nicht mehr alleine war. Manchmal fragte er sich wirklich, ob die Katzenköpfige nicht ihre Hand über ihn hielt, da er für viele Dinge sensibilisiert war, die anderen gar nicht aufzufallen schienen. Er blinzelte und erblickte die kräftigen Beine seines Vaters vor sich. Er setzte sich auf und griff nach seinem Schurz.

»Das sieht dir ähnlich, wie ein Weib in der Sonne zu liegen und vor sich hin zu träumen.«

Die Stimme seines Vaters zeigte Pamiu, dass er mal wieder unzufrieden mit ihm war. Er war es gewohnt, dass sein Vater ihm Vorhaltungen machte, dass er sich nicht wie ein Junge seines Alters benahm, und er kannte dessen Ängste, einen verweichlichten Sohn zu haben. Pamiu jedoch hatte längst beschlossen, nicht wie sein Vater zu werden. Er mochte den Gestank nach schlechtem Bier und billigen Huren nicht, der ihm anhaftete, wenn er nachts nach Hause kam. Zwar hatte er sich niemals eine Nebenfrau genommen, doch Pamiu wünschte sich oft, er hätte es getan, anstatt zu den Huren des Hafenviertels zu gehen.

»Es tut mir Leid, Vater. Ich bin eingeschlafen, als ich aus dem Palast kam.«

»Mir ist dein unverschämtes Verhalten dort schon zu Ohren gekommen. Die Große Königliche Gemahlin hat mir davon erzählt.«

Pamiu senkte den Blick. Es würde ohnehin nichts nutzen, seinem Vater die Wahrheit zu sagen. Selbst wenn er ihm glauben würde, so wollte er doch eigentlich die Wahrheit nicht wissen.

»Nun, es erstaunt mich zutiefst, dass der Prinz an einem Schwächling wie dir zu hängen scheint, aber das tut er. Er bat mich, dass du von heute ab bei ihm im Palast lebst und mit ihm dort die Schule besuchst.«

Pamiu sprang auf und schüttelte den Kopf. »Nein, bitte, Vater! Alles, nur das nicht.«

Sein Vater verzog angewidert das Gesicht. Er war in seiner Jugend Soldat gewesen und hatte mit Snofru Feldzüge nach Libyen bestritten. Seine Beine waren muskulös, ebenso wie seine Arme, und sein Gesicht wies markante männliche Züge auf.

»Du wagst es, mir zu widersprechen? Heute Abend bringe ich dich zum Palast. Du solltest die Ehre zu schätzen wissen, die dir zuteil wird. Stattdessen benimmst du dich wie ein kleines Mädchen.« Er spie vor Pamiu aus, der reflexartig einen Schritt zurücktrat. Sein Vater bemerkte das und verzog erneut das Gesicht. »Du bist eine Schande für deinen Vater.«

Dann drehte er sich um und ging mit harten Schritten ins Haus.

»Und du bist ein widerliches grobschlächtiges Tier«, zischte Pamiu seinem verhassten Vater unhörbar leise hinterher. »Ich kann es dir doch nie recht machen, so sehr ich mich auch bemühe.« Er spürte, wie die Einsamkeit und die Trauer langsam von einem Gefühl der Wut und des Hasses überlagert wurde.

»Warum bist du heute Morgen davongelaufen?« Khufu tat, als wäre nichts geschehen, als er Pamiu zu seinen neuen Gemächern führte. »Meritates hat nach dir gefragt. Sie will dich sehen.«

»Warum habt ihr das getan?«

Khufu blieb stehen und verzog seine Lippen zu einem schmalen Strich. »Was haben wir getan, Pamiu?« Er bemühte sich um einen unschuldigen Blick.

Pamiu senkte den Kopf zum Zeichen seiner Ergebenheit.

»Gut, dann sind wir uns ja einig. Meine Mutter war der Meinung, dass es besser wäre, wenn du fortan im Palast lebst. Wir sind großzügig zu dir. Du wirst ein reicher und angesehener Mann werden. Das alles werden wir dir ermöglichen.«

»Wenn ich schweige?«, entgegnete Pamiu.

Khufu zeigte ein gefälliges Nicken. »Sie war nur eine Sklavin, mein Freund. Und hier wird es dir besser gefallen als im Haus deiner Eltern.«

»Und das Kind?« Pamiu wusste nicht, weshalb er fragte, aber sein Herz schlug schneller.

»Wird leben, was sonst? Mein Vater hat Neferiabet anerkannt und ihr eine Amme zugewiesen. Sie wird in den königlichen Kindergemächern leben, wie es sich für eine Prinzessin gehört.«

»Neferiabet«, flüsterte Pamiu vor sich hin.

Khufu schenkte ihm ein abschätziges Lächeln. »Du wirst sie schon bald wiedersehen, aber jetzt komm. Ich zeige dir deine Räume.«

Pamiu war gerade dabei, die nicht sehr weitläufigen Räumlichkeiten seines neuen Zuhauses zu begutachten, als er hinter sich einen Luftzug spürte. Er fuhr herum und hörte ein leises Kichern. Meritates stand in der Tür, einen Korb in den Armen haltend.

»Mein Bruder sagte mir, dass du ab heute hier wohnen wirst. Ich fand es sehr unhöflich von dir, dass du heute Morgen einfach davongelaufen bist. Wenn du mein Freund wärst, dann hätte ich dich auspeitschen lassen.«

Pamiu betrachtete den Korb in den Armen der Prinzessin. »Was hast du da mitgebracht?«

Sie trat in die Mitte des Raums und stellte den Korb auf den Boden. Pamiu meinte ein Geräusch aus dem Innern des Korbes zu vernehmen. Meritates griff unbeholfen hinein und zog etwas hervor, das sofort zu weinen begann. »Darf ich euch miteinander bekannt machen? Die Prinzessin Neferiabet, Tochter der Sklavin Tahemet. Neferiabet – das ist Pamiu, der Kater.« Bei diesen Worten fing sie wieder an zu kichern, während Neferiabet unbeeindruckt weiterschrie. Meritates begann sie grob hin und her zu wiegen, doch sie schrie immer noch. »Hör endlich auf zu weinen.« Meritates wurde langsam ungeduldig. »Hör auf, habe ich gesagt.«

Plötzlich legte sie Neferiabet die Hand auf Mund und Nase, bis das Kind keine Luft mehr bekam. Pamiu stürzte zu ihr hin und entriss ihr die Kleine, wobei er Meritates unsanft zur Seite schubste.

Sie starrte ihn fassungslos an. »Wie kannst du es wagen, du Bastard?«

Neferiabet beruhigte sich in Pamius Armen. »Du hättest sie fast erstickt.«

»Na und?«, schrie Meritates. »Wen interessiert es schon, ob dieses Sklavenkind lebt oder nicht? Wen interessiert es schon, ob du lebst oder nicht? Ich werde meiner Mutter erzählen, wie du mich beleidigt hast, wenn du nicht sofort vor mir auf die Knie fällst und dich entschuldigst.«

Pamiu tat nichts dergleichen, er blieb reglos stehen.

»Also, was ist? Entschuldige dich bei mir, oder ich sage es meiner Mutter.« Sie straffte ihre schmalen Schultern, und ihr

Mund zeigte plötzlich den gleichen harten Zug, wie er ihn schon von Hetepheres kannte.

Pamiu nahm all seinen Mut zusammen. »Verschwinde endlich von hier, du hässliche Nilgans.«

Meritates wurde im kurzen Wechsel rot und verlor sofort wieder jegliche Farbe. Dann drehte sie sich um und rannte fort.

»... und dann hat er mich geschubst und eine hässliche Nilgans genannt ...« Meritates lag in den Armen ihrer Mutter und schluchzte.

Hetepheres streichelte ihrer Tochter über die feine Jugendlocke. »Er wollte dich bestimmt nicht beleidigen, er wollte nur Neferiabet schützen.«

Meritates blickte ihre Mutter mit tränenden Augen trotzig an. »Wie kann er es wagen, mich so zu behandeln?«

»Nun, er ist ein niedrig Geborener, und Neferiabet ist es auch. Die Götter wissen, warum sich Gleiches so gerne zu Gleichem gesellt.«

Meritates schien sich zu beruhigen. »Aber ich will, dass er bestraft wird, weil er mich beleidigt hat.«

Hetepheres nahm das Gesicht ihrer Tochter in ihre Hände. »Meritates, du bist doch ein kluges Mädchen, oder?«

Sofort schüttelte die Prinzessin wieder trotzig den Kopf. »Nein, ich will, dass er dafür bezahlt.«

Hetepheres holte aus und schlug ihre Tochter rechts und links ins Gesicht, woraufhin diese sie mit großen Augen anstarrte. Ehe Meritates wieder zu weinen beginnen konnte, sprach Hetepheres weiter. »Was willst du, Meritates, dereinst Königin sein oder alles aufs Spiel setzen für einen nutzlosen Sklavenjungen?«

Meritates zog die Nase hoch und wischte sich die Tränen aus den Augen. »Wenn ich Königin bin, kann ich mit ihm tun und lassen, was ich will, nicht wahr?«

Hetepheres lächelte. »Wenn du Königin bist, gehört er dir.«

Als ihre Tochter fort war, streckte sich Hetepheres auf dem Bett aus. Warum musste nur immer alles so kompliziert sein? Was hatte sich ihr sonst so kluger Sohn dabei gedacht, diesen Jungen mit in die ganze Sache hineinzuziehen? Er wusste viel zu viel, und wenn er älter würde, könnte er durchaus eine Gefahr darstellen. Natürlich hätte sie ihn am liebsten selber beseitigt, als sie gehört hatte, wie er ihre Tochter behandelt hatte, aber andererseits hatte sie das rege Interesse an der seltsamen Prinzessin mit den dämonischen Katzenaugen gewundert. Vielleicht war Neferiabet der Schlüssel zur Kontrolle dieses seltsamen Knaben. Nur deshalb hatte sie ihre Tochter beruhigt und die Demütigung auf sich beruhen lassen. Sie würde die beiden auf jeden Fall beobachten.

Hetepheres hatte mit Erleichterung festgestellt, dass ihr Gemahl an seiner neuen Tochter kein Interesse gezeigt hatte. Er hatte geweint wie ein Kind – um seine tote Königin. Sie hatte daneben gestanden und keine Miene verzogen, während ihr Herz gebrochen war. Früher hätte der König um sie geweint, jetzt hatte sie sogar eine Tote ausgestochen. »Von großer Schönheit« bedeutete der Name ihres Gemahls, und bei den Göttern, das war Snofru immer noch. Als sie ihn mit gerade einmal fünfzehn Jahren geheiratet hatte, hatte er dichtes dunkelbraunes Haar, ein markantes Gesicht mit wundervollen weichen Lippen und einen männlichen gestählten Körper mit perfekten Gliedmaßen. Er war so schön wie die Bildnisse der Götter in den Tempeln. Auch sie selbst war schön gewesen, doch anscheinend hatte diese Schönheit nicht ausgereicht, um das Herz ihres Gemahls auszufüllen. Schon früh hatte er sich auch seinen Sklavinnen gewidmet, ja, sogar Lustknaben hatten es ihm angetan, bis er dann älter wurde und sich seinen Bauvorhaben hingab. Die Pyramiden fesselten ihn. Zwei von ihnen hatte er im Tal von Dahschur errichten lassen, und die zweite war sogar noch im Bau. Nefermaat war ein perfekter Baumeister, das ließ sich nicht bestreiten, aber auch er hatte dazu beigetragen, ihr den König zu entfremden, indem er ihm ständig neue Pläne vorlegte. Hetepheres fühlte sich älter, als sie eigentlich war. Ihr Gemahl besuchte sie schon seit Henutsens Geburt nicht mehr in ihren Gemächern, obwohl sie erst zweiunddreißig Jahre alt war und stets darauf geachtet hatte, ihre Schönheit und Jugend zu erhalten.

Nun ja – Hetepheres erhob sich von ihrem Ruhebett und klatschte in die Hände, um nach einer Dienerin zu rufen –, was geschehen war, konnte sie nicht rückgängig machen. Wichtig war jetzt nur der Blick in die Zukunft. Und diese Zukunft bedurfte einer guten Vorbereitung.

Merimose trat aus der Schenke, in der er nach Dienstschluss gezecht hatte. Es war erst sein zweiter Tag im Dienste des Pharaos gewesen, und schon war ihm das Schlimmste passiert, was einem ehrlichen Mann passieren konnte. Er hätte beinahe seinen Posten am Hof des Königs verloren. Was wäre nun gewesen, wenn es nicht der jüngste Sohn des Königs, sondern der Thronfolger oder die Kronprinzessin gewesen wäre, den oder die er brüskiert hätte. Merimose durfte gar nicht über die Konsequenzen seines Vergehens nachdenken. Er hatte den ganzen Tag von unglaublicher Angst erfüllt seinen Dienst verrichtet. Immer wenn sich irgendwo eine Tür oder ein Tor des Innenhofs geöffnet hatte, schien er einen königlichen Wimpel oder eine goldblitzende Hand zu sehen, die ihn vor den König zerren wollte. Doch es war nichts geschehen, alles war ruhig geblieben. Er hatte sich gesagt, dass er sich nicht verrückt machen sollte, dass der

Prinz den peinlichen Vorfall längst vergessen hatte – schließlich war er noch ein Kind –, und trotzdem war die Angst geblieben. Als bis Dienstschluss nichts passierte, hatte er sich in die nächste Schenke begeben und sich betrunken. In Gesellschaft einer jungen schlanken Nubierin und einer noch fast kindlichen Ägypterin hatte er seinen Sold durchgebracht. Es war ihm egal, dass er sein verdientes Geld verzechte, denn allein, dass er den heutigen Tag überlebt hatte, versicherte ihn der Gunst Res und all der anderen Götter.

Als er vor die Tür trat, schwor Merimose sich, von nun an auch zu jedem noch so zerlumpten Bettler freundlich zu sein und ihn nicht eher fortzujagen, bis er seine Identität geklärt hätte. Er fühlte sich befreit, als er auf die dunkle Straße trat. Die Luft hatte sich etwas abgekühlt, denn es war schon spät. Bald würde Nut Re erneut das Leben schenken, genau wie ihm heute ein neues Leben geschenkt worden war. Merimose reckte sich und ging ein paar Schritte, um die müden Glieder aufzulockern. Morgen würde er seinen Dienst wieder antreten, egal, wie müde er war. Er hatte sich in seinem ganzen bisherigen Leben, das nun immerhin schon zwanzig Lenze dauerte, noch nicht derart lebendig gefühlt. Er dachte, dass er von nun an den jungen Prinzen mit außergewöhnlicher Freundlichkeit behandeln würde, als ihm von hinten jemand am Kopf packte und etwas Kaltes an seiner Kehle entlangstrich. Verdutzt fuhr Merimose herum. Was sollte das? War das ein dummes Spiel? Er sah die dunkle Gestalt vor sich und fasste sich instinktiv an den Hals, aus dem ihm die warme Nässe entgegenschoss. Mit einem Mal erstarrte Merimose und begriff. Er wollte etwas sagen, doch aus seinem Mund kam nur ein Schwall Blut.

»Prinz Khufu wünscht dir eine gute Reise ins Duat« war das Letzte, was er von seinem Gegenüber vernahm, bevor er in sich zusammensackte und im Staub verendete wie ein Tier.

Ich bin Horus, der Falkenköpfige
Ich bin der Gott der Lüfte und das lebende
Abbild meiner selbst auf Erden
Ich bin Träger der Kronen
und Vater meines göttlichen Sohnes
Den ich herrschen lasse über Kemet
Dem ich verleihe Krummstab und Geißel
als Zeichen seiner Göttlichkeit

Kapitel 2

Khufu rannte den Gang entlang zu den Räumen seines Freundes. Wenn Snofru unerwartet zu einer Entenjagd aufrief, war der ganze Palast in Eile, um den Wünschen des Königs Folge zu leisten. Eigentlich hasste Khufu die überfallartigen Einladungen seines Vaters, aber heute stand diese Jagd unter einem besonderen Zeichen, und er war glücklich, dass sein Vater sie zu Ehren der Hochzeitsfeierlichkeiten Khufus mit Meritates ausrichten ließ. Sieben Jahre waren vergangen, als er in den Gemächern seiner Mutter den Entschluss gefasst hatte, Meritates zu seiner Gattin zu machen. Selten hatte Khufu einen Vorsatz wahr werden lassen können, doch hier war er standhaft geblieben und hatte seinen Vater bedrängt, ihm seine göttliche Schwester zu geben, um die königliche Blutlinie rein zu halten. Geschwisterehen waren bei Hofe nicht ungewöhnlich, und schon gar nicht in der königlichen Familie sowie beim Hochadel. Endlich fühlte er sich einmal von Snofru wahrgenommen. Nicht Nefermaat, der geniale Baumeister und Thronfolger, und auch nicht Rahotep, der bevorzugte Gesprächspartner seines Vaters, würde heute gefeiert werden, sondern er, der dritte und jüngste Sohn in der Thronfolge. Khufu dachte auch an Meritates, die er in dieser Nacht das erste Mal auf seinem Ruhebett haben würde. Er hätte sie mit Sicherheit schon vor der Hochzeit zu sich geholt, doch seine Schwester hatte erst vor kurzem ihre monatliche Blutung bekommen, und bevor sie nicht offiziell als Frau galt, hatte er nicht gewagt, sie anzurühren. Viel zu spät schien Meritates zur Frau geworden zu sein, doch jetzt endlich würde er sie zu sich holen können. Er wusste, dass auch sie darauf gewartet hatte, und der Umstand, dass er sie heute haben würde und dass sein Vater diese Jagd mit dem anschließenden abendlichen Fest zu seiner Hochzeit ausrichten ließ, stimmte ihn froh.

Er stieß die Tür zu den Gemächern seines Freundes Pamiu auf, ohne sich anmelden zu lassen. Es war seine Angewohnheit, unangemeldet zu erscheinen. Er sah es als sein Privileg, über Pamiu zu verfügen, wann er wollte.

Pamiu saß auf dem Boden und war in eine Bastelarbeit versunken. Neben ihm kniete ein kleines Mädchen mit einer dicken schwarzen Kinderlocke, das nur einen winzigen Gürtel um die schmale Taille trug und blaue Bänder in ihr Haar geflochten hatte. Oh, warum musste sie ihm gerade heute die Laune verderben? Khufu warf einen unfreundlichen Blick auf seine Halbschwester, während er mit großen Schritten auf Pamiu zuging.

»Hat Nachtmin dir nicht meine Nachricht überbracht?«

Pamiu stand auf, und Khufu hielt den Atem an. Wer hätte gedacht, dass aus dem verweichlichten Knaben ein derart schöner Jüngling werden würde? Pamiu war groß und sehr schlank, ohne jedoch gebrechlich zu wirken. Er hatte dichtes schwarzes Haar, das ihm bis auf die Schultern fiel. Khufu konnte sich nicht erinnern, dass Pamiu jemals eine Perücke getragen hatte. Das Verwirrendste an ihm aber waren seine Augen. An trüben Tagen mochten sie dunkel und undurchdringlich wirken, schien die Sonne auf sie, leuchten sie in einem hypnotischen Grün. Khufu hatte bemerkt, dass die Frauen und Mädchen Pamiu mehr Beachtung als ihm schenkten, wenn sie zusammen waren. Daran änderte auch der Umstand nichts, dass er selber attraktiv und dazu noch ein Prinz war. Pamiu umgab etwas, das er, Khufu, niemals besitzen würde.

»Ja, er überbrachte mir die Nachricht heute Mittag.«

Khufu hob die Hände, wobei seine beringten Finger aufblitzten. »Und? Warum vertrödelst du hier noch deine Zeit?«

Khufu vermied es, seine Schwester anzuschauen. Er mochte den forschenden Blick dieser Katzenaugen nicht. Noch war sie zu jung, um ihm Angst zu machen, aber ihr Wesen wirkte auf ihn bedrohlich.

»Neferiabet bat mich, ihr Senetspiel zu reparieren.«

Der Prinz spürte, wie Zorn in ihm hochstieg. »Der Pharao lässt eine Entenjagd und ein Bankett zu Ehren meiner Hochzeit ausrichten, und du reparierst Senetspiele?«

Neferiabet hatte sich hinter Pamiu versteckt. Obwohl sie erst sieben Jahre alt war, spürte sie natürlich, dass ihr Bruder sie nicht mochte. Khufu hob das Spiel auf und warf es demonstrativ mit Wucht auf den Steinboden.

»Und? Willst du jetzt immer noch das Spiel dieser kleinen Sklaventochter zusammenflicken?«

Pamiu starrte ihn mit unergründlichem Blick an. »Das wäre nicht nötig gewesen. Ich wäre pünktlich zu deinem Ehrenfest erschienen. Dafür solltest du mich gut genug kennen.«

Khufu presste die Kiefer aufeinander und entspannte sich dann. »Ich will dich in einer Stunde an der Anlegestelle sehen, mein Freund«, sagte er, machte auf dem Absatz kehrt und stürmte aus den Gemächern.

Neferiabet kam hinter Pamius Rücken hervor. »Er ist ein Scheusal.«

Pamiu kniete sich neben das nun völlig zerstörte Senetspiel. »Ich kaufe dir ein neues, Neferiabet. Ein viel schöneres als dieses hier.«

Neferiabet schüttelte den Kopf. »Es gehörte meiner Mutter. Warum hat er ausgerechnet das kaputtgemacht? Hätte er doch alle meine Kleider zerrissen oder mir die Locke abgeschnitten.« Die Prinzessin spielte gedankenverloren mit ihrem dicken schwarzen Zopf. Dann blickte sie Pamiu direkt in die Augen. »Weißt du, was Meritates gesagt hat? Meine Mutter wäre eine Sklavin gewesen, das würde schon ihr Name Tahemet beweisen, denn Tahemet bedeutet Sklavin.«

Pamiu ging hinaus auf die Terrasse, wo seine Schreibpalette lag. Er winkte Neferiabet herbei und bedeutete ihr, sich neben ihn auf den Boden zu setzen.

»Wie lange lernst du jetzt schon die heiligen Zeichen, Prinzessin?«

»Noch nicht lange, etwa seit vier Monden.«

Er begann einige Hieroglyphen niederzuschreiben. »Wenn du davon ausgehst, dass man dem männlichen Wort hem den weiblichen Artikel et angefügt hat, was das Wort hemet ergibt, und das ta davor stellt, was liest du dann?«

Neferiabet bemühte sich, sich zu konzentrieren, was ihr schwer fiel. »Hem bedeutet Hoheit«, sinnierte sie, und Pamiu nickte.

»Das ta steht vor dem Namen, um klarzustellen, dass die Person, die den Namen trägt, eine Frau ist.«

»Also war meine Mutter Königin?«, zweifelte Neferiabet.

»Deine Mutter war die zweite Königin deines Vaters, Neferiabet. Vergiss das nicht, und lass es dir von niemandem ausreden.«

Neferiabet sprang auf und fiel Pamiu um den Hals. »Was würde ich tun, wenn es dich nicht gäbe, Pamiu?«

Pamiu lachte und erhob sich. »Geh jetzt zurück in deine Räume, Prinzessin. Wir sehen uns heute Abend beim Bankett.«

Neferiabet verzog das Gesicht. »Ach, da werden ja sowieso

wieder so viele Frauen um dich herum sein, dass ich dich nicht einmal zu Gesicht bekomme.«

»Ich werde nur Augen für dich haben«, witzelte Pamiu, und Neferiabet grinste.

»Ich wette um ein neues Senetspiel, dass du mich nicht einmal ansehen wirst.«

Wieder lachte er. »Also gut, Prinzessin, ich halte die Wette, aber jetzt muss ich mich beeilen, sonst richtet dein Bruder mich so zu, dass mich wirklich keine Frau mehr ansehen wird.«

Neferiabet zuckte mit den Schultern und wandte sich zum Gehen. »Er ist ja nur neidisch, weil alle dich ansehen anstatt ihn.«

Im Hinausgehen blickte er Neferiabet hinterher. Sie war scharfsinnig für eine Siebenjährige.

Pamiu schwang sich geschmeidig über die Reling der Barke, und Khufu versetzte es wieder einmal einen Stich. Bei aller Sportlichkeit hätte man ihm ein solches Verhalten als unwürdig ausgelegt, aber Pamiu bewegte sich geschmeidig wie eine Katze. Außerdem schien er niemals schlechte Laune zu haben. Er hatte für jeden ein freundliches Wort, gab jedem das Gefühl, etwas Besonderes und interessant zu sein. Khufu dagegen hätte sich bemühen können, wie er wollte, er besaß einfach nicht die Eleganz einer Katze.

Snofru stand an der Seite seines Sohnes und betastete gedankenverloren den Stoff seines Nemes-Tuches. Er bot auch mit seinen über vierzig Jahren noch eine angenehm attraktive Erscheinung, und wenn Khufu seinen Vater betrachtete, meinte er etwas von Pamius Eleganz in ihm wiederzufinden – nicht so viel wie bei Pamiu, aber eben doch einen Hauch der Katzenhaftigkeit.

»Dein Freund hat sich zu einem wahrhaft schönen Knaben entwickelt. Er wird dereinst die Herzen der Mädchen und Frauen reihenweise brechen, wenn er es nicht jetzt schon tut.«

»Das einzige Herz, für das er sich zu interessieren scheint, ist das von Neferiabet.«

»Ah, die Tochter meiner armen Tahemet. Nun, es ist schön, dass er das tut. Mir lag viel an ihrer Mutter. Ich möchte, dass Pamiu heute Abend beim Bankett mit uns speist.«

Der Prinz blickte seinen Vater ungläubig an. »Aber nur Abkömmlinge der Götter dürfen mit dem Pharao speisen. Pamiu hat kein edles Blut in sich.«

»Nun, mein Sohn, wenn du erst einmal in meinem Alter bist, dann weißt du, wer von den Göttern begünstigt wurde und wer nicht. Und da kann es durchaus geschehen, dass ein Mitglied der königlichen Familie verschmäht wurde und stattdessen die Gunst Res auf einen niedrig Geborenen fiel.« Snofru spielte versonnen mit seinem Pektorale, wobei er Pamiu nicht aus den Augen ließ, der sich gerade angeregt mit einer jungen Hofdame unterhielt. »Dein Freund ist unübersehbar ein Begünstigter der Götter. Also bring ihn heute Abend mit an unseren Tisch.«

Snofru gab seinem Diener ein Zeichen, ihn zu seiner Kabine zu geleiten. Er würde erst wieder an Deck erscheinen, wenn sie die Jagdgründe erreicht hätten.

Khufu war wütend. Es war sein Tag und sein Abend, und jetzt würde Pamiu einmal mehr die gesamte Aufmerksamkeit auf sich ziehen.

Pamiu holte weit aus, und das Wurfholz traf die Ente so zielsicher, dass sie noch nicht einmal mehr mit den Flügeln hatte schlagen können. Begeistert klatschten die Hofdamen in die Hände, während die Männer ein anerkennendes Nicken zeigten. Der Jagdleiter wollte gerade die zahmen Katzen ins Wasser hinunterspringen lassen, um die Beute zu holen, doch da war Pamiu schon selber ins Wasser gesprungen und hatte den toten Baum erreicht, in dem die Ente hing. Mit Leichtigkeit hangelte er sich über einen Ast, griff nach der Ente und ließ sich geschmeidig wieder zurück ins Wasser gleiten.

Pamius Aktion wurde von den verängstigten Rufen der Hofdamen begleitet. »Bei den Göttern, fürchtet er sich denn nicht vor Schlangen und Krokodilen?«

»Seht nur, wie geschickt und schnell er ist.«

Als Pamiu wieder bei der Barke angekommen war, umringten ihn sofort einige Mädchen und Männer. Er schüttelte das nasse schwarze Haar und lachte, während Khufu an der Reling der Barke stand und ihn nachdenklich beobachtete.

Pamiu fühlte sich unbehaglich am Tisch der königlichen Familie. Das lag nicht zuletzt an dem Umstand, dass ihm die Blicke des Pharaos missfielen. Ein gewisser Ausdruck umspielte die Augen des Königs, den er zuerst nicht zu deuten wusste. Im Laufe des Abends jedoch wurde ihm klar, dass es ein Zug der Lüsternheit war. Khufu hatte ihm oft genug erzählt, dass sein Vater in seiner Jugend neben seinem großen Harem auch Lustknaben für sich beansprucht hatte. Am heutigen Abend konnte Pamiu die Königin sogar verstehen, konnte den maskenhaften Gesichtsausdruck, der kein Minenspiel zeigte, dahingehend interpretieren, dass Hetepheres Jahre des Leides dahinter zu verstecken versuchte. Obwohl sie fast vierzig Jahre alt war, war sie noch immer eine sehr schöne Frau, doch der König schien das nicht zu sehen. Er hatte nur Augen für die nackten nubischen Sklavinnen, die erlesene Speisen wie gebratene Ente, Nilbarsch, gedünstete Linsen, warmes, in Fett getauchtes Brot und Honigkuchen auftrugen und dabei ihre vollen Brüste zum König hinabsenken mussten.

Pamiu blickte von der Empore hinunter, auf der die Tafel des Pharaos stand. Er sah auf die speisenden und trinkenden Menschen hinab, die sich den Genüssen des Festes hingaben. Ein paar von ihnen waren schon volltrunken und schlafend an die riesigen bunt bemalten Säulen gelehnt, von denen eine jede die Kartusche des Pharaos trug. Andere schienen kurz vorm Erbrechen zu sein und taumelten hinaus in den Garten, um sich dort zu übergeben. Ein Dunst von Weihrauch und Schweiß lag in der Luft, der sich langsam mit einem unangenehm säuerlichen Gestank nach erbrochenem Wein vermischte. Pamiu beobachtete das Gewirr aus schwarzen Perücken, die mit silbernen oder goldenen Haarnetzen geschmückt waren, und betrachtete das weiße Leinen der Damen, das nach dem langen Tag zerknittert und verschwitzt war. Ihm war das alles bislang nicht aufgefallen, da er immer unter den Gästen gesessen hatte. Von der Empore aus wirkte die Szenerie jedoch seltsam primitiv, und er dachte an einen Haufen fressender Schweine in einem Stall, der von schönen Mädchen bedient wurde.

»Pamiu, warum trinkst du nicht noch etwas Wein?« Snofru winkte eine nubische Dienerin heran, die Pamius Becher erneut füllte. Es wäre undenkbar gewesen, der Bitte des Königs nicht zu entsprechen, und so lächelte Pamiu und trank einen winzigen Schluck. Er würde sich hüten, sich zu betrinken. Allein die Blicke des Königs hielten ihn davon ab.

»Pamiu übt sich wie immer in königlicher Zurückhaltung. Dabei ist das völlig unangebracht, denn er ist doch so wenig königlich wie die dort unten.« Hetepheres wies auf die feiernde Menge.

»Der Abend ist noch jung, Königin. Deshalb verzeiht bitte meine Zurückhaltung.«

Ein kurzes Aufblitzen in Hetepheres' Augen zeigte ihm einmal mehr ihre Abneigung, doch sie verzog den Mund zu einem falschen Lächeln und nickte.

Pamiu blickte in Richtung des Eingangs. Er hoffte, dass Khufu und Meritates bald kommen würden, denn ihm war die Situation unangenehm. Zwar waren noch Henutsen sowie Khufus Brüder Nefermaat, der Kronprinz, und Rahotep anwesend, doch Henutsen hatte ihr stilles, verschlossenes Wesen behalten und sprach nicht viel, und Nefermaat unterhielt sich angeregt mit seinem Bruder, sodass Pamiu den Blicken des Königspaares ausgeliefert war. Zu allem Überfluss hatte Hetepheres in ihrer Boshaftigkeit dafür gesorgt, dass Neferiabet bei den Haremsfrauen und Kindern zwischen den Gästen speiste.

Dann endlich sah er Khufu mit Meritates den Festsaal betreten. Schon von weitem hörte man die Hochrufe der Gäste, die dem Paar zur Hochzeit gratulieren wollten. Als die beiden näher kamen, winkte Snofru ihnen zu, und dem Anlass gemäß setzten sie sich an die Seite des Königs. Pamiu bemerkte den konsternierten Blick von Meritates, die seiner Meinung nach ihrer Mutter an Boshaftigkeit nicht nachstand.

»Ich bin verwundert, dich heute Abend hier zu sehen, Pamiu.«

Obwohl Meritates erst vierzehn Jahre alt war, wusste sie sich gegen fast alles und jeden durchzusetzen, vor allem gegen ihre Schwester Henutsen, die so etwas wie ein Spielzeug für sie zu sein schien.

»Ich bin einer Einladung des Königs gefolgt, Prinzessin, und hoffe dich mit meiner Anwesenheit nicht zu beleidigen.«

Meritates sog scharf die Luft ein. Natürlich musste sie jetzt eine beschwichtigende Antwort geben, denn wenn sie ihn kompromittierte, würde sie ihren Vater, der die Einladung ausgesprochen hatte, zwangsläufig ebenso beleidigen.

»Aber natürlich nicht, Pamiu. Die Freunde meines Gemahls sind auch meine Freunde, und die Gäste meines Vaters sind auch meine Gäste.«

Pamiu verbeugte sich. »Dies ist ein glücklicher Tag für die königliche Familie, und natürlich freue ich mich besonders für den Prinzen, welcher mein Freund ist.«

Khufu hatte wohl schon einige Becher Wein getrunken, und immer wenn er das tat, wurde aus dem missmutigen Jüngling ein aufgeschlossener Redner. »Dies ist wahrlich ein glücklicher Tag für mich, mein Freund. Und ich freue mich, dass du daran teilhast.«

Khufu stand auf und gab Pamiu ein Zeichen, ihm zu folgen. Seltsamerweise schien es Meritates nichts auszumachen, dass ihr Gemahl sich mit seinem besten Freund davonmachte.

Pamiu folgte Khufu hinaus in den Garten, wobei sie über Betrunkene hinwegsteigen mussten. Auch im Garten selbst bot sich ein ähnliches Bild, aber die Palastanlagen waren weitläufig, und so brauchten sie nur ein paar Schritte zu gehen, um alleine zu sein. Sie setzten sich an einen Badeteich, der heute Abend ungenutzt blieb.

»Ich freue mich wirklich für dich, mein Freund. Ich wusste ja, dass du Meritates heiraten wolltest.«

Khufu nickte. »Ja, das ist wahr. Wenigstens sie konnte mein Vater mir nicht vorenthalten.«

»Warum meinst du, dass dein Vater dir etwas vorenthalten würde?«

Khufus Stimme nahm wieder den gewohnt wütenden Ton an. »Das liegt doch auf der Hand. Siehst du nicht, wie er Nefermaat mir vorzieht? Nefermaat, der Thronfolger, Nefermaat, der geniale Baumeister, Nefermaat, der bei allen Banketten neben ihm sitzt. Mich nimmt er für gewöhnlich doch überhaupt nicht wahr.«

Pamiu wusste, dass Khufu Recht hatte, doch er musste auch zugeben, dass Nefermaat mit Sicherheit der angenehmere Charakter war. Wie lange hatte Pamiu unter Khufus Launen gelitten, und selbst heute war dieser nicht einschätzbar. Die Sache mit Neferiabet heute Mittag hatte ihm das wieder deutlich vor Augen geführt. Mittlerweile hatte Pamiu damit zu leben gelernt, und heute bezeichnete er Khufu trotz allem als einen Freund, weil er seine Schwächen kannte, aber eben auch seine guten Seiten. Khufu war ebenso frustriert wie Hetepheres. Nur manchmal kam noch der Gedanke an jenen Tag in ihm auf, an dem er mit seiner Mutter und seiner Schwester Tahemet ermordet hatte. Neferiabet wusste davon nichts. Sie war wie alle anderen in dem Glauben, Tahemet wäre im Kindbett gestorben. Es hatte damals genug Ammen und Priester gegeben, die, von Hetepheres bestochen, das bestätigt hatten.

»Du bist jetzt ein Mann, Prinz. Was bedeutet dir da noch der Vater?«

Khufu sprang plötzlich auf, und Pamiu wusste, dass er wieder einen seiner unberechenbaren Wutanfälle hatte.

»Was mir mein Vater bedeutet? Nichts bedeutet er mir – rein gar nichts. Ich hasse ihn. Doch ich will, dass er dafür bezahlt.«

Pamiu stand ebenfalls auf, denn jetzt galt es, den Freund zu beruhigen, was mitunter eine schwierige Aufgabe war. »Aber ihr habt ihm vor Jahren schon Schaden zugefügt, hast du das vergessen?«

Khufu winkte ab und torkelte ein paar Schritte vorwärts. »Ach, dieses Weib. Was bedeuten dem großen Pharao schon Weiber? Er hat hunderte von ihnen. Nein, Pamiu, ich weiß etwas viel Besseres, und du wirst mir dabei helfen.« Er packte Pamiu bei den Schultern. »Ich will, dass Nefermaat einen Unfall hat.«

Pamiu zuckte zurück und starrte Khufu fassungslos an. »Wie meinst du das?«

»Ganz einfach, mein Freund. Ich habe heute auf der Jagd beobachtet, wie geschickt du bist. Du bist schnell und zielsicher. Nefermaat verbringt fast die gesamte Zeit in Dahschur, um an der neuen Pyramide meines Vaters zu arbeiten. Es wäre nicht verwunderlich, wenn sich plötzlich ein Seil lösen würde und mein Bruder von einem Granitblock erschlagen wird.«

Pamiu suchte in Khufus Augen, doch in ihnen lag kein Bedauern. »Du willst deinen eigenen Bruder töten?«

»Nicht ich, Pamiu, du wirst das für mich tun.«

»Nein, das kann ich nicht. Denk an deine Mutter, mein Prinz. Es wird ihr das Herz brechen.«

»Hetepheres' Herz ist bereits gebrochen. Genau wie das meine. Mach dir um sie keine Sorgen. Der Plan stammt von ihr.«

Pamiu konnte nicht glauben, was er da hörte. Er wäre am liebsten weggerannt, aber natürlich war er kein kleiner Junge mehr und durfte sich ein solches Verhalten einem Mitglied der Königsfamilie gegenüber nicht herausnehmen. Er schüttelte langsam den Kopf. »Nein, mein Prinz. Es tut mir Leid, aber ich kann das nicht für dich tun. Ich bin dir treu ergeben und werde das auch immer sein, aber dieses ist etwas, das du nicht von mir verlangen darfst.«

Khufus Kiefer mahlten aufeinander, um seinen Zorn zu verdecken. »Nun gut, mein Freund. Ich kann dich nicht zwingen, aber ich lege es dir ans Herz.« Er machte eine bedeutsame Pause. »Für Neferiabets Ka.«

Pamiu durchfuhr es eiskalt. »Halte bitte die Prinzessin da heraus.«

Khufu wischte sich fahrig mit der Hand über den Mund. Er war betrunken, und Pamiu hoffte, dass er vergessen haben würde, was er jetzt sagte, wenn er wieder nüchtern war. Doch er wusste im selben Moment, dass dies nicht der Fall sein würde. Zwar war der königliche Schurz des Prinzen vom Wein befleckt, sein kurzes braunes Haar verschwitzt und seine erlesene Augenschminke schon längst verlaufen, aber die Augen, die Pamiu beobachteten, waren bei klarem Verstand. Khufu wusste ganz genau, was er sagte, und es wäre ihm am nächsten Tag noch genauso ernst wie jetzt.

»Ich weiß nicht, was du an dieser kleinen Sklavin findest. Wenn sie ein paar Jahre älter wäre, könnte ich deine Leidenschaft für sie verstehen.« Er kam ihm bedrohlich nahe, doch Pamiu wagte nicht zurückzuweichen. »Aber es ist etwas anderes, nicht wahr?« Seine Stimme war nur noch ein leises Flüstern. »Ihr konntet noch nie voneinander lassen. Wenn sie dir etwas bedeutet, dann hilfst du mir bei dieser kleinen Sache.« Plötzlich brach Khufu in ein ungehaltenes Schluchzen aus. »Sieh mich an, mein Freund. Ich bin ein Dämon. Ich bin ein Kind des Seth, ich und meine königliche Familie, wir sind von den Göttern geschmäht.«

Pamiu wusste nicht, weshalb, aber die Tränen des Prinzen rührten ihn. Er selber hatte einen verhassten Vater und eine kaltherzige Mutter. Er ging einen Schritt auf Khufu zu, aber dieser wich zurück und hob abwehrend die Hände. »Nein! Ich erwarte deine Entscheidung bis morgen. Und überdenke sie gut.«

Pamiu blickte dem Prinzen hinterher, wie er schwerfällig den Weg zum Bankettsaal zurückging. Er hätte ihn hassen sollen für das, was er von ihm verlangte, aber er wirkte so alt und verbraucht im Licht der Fackeln.

Als Pamiu einige Zeit nach seinem Freund die Terrasse des Bankettsaals erreichte, spürte er einen Blick in seinem Rücken. Er fuhr herum und sah eine Gestalt im Schatten stehen.

Die meisten Gäste waren entweder gegangen oder schliefen dort, wo sie zuvor gefeiert hatten. Niemand außer ihm und der Person im Schatten war anwesend. Pamiu sträubten sich die Nackenhaare, als er bemerkte, dass er herangewunken wurde. Er trat ein paar Schritte auf die Gestalt zu und erschrak, als er sah, dass es niemand anders als der Pharao war. Er schien bemerkenswert nüchtern zu sein.

»Wie es scheint, hast du meinem Sohn das Herz gebrochen. Dabei sollte dies ein glücklicher Tag für ihn sein, war es doch schon immer sein Wunsch gewesen, Meritates zur Gemahlin zu nehmen. Ich habe ihm diesen Wunsch erfüllt. Trotzdem waren seine Augen gerötet von Tränen, als er vorhin allein zurückkehrte.«

Pamiu wusste nicht, was er sagen sollte. Offensichtlich interpretierte der König die Situation völlig falsch. »Herr allen Lebens, es ist nicht so, wie du glaubst.«

Snofru legte einen seiner langen gepflegten Finger auf Pamius Lippen und bedeutete ihm zu schweigen. »Ich weiß sehr wohl, welches Feuer du auszulösen vermagst. Du bist schön wie ein Gott. Sei vorsichtig, dass die Götter dich nicht bestrafen, denn sie könnten dir diese Schönheit neiden.«

Pamiu verkrampfte sich, als er plötzlich die Lippen das Pharaos auf den seinen spürte. Abscheu und Ekel überkamen ihn, doch er wagte nicht, sich aus der Umarmung des Gottes zu befreien. Die Hände des Pharaos fuhren über seine nackte Brust, ertasteten sich den Weg unter seinen Schurz und verharrten dann zwischen seinen Schenkeln. Pamiu wagte nicht, den Gott abzuwehren, während dieser sich bemühte, seine Lust zu entfachen. Nach einer ihm endlos erscheinenden Zeit entließ Snofru ihn endlich aus der Umarmung.

»Du kannst es nicht überspielen, dass deine Leidenschaft den Weibern vorbehalten ist. Nun, ein schönes Weib ist etwas Wundervolles, aber die Jahre haben mich abstumpfen lassen für die Genüsse des Fleisches. Du hättest sie einmal mehr entfachen können, doch du bleibst dir treu, mein schöner Knabe.« Er seufzte, und seine Leidenschaft verflog so schnell, wie sie gekommen war. »Du hättest die Gunst des Königs genießen und einen Ehrentitel sowie ein hohes Amt auf Lebenszeit erhalten können.« Snofru lächelte. »Doch wozu brauchst du die Gunst eines Gottes, wenn du die Gunst aller haben kannst, nicht wahr? Ich bewundere und begehre dich, Pamiu – wärst du doch nur etwas korrupter und würdest alles daransetzen, mein Herz zu brechen. Ich würde so gerne noch einmal leidenschaftlich lieben.« Mit diesen Worten drehte der Pharao sich um und ging gemessenen Schrittes davon.

Pamiu stützte sich schwer auf dem steinernen Geländer der Terrasse ab. Das konnte doch alles nicht wahr sein. Er starrte hinauf in den Himmel und schickte Stoßgebete an die Götter. Er glaubte in seiner Haut zu ersticken. Er musste den Gedanken des Ekels loswerden. Schließlich fasste er einen Entschluss. Er ging zurück in den Bankettsaal und suchte sich eine schlafende Sklavin, die noch in den Armen eines schnarchenden fetten Adligen lag. Sie war hübsch – gesichtslos hübsch wie all die anderen jungen Mädchen hier und genau richtig für seine Zwecke. Er zog sie hoch, und sie leistete keine Gegenwehr, als sie ihm erst einmal erstaunt ins Gesicht geschaut hatte. Er zog sie nach draußen, über die Terrasse in einen dunklen Teil des Gartens und löste hektisch seinen Schurz. Er brauchte sie noch nicht einmal aufzufordern, sie ließ sich von alleine auf das Gras gleiten und spreizte die Beine. Ihre Scham hatte sie enthaart, wie es viele der jungen Tänzerinnen taten, wenn sie nackt tanzten. Er überlegte kurz, ob sie noch den Samen des anderen in sich hatte – doch was kümmerte ihn das? Er beugte sich über sie und drang in sie ein. Ihm kam nicht der Gedanke an Zärtlichkeit, ihre

Haut war verschwitzt, das Henna auf ihren Brüsten schon verblasst, und sie war willig und erwartete nichts weiter von ihm, als dass er das tat, was alle Männer mit ihr taten. Er legte eine Hand auf ihre Brust und drückte sie hart. Ein leichter Ausruf des Schmerzes war von ihr zu vernehmen, aber sie war ergeben und wehrte sich nicht. Es dauerte nur ein paar harte Stöße, und er ergoss sich in ihr. Sie konnte kaum Gefallen daran gefunden haben, doch sie küsste und umarmte ihn wie eine Liebende. Er stieß sie weg und stand auf, während er nach seinem Schurz griff. Dann zog er einen goldenen Ring vom Finger und gab ihn ihr. Das war sie also, die Liebe, die körperliche Liebe – was für eine enttäuschende und primitive Sache. Aber er wusste es nun. Was sollte er noch fragen. Das Anbiedern der Menschen um ihn herum, die lüsternen Blicke der Männer und die aufreizenden Blicke der Frauen, die sich ihm wie Vieh vor die Füße warfen. Er verachtete sie. Alle miteinander sollten sie im Duat verschwinden oder von Ammit verschlungen werden.

Am nächsten Morgen schmerzte sein Kopf vom Wein, dem er nach seiner unerfreulichen Liebschaft noch reichlich zugesprochen hatte. Als er die Augen öffnete, sah er in das Gesicht seiner Leibdienerin Baket. Sie reichte ihm einen Becher Wasser, während sie zwei Sklavinnen anwies, für ihren Herrn ein Bad zu bereiten.

»Warum diese Eile, Baket? Lass mich doch erst einmal wach werden.«

Baket senkte ergeben den Blick. »Verzeih, Herr, aber der Prinz war schon früh am Morgen hier und wollte dich sprechen. Doch ich habe dich nicht wecken können. Daraufhin befahl er, dass du sofort bei ihm erscheinen mögest, wenn du wach wärst.«

Pamiu nickte. Die Erinnerungen an die letzte Nacht holten ihn ein. »Also gut, Baket. Dann sollte ich mich heute wohl mit meinem Bad beeilen.«

Als Pamiu kurze Zeit später mit noch immer schmerzendem Kopf, dafür aber sauber und rasiert, die Gemächer des Prinzen betrat, lag dieser auf seinem Ruhebett und hatte die Augen geschlossen. Pamiu näherte sich langsam und leise, jedoch nicht so leise, dass Khufu nicht seine Anwesenheit bemerkt hätte.

»Du kommst spät, mein Freund. Ich war in den frühen Morgenstunden schon bei deinen Gemächern, aber deine Dienerin sagte mir, du würdest so fest schlafen, dass sie dich nicht wachbekommt.«

»Ich habe gestern Nacht wohl noch zu stark dem Wein zugesprochen.«

Khufu seufzte. »Wie ungewöhnlich für dich, Pamiu. Ich hoffe nicht, dass es an meiner kleinen Bitte lag, die ich gestern anbrachte?« Er öffnete die Augen und blinzelte ihn an.

»Nein, mein Prinz, daran lag es nicht.«

»Nun gut.« Unerwartet und mit Schwung setzte sich Khufu auf und sprang aus dem Bett. Dabei fiel Pamius Blick auf den kleinen Blutfleck, der sich auf dem Laken abzeichnete. Khufu folgte seinem Blick und grinste. »Nun, wie du siehst, war ich nicht so betrunken, wie du glaubst. Meinen Pflichten konnte ich durchaus noch nachkommen.«

Pamiu quälte sich ein Lächeln ab, weil ihm unwillkürlich wieder der Gedanke an sein eigenes frustrierendes Erlebnis kam.

»Aber sage mir, mein Freund, wie hast du dich bezüglich Nefermaat entschieden?«

»Ich hatte gehofft, dein Ansinnen wäre einer Weinlaune entsprungen.«

Khufu lachte. »Du solltest mich besser kennen, Pamiu.«

Er nickte. »Wenn ich diese eine Sache für dich erledige, dann wirst du Neferiabet ein für alle Mal in Ruhe leben lassen?«

Khufu legte seine beringte und etwas grob wirkende Hand auf sein Herz. »Ich schwöre bei meinem unsterblichen Ka.«

»Also gut, dann werde ich es tun.« Sein eigenes Herz zog sich zusammen, seine Worte schmerzten in seinen Ohren. Er hatte keine Ahnung, wie er die Kraft für eine solch ungeheuerliche Tat aufbringen sollte

Khufu bedeutete Pamiu, mit ihm unter einem Sonnensegel der Terrasse Platz zu nehmen. Er ließ von der Dienerin Wein reichen. Pamiu trank, obwohl ihm Wasser lieber gewesen wäre.

»Wie sieht nun dein Plan aus, Prinz?«

»Es soll auf der Baustelle in Dahschur stattfinden. Es muss und kann nur dort sein. Mein Vater hat angeordnet, dass Meritates und ich in zwei Wochen die Fortschritte am Bau seiner Pyramiden begutachten. Ich habe mir Pläne besorgen lassen. Du wirst uns begleiten und in der Nacht vor dem Besuch heimlich deine Räume verlassen, um dir einen guten Platz an einem der Flaschenzüge suchen. Es wird so sein, dass zu Ehren des Besuchs meines Vaters die Arbeit an diesem Tag ruhen wird. Du brauchst also keine Angst vor einer Entdeckung zu haben. Ich werde dafür sorgen, dass mein Bruder genau dort stehen wird, wo es für dich ein Leichtes ist, die Seile des Flaschenzugs zu zerschneiden, damit er von einem Granitblock erschlagen wird.«

Pamiu zweifelte. »Aber wie willst du deinem Vater erklären, dass ich bei der Besichtigung nicht anwesend bin?«

»Auch daran habe ich schon gedacht. Ich werde morgens, bevor wir aufbrechen, allen erzählen, dass dich das Fieber schüttelt. Wenn mein Bruder tot ist, bleiben dir ein paar Minuten der Verwirrung, um aus deinem Versteck zu verschwinden und so schnell du kannst in deine Gemächer zurückzukehren, um dich krank ins Bett zu legen.«

»Es hört sich zu simpel an, als dass es funktionieren könnte.«

Der Prinz schüttelte den Kopf. »Nein, es ist nicht simpel. Der Weg von der Baustelle zur Residenz ist mindestens ein halber Tagesmarsch zu Fuß und führt durch die glühende Hitze der Wüste. Aber sie werden wegen Nefermaats Leichnam nur langsam vorankommen, sodass du als Erster zurück sein müsstest.«

»Vorausgesetzt, es funktioniert reibungslos und es gibt einen Leichnam.«

»Ja, mein Freund, so ist es. Davon hängt dein eigenes Überleben ab.«

Pamiu blickte Khufu an. Er wusste, dass der Prinz ihn opfern würde, um sein Ziel zu erreichen, und er sagte ihm das offen ins Gesicht. Warum hasste er ihn nicht dafür? Stattdessen wusste er, dass er es tun würde – für Neferiabet.

Hetepheres ging in ihren Gemächern auf und ab, wobei sie die schönen Wandmalereien anstarrte. Dort links in der Ecke war die Szene der Entenjagd, auf die Snofru sie damals mitgenommen hatte – damals, als sie noch jung waren und der König ihr gesagt hatte, dass er sie liebe. Sie hatten sich geliebt dort draußen im Schilf immer und immer wieder. Hetepheres verspürte einen leisen Schauer, als sie daran dachte, wie sie ihre Hände auf Snofrus Rücken gelegt und vor Lust gewimmert hatte. Vorbei – ein Schatten der Vergangenheit. Schmerzerfüllt wandte sie den Blick von der Szenerie aus glücklichen Tagen und begann wieder auf und ab zu gehen. Wo blieb nur ihr jüngster Sohn? Er hatte schon vor geraumer Zeit bei ihr sein wollen. Selbst Meritates hatte sie heute nicht um sich haben können. Sie hatte die von der Hochzeitsnacht berauschte Tochter fortgeschickt, mit schwerem Herzen, denn auch ihr würde es dereinst nicht anders ergehen als ihr selbst, aber warum sollte sie ihr kurzes Glück schon vorher zerstören, indem sie es ihr sagte?

Sie fuhr aus ihren Gedanken, als ihre Dienerin ihren Sohn anmeldete. Hastig befahl sie ihr, ihn vorzulassen.

Khufu strahlte über das ganze Gesicht, und Hetepheres entspannte sich. »Und? Wird er es tun?«

Der Prinz nickte. »Ja, Majestät-Mutter. Es wird alles so geschehen, wie wir es wollen.«

Jetzt zeigte auch das Gesicht der Großen Königlichen Gemahlin ein leichtes Lächeln, das jedoch so schnell wieder verschwand, wie es gekommen war. »Das ist gut. Er soll erfahren, was Schmerz ist, auch wenn ich meinen erstgeborenen Sohn dafür opfern muss. Was bedeutet der Mutter schon das Kind, wenn der Gemahl sie verlassen hat?«

Khufus Miene wurde mit einem Mal bekümmert, und Hetepheres schien das zu bemerken. Sie reichte ihrem Sohn die Hand.

»Gräme dich nicht darüber, Khufu. Du bist kein Kind der Liebe zwischen dem König und mir gewesen. Du bist mein Sohn. Ich habe dich dem König abringen müssen. Er wollte nicht mehr bei mir liegen, und ich habe ihm gesagt, dass ich ihn nie mehr danach fragen würde, wenn er mir noch einmal ein Kind schenkt.«

»Aber Meritates und Henutsen …«

Die Große Königliche Gemahlin winkte ab. »Ich hatte Liebhaber. Meritates' leiblicher Vater bereitete mir fast ein ganzes Jahr Freude, bis ich schwanger wurde. Bei Henutsen war es lediglich ein Ausrutscher.« Hetepheres schüttelte den Kopf. »Nun, es ist nicht zu übersehen, nicht wahr? Immerhin hatte Snofru die Größe, sie anzuerkennen.« Sie lachte rau auf. »Nun ja, was hätte er auch tun sollen? Er wollte wohl eher seine Ehre retten als die meine.«

Khufu nickte. »Deshalb hasst mich mein Vater also.«

Sie schüttelte den Kopf. »Dein Vater weiß überhaupt nicht, was Hass ist, ebenso wenig wie er die Bedeutung des Wortes Liebe kennt. Der große Pharao liebt nur sich selbst.«

Khufus Gesicht bekam wieder den gewohnt verschlossenen und wütenden Ausdruck. »Aber er wird lernen, was Schmerz bedeutet.«

Ich bin Seth, der Gesichtslose
Ich bin Bezwinger der Wüste
und Herrscher über ihre Kreaturen
Ich bin Mörder meines Bruders
und Widersacher des Horus
Wir gehen Hand in Hand,
vereint im steten Kampf
Ich komme und gehe mit glühendem Zorn –
hinter mir ein Meer von Blut

Kapitel 3

Pamiu war froh, dass er wenigstens den Weg nach Dahschur in einer Sänfte zurücklegen konnte. Er seufzte, als er an das dachte, was vor ihm lag. Er hatte keine Ahnung, wie er einen Mord begehen sollte, aber was hatte er schon für eine Wahl?

Neferiabet saß im Garten und spielte mit ihrer Kinderfrau Senet. Das neue Spiel, das Pamiu ihr gekauft hatte, war viel schöner und feiner gearbeitet als das alte, doch er wusste, dass sie nur aus Höflichkeit so freudig auf sein Geschenk reagiert hatte. Neferiabet war ein zu tiefsinniges Kind, um sich von Blendwerk berauschen zu lassen.

»Ich wollte mich noch von dir verabschieden, Prinzessin, bevor ich nach Dahschur aufbreche.«

Neferiabet schreckte aus ihrer Konzentration hoch und lachte, als sie Pamiu sah. Mit einer fahrigen Handbewegung bedeutete sie ihrer Kinderfrau, sie alleine zu lassen. Diese stand auf und entfernte sich unter Verbeugungen.

»Komm und setz dich etwas zu mir. Ich habe gerade dein Senetspiel eingeweiht.«

Pamiu ließ sich neben ihr ins Gras fallen.

»Ich finde es überhaupt nicht gut, dass mein Vater dich unbedingt mit nach Dahschur nehmen will. Weshalb tut er das?« In ihren grünen Augen spiegelte sich Ratlosigkeit. »Aber immerhin hast du beim Hochzeitsbankett meines Bruders auf der Empore sitzen dürfen, während ich unten bei den Kindern der Nebenfrauen bleiben musste.« Sie schmollte und drehte lustlos eine der Figuren in ihren kleinen Händen.

»Ich hätte lieber bei dir gesessen, Prinzessin. Und außerdem war es nicht die Entscheidung deines Vaters, dass du bei den Nebenfrauen bleiben musstest.«

»Nein, bestimmt nicht. Aber warum dürfen meine Brüder und Schwestern auf der Empore sitzen und ich nicht? Schließlich darfst sogar du auf der Empore sitzen, oder?«

Pamiu spürte den kindlichen Trotz in Neferiabets Stimme. Ihre grünen Augen funkelten angriffslustig, sodass er fast lachen musste, doch er besann sich auf den Ernst der Situation, denn natürlich hatte Neferiabet Recht mit dem, was sie sagte.

»Glaub mir, wenn ich die Entscheidung hätte treffen können, wäre alles anders gewesen.«

Neferiabet warf sich ihm plötzlich in die Arme und drückte ihren knochigen Kinderkörper an ihn, wobei er den Duft ihres Körpers wahrnahm, der einen leichten Hauch von Honig verbreitete, weil sie kaum die Finger von dem klebrigen Naschwerk lassen konnte. Ihn durchfuhr ein warmes Gefühl für die Prinzessin. Sie war ihm vertrauter und mehr Familie, als es seine Eltern und seine Schwester je gewesen waren. Seine Schwester war fort, er hatte sie niemals wiedergesehen, und seine Eltern sah er höchstens einmal im Jahr zum Neujahrsfest. Sie waren ihm fremd geworden, ebenso fremd, wie Neferiabet ihre Familie zu sein schien.

Sie löste sich aus der Umarmung und trat verlegen von einem Fuß auf den anderen.

»Ich weiß, dass du mich auf der Empore hättest sitzen lassen. Was würde ich nur ohne dich tun, Pamiu? Ich habe keine Freunde hier, und meine Familie kenne ich kaum.«

»Das ist nicht wahr, Prinzessin« log er, aber sie schüttelte den Kopf.

»Doch, das ist es! Ich habe Angst vor Hetepheres und Meritates, mehr noch, als ich mich vor meinem Bruder fürchte.«

»Ich werde dich immer beschützen, Prinzessin.«

»Versprichst du mir das, Pamiu?« Ihre weiche kleine Hand griff entschlossen nach seiner.

Er legte ihre Hand auf sein Herz. »Ich schwöre bei meinem unsterblichen Ka, dass dir niemals ein Leid geschehen soll, solange ich lebe.«

Neferiabet lächelte. »Pass auf dich auf, wenn du nach Dahschur gehst, und komm so schnell wie möglich zu mir zurück.«

Die Karawane, die sich vom Königspalast in Memphis fortbewegte, bestand nur aus etwa hundert Männern. Snofru hatte zwei seiner jungen Nebenfrauen mitgenommen, denen er aber bislang keine Aufmerksamkeit geschenkt hatte. Khufu wurde das Reisen in der Sänfte bald zu langweilig. Er hasste es, stillzusitzen, und ging immer wieder weitere Strecken neben den Soldaten zu Fuß. Pamiu jedoch fand diese Reisemöglichkeit angenehm. Allein die Aussicht, auf dem Rückweg Staub schlucken zu müssen, reichte ihm. Er beobachtete durch die Vorhänge abwechselnd die Sänfte des Pharaos, in der auch Nefermaat mitreiste, wahrscheinlich, um Baupläne zu überprüfen und den König zu unterhalten, und Meritates' Sänfte, aus der so gut wie nie eine Bewegung kam. Ab und an ging Khufu zur Sänfte seiner Schwestergemahlin und schien ein paar Worte mit ihr zu wechseln, doch meistens sah der Prinz mit verbissenem Gesichtsausdruck zur Sänfte seines Vaters. Die Reise dauerte einen ganzen Tag, weil der kleine Tross nur langsam vorankam, und irgendwann begnügte sich Pamiu damit, die blauen Wimpel zu beobachten, die an den Sänften des Königs und der anderen Königsmitglieder befestigt waren. An seiner Sänfte befanden sich natürlich keine Bänder, aber es war im Grunde genommen allein schon ein Wunder, dass er als normal Sterblicher eine derartige Nähe zur Königsfamilie pflegte. Bisher hatte er nichts getan, außer mit dem Prinzen die Schule zu besuchen, aber Khufu war jetzt ein Mann, und auch er, Pamiu, müsste sich bald nach einem Posten oder einem Amt umhören. Er beschloss, Khufu darauf anzusprechen, wenn dieser Auftrag erledigt war. Er erschrak vor sich selbst, weil er derart kaltherzig vorausplante und den Mord am Kronprinzen mittlerweile als einen nicht zu umgehenden Befehl ansah. Aber er musste überleben. Und die Prinzessin wollte er ebenfalls schützen. Außerdem war da noch die seltsame Loyalität zu seinem Freund. Ja, er würde Khufu nach einem Amt fragen, wenn sie wieder zurück in Memphis wären.

Die kleine Residenz, in der sie übernachteten, war der Landsitz des Fürsten Amunmose, eines entfernten Cousins des Königs. Er räumte für den Aufenthalt der königlichen Familie sein Haus und überließ es Snofru und seinem Gefolge. Pamiu bekam nur einen sehr kleinen Raum, aber das störte ihn nicht weiter. Er hatte darauf verzichtet, eine Sklavin mitzunehmen, bei seinem Vorhaben waren Mitwisser ohnehin nicht erwünscht. Pamiu verdrängte den Gedanken an den morgigen Tag. Er kannte den Kronprinzen so gut wie gar nicht, sie hatten noch keine zwei Worte miteinander gewechselt. Nefermaat war gut zehn Jahre älter als Pamiu und Khufu, und so hatten sie wenig gemeinsam. Dieser Umstand half ihm jetzt, mit der Situation klarzukommen. Doch er konnte nicht schlafen. Er wälzte sich stundenlang in seinen Laken und suchte vergeblich nach dem erlösenden Schlaf. Schließlich stand er auf und band sich den Schurz vom Vortag um die Hüften. Er hatte beschlossen, sich in

Amunmoses wirklich schönen Garten zu begeben, denn er glich einer Oase mit seinen duftenden Blüten und bunten Vögeln.

Pamiu fand bald einen Platz auf einer kleinen Anhöhe, von wo aus er die Sterne beobachten konnte. In solchen Momenten fühlte er sich den Göttern nah, auch wenn er ihnen ansonsten eher skeptisch gegenüberstand. Er dachte an die schöne Isis, die alles daransetzte, ihren toten Brudergemahl Osiris wieder zum Leben zu erwecken, der vorher von seinem eigenen Bruder, dem bösen Seth, ermordet worden war. Er schüttelte in Gedanken den Kopf. Was hatte diese königliche Familie mit den Göttern gemeinsam? Menschen waren sie allesamt, fehlbar und voller menschlicher Laster.

»Wie ich sehe, kannst du auch nicht schlafen?«

Pamiu fuhr aus seinen Gedanken hoch und drehte sich um. Überrascht stand er auf und verbeugte sich vor dem Kronprinzen.

»Ach, lass das doch. Wir sind hier nicht bei Hofe, und es ist nicht nötig, dass du das tust.«

Pamiu setzte sich wieder ins Gras, und zu seiner Überraschung setzte Nefermaat sich neben ihn. »Dieser Garten ist wunderschön nicht wahr? Als ich ein kleiner Junge war, habe ich immer geglaubt, genauso müsste es in den Gefilden des Westens sein.«

Nefermaat hatte eine weiche, melancholische Stimme, und seine Gestalt glich der eines Priesters, der mit sich selbst im Reinen ist. Es war kein Wunder, dass Snofru ihn dem ungestümen und anstrengenden Khufu vorzog.

»Es ist sehr friedlich hier, Prinz. Es wundert mich, dass ich an einem solchen Ort keinen Schlaf finde.«

Nefermaat zog eine leuchtend rote Blüte von einem der Sträucher und begann versonnen sie eingehend zu betrachten. »Vielleicht steht ein Ereignis bevor, welches uns den

Schlaf raubt. Manchmal sind wir empfänglich für die Warnungen der Götter.«

Pamiu zuckte zusammen. Er fragte sich, ob der Prinz etwas von der Gefahr spürte, die ihn umgab. »Ich glaube nicht wirklich an die Götter, Prinz. Ich habe sie noch nie gesehen oder ihre Anwesenheit gespürt.«

»Ein Skeptiker bist du also, Pamiu. Hast du schon einmal in deinen Kupferspiegel geschaut? Ich meine nicht flüchtig, sondern wirklich wahrnehmend, was du dort siehst. Du wirst begreifen, was die Götter dir geschenkt haben. Dir fiel das Glück in den Schoß, weil die Götter es so wollten. Sie wachen über dich, sie halten die Hand über ihren Schützling, und sie werden dir im Leben eine Menge ermöglichen.«

Pamiu hatte dem Kronprinzen fasziniert zugehört. »Wie kannst du das wissen?«

Nefermaat lächelte. »Ein jeder scheint die Aura zu bemerken, die dich umgibt, nur du selbst nicht.« Er stand auf und reichte Pamiu die Blüte, die er irritiert annahm. »Aber sei vorsichtig Pamiu. Alles hat seinen Preis, und auch die Götter geben nichts umsonst. Und ich kann mir vorstellen, dass sie für das große Geschenk, was sie dir machten, einen hohen Preis fordern werden.« Nefermaat zwinkerte und wandte sich dann zum Gehen. »Schlaf gut von den Göttern begünstigter Pamiu.«

Pamiu dachte noch über Nefermaats Worte nach, als er am nächsten Morgen in seiner Sänfte auf dem Weg zur Baustelle war. Er hatte sich wirklich die Mühe gemacht, einen Blick in seinen Kupferspiegel zu werfen und sich eingehend zu betrachten. Es hatte eine Weile gedauert, aber dann hatte auch er das entdeckt, was anscheinend alle anderen schon lange gesehen hatten. Er war überdurchschnittlich, fast befremdend schön. Er hatte an diesem Morgen begonnen die Blicke der Sklavinnen und Dienerinnen zu beobachten – vor allem die Blicke derjenigen, die ihn noch nicht kannten. Es gab kein Augenpaar, das nicht auf ihm verharrte, ihm nicht hinterherstarrte, und kaum ein Mädchen, das ihm nicht ihr Lächeln geschenkt hatte. Nefermaat hatte Recht. Er war von den Göttern begünstigt, und er konnte es zu Großem bringen, wenn er lernte, seine Schönheit richtig einzusetzen und eine Mauer um seine Gefühle zu bauen, die ihm offenbar nur Schwierigkeiten brachten, was er auch tat.

Doch heute befielen ihn einmal mehr Gewissensbisse, denn er würde mit Khufu einen guten Platz für den Mord an dem Mann finden, der ihn sozusagen vom Schlaf erweckt hatte.

Als sie gegen Mittag die Baustelle erreichten, lag brütende Hitze über dem Platz. Die Arbeiter waren in ihrem Dorf geblieben, das sich am Rande der Wüste befand, und Pamiu hatte es sich mit Khufu unter einem Sonnensegel bequem gemacht. Sie tranken mäßig kühlen Oasenwein und starrten die große rote Pyramide an, die sich vor ihnen in die Höhe erstreckte. Pamiu war beeindruckt von der Höhe des Bauwerks.

»Es ist ein Meisterwerk. Ich hätte nicht gedacht, dass Menschen imstande sind, so etwas zu vollbringen.«

»Mein Vater ist kein Mensch, er ist ein Gott«, berichtigte ihn Khufu. »Aber meine Pyramide würde viel größer und gewaltiger sein als die meines Vaters.«

Pamiu überging Khufus Geltungsdrang. »Wie hoch ist sie?«

Plötzlich hörte er Nefermaats Stimme neben sich. »Sie wird eine Höhe von über hundert Metern erreichen, wenn sie vollendet ist.«

Khufu blickte seinen Bruder geringschätzig an. »Das heißt, wenn sie nicht wieder absackt wie dein letztes Bauvorhaben, geliebter Bruder.«

Nefermaat ignorierte den Sarkasmus in Khufus Stimme. »Das wird sie nicht. Dieser Fehler wird nicht noch einmal geschehen. Wir haben den Baugrund genau geprüft, er wird dem Gewicht standhalten. Dieses Mal werden wir den Neigungswinkel nicht verändern müssen.« Er deutete auf die Lastenkräne, von denen vier an jeder Seite der Pyramide angebracht waren. »Seht ihr diese Flaschenzüge? Wir sorgen dafür, dass jede Seite die gleiche Belastung trägt und alle Seiten stets zur gleichen Zeit mit neuen Granitblöcken beladen werden. So verhindern wir ein einseitiges Absinken des Fundaments und eine Schieflage.«

Pamiu hatten Nefermaats Ausführungen fasziniert gelauscht, doch Khufus Miene hatte sich verfinstert.

»Du wirst Imhotep noch übertreffen, mein Bruder. Davon bin ich überzeugt.«

Nefermaat wandte sich ab. »Ich muss zum Pharao. Er will einige Baupläne mit mir durchsprechen. Wollt ihr nicht mitkommen?«

Ehe Pamiu etwas hätte sagen können, sprach sich Khufu schon dagegen aus. »O nein, wir genießen lieber noch etwas von diesem wunderbaren Wein und überlassen dir die Arbeit.«

Nefermaat runzelte die Stirn und wandte sich an Pamiu. »Ich frage mich, wie ein schlichter Charakter wie mein Bruder einen Feingeist wie dich Freund nennen kann, Pamiu.« Dann wandte er sich um und ging davon.

Pamiu spürte, wie Khufu innerlich kochte. Er legte ihm die Hand auf die Schulter, doch der Prinz schüttelte sie ab.

»Siehst du die Lastenkräne dort oben, an denen jeweils ein Granitblock hängt? Der linke dort, da wirst du dich morgen verstecken, und ich werde dafür sorgen, dass mein genialer Bruder sich mit dem Stein vereinigen wird – ein wahrhaft würdiges Ende für einen Baumeister, oder? Wie wäre es, mein Freund, möchtest du nicht diese Nacht auf dem imposanten Grabmal meines Vaters verbringen? Ich werde den anderen erzählen, dass dich das Fieber schüttelt und du aus diesem Grunde schon vorher den Rückweg zur Residenz in meiner Sänfte angetreten hast. Meine Träger sind allesamt stumm. Sie werden die Wahrheit nicht verraten können.« Khufus Mund umspielte ein böses Grinsen. »Es ist die beste Möglichkeit zu verschwinden. Versteck dich bis morgen, Pamiu.«

Pamiu starrte in dem dunklen Nachthimmel hinunter zum Boden. Hier oben zwischen den Granitblöcken des gewaltigen Bauwerks herrschte ein kalter Wind. So glühend heiß, wie die Wüste bei Tage war, so eiskalt streifte der Atem des Totengottes Anubis sie bei Nacht. Pamiu hatte die Kletterpartie relativ gut überstanden. Er war nur einmal ausgerutscht und hatte sich das Knie an einem scharfen noch unbehandelten Stein aufgeschlagen. Er war leise gewesen und unbemerkt geblieben. Jetzt starrte er aus schwindelerregender Höhe hinunter zum Wüstensand, der im Licht des fahlen Mondes dämonische Formen wie die des bösen glutäugigen Seth annahm. Er erschauerte und richtete dann seine Aufmerksamkeit auf den Lastenkran, der vor ihm aufgebaut war. Es war ihm schleierhaft, weshalb der schwere Granitblock in den Seilen baumelte und nicht erst bei Arbeitsbeginn hinaufgezogen wurde. Viel zu unsicher schaukelte er im Wind hin und her, viel zu groß war sein Gewicht, als dass die dicken Hanfseile es lange halten konnten. Nefermaat war vielleicht ein genialer Baumeister, aber er war unvorsichtig – eine Schwäche, die ihm morgen zum Verhängnis werden würde.

Pamiu dachte darüber nach, ob er Nefermaat mochte. Eigentlich hatte der Kronprinz ihm nur Komplimente gemacht, doch er war ihm fremd geblieben. Pamiu fiel es leichter, sich mit seinem langjährigen und unwirschen Freund Khufu zu unterhalten. Vielleicht entdeckte er in ihm eine Art Seelenverwandtschaft – die Seelenverwandtschaft der Ausgestoßenen und wenig Geliebten. Er wusste, dass er Nefermaat töten würde und dass er versuchen musste jegliche Zweifel und Gewissensbisse, die tief in ihm nagten, in den hintersten Winkel seiner Seele zu verbannen, um nicht an dieser Tat zugrunde zu gehen. Nefermaat war ein Begünstigter der Götter, nicht Pamiu. In ihm selbst tobte ein Feuer des Zweifels und der Einsamkeit, das Nefermaat nicht kannte. Er schloss die Augen, und seltsamerweise überkam ihn schon bald eine bleierne Müdigkeit. Diese Nacht floh ihn der Schlaf nicht.

Er wurde von der Wärme der Sonne geweckt, vom Hunger, vom Rufen der Stimmen unter ihm. Pamiu war sofort hellwach. Er blickte hinunter und sah, dass die Sänften gerade abgesetzt wurden. Es musste noch früher Morgen sein, denn die Menschen, die aus den Sänften stiegen, gähnten und standen lustlos herum. Auch sah er, wie ein paar Sklavinnen Speisen auftrugen und Sonnensegel errichteten. Pamiu dachte an seinen knurrenden Magen und verfluchte sich dafür, dass er nicht daran gedacht hatte, etwas zu essen mitzunehmen. Er seufzte und lehnte sich zurück. Es würde wohl noch eine Zeit dauern, bis Bewegung in die Menge dort unten kam.

Ein paar Stunden später, in denen Pamiu schon glaubte, er würde in der Hitze der Wüste ersticken, hörte er abermals Stimmen von unten. Er wagte einen Blick über einen der Granitblöcke hinweg und sah, wie sich der Pharao, sein Thronfolger und Khufu in Richtung der Pyramide bewegten. Pamiu hatte einen Klumpen in der ohnehin schon ausgedörrten Kehle. Er griff in den Gurt seines Schurzes und fühlte den kleinen, aber scharfen Dolch, mit dem er die Hanfseile durchschneiden würde. Er griff prüfend an das gespannte Seil und fragte sich, ob er es vielleicht jetzt anschneiden sollte, falls es doch stabiler war, als er dachte. Aber er verwarf den Gedanken wieder, denn er war zu gefährlich. Woher sollte er wissen, wann Khufu seinen Bruder zu der vereinbarten Stelle führte.

Doch dann kamen die Stimmen immer näher, und Pamiu sah, dass Khufu seinen Bruder in seine Richtung wies. Langsam gingen sie beide darauf zu, bis sie exakt unter dem Lastenkran mit dem Granitblock zum Stehen kamen. Pamiu schluckte hart. Was sollte er nun tun? Schließlich stand Khufu mit unter dem Granitblock. Erwartete der Prinz, dass er trotzdem die Seile durchschnitt, oder würde er ihn später anklagen, wenn Pamiu die Seile zerschnitt? Er riskierte einen erneuten Blick nach unten. Immer noch standen die beiden Gestalten regungslos und in eine Unterhaltung vertieft auf der Stelle. Dann sah Pamiu, wie Khufu den Kopf hob und in Richtung des Flaschenzugs blickte. Ihn durchzuckte ein kurzer Blitz, denn er wusste, dass dies das Zeichen sein musste. Langsam näherte sich seine rechte Hand mit dem Dolch den Seilen, wobei sie unkontrolliert zu zittern begann. Er hielt kurz inne. Einen Moment lang drängte sich sein Gewissen in den Vordergrund – er konnte das hier nicht tun. Dann dachte er daran, was Khufu wohl mit ihm anstellen würde, sollte er sich weigern. Er drängte die Zweifel in sich wieder in den dunkelsten Winkel seines Ka zurück und zwang seine Hand zur Ruhe. Ohne weiter zu überlegen durchschnitt er die Hanfseile, die kaum Widerstand leisteten. Er ließ sich zurückfallen, als er das sirrende Geräusch der Seile hörte, die sich von der Spule wanden. Dann gab es einen dumpfen Aufschlag und wildes Geschrei. Pamius Herz raste vor Angst. Er musste sich zwingen, seinen Körper vorzubeugen und nach unten zu sehen. Der Granitblock lag quer im Wüstensand. Noch umgab ihn eine Sandwolke, doch dann lichtete sich der Blick, und Pamiu sah eine Hand und einen Fuß unter dem Granitblock hervorschauen. Ein paar Blutspritzer waren im Sand zu erkennen, aber nicht viel, weil die Gestalt fast vollkommen unter Sand und Granit begraben war.

Pamiu betete, dass es nicht Khufu war, der dort unter dem Stein lag, doch dann hörte er einen Schrei und sah den Pharao herbeieilen. Er warf sich wie ein Gewöhnlicher vor den Stein und weinte wie ein Kind. Und wieder fing er einen Blick auf und erkannte, dass es Khufu war, der hinter dem König stand. Bisher hatte noch niemand die Augen vom grausigen Schauspiel auf der Erde abgewandt, bisher hatte noch niemand der Anwesenden daran gedacht, nach oben zu schauen, von wo das Unheil gekommen war. Mit einem Mal löste sich die Starre in Pamius Gliedern, und er gewann seine Geschmeidigkeit zurück. Er nahm das Messer und fing an sich behände an der Rückseite der Pyramide nach unten zu bewegen, springend, kletternd, ja, er fühlte sich, als würde er körperlos gleiten. Er zitterte nicht mehr, er folgte einem Trieb – dem Überlebenstrieb. Instinktiv setzte er einen Fuß vor den anderen und war bald am Boden angelangt. Er blickte sich nur kurz um, doch anscheinend war auch niemand auf die Idee gekommen, zur Rückseite der Pyramide zu gehen. Er begann zu laufen, seine schlanken Beine kamen im Sand gut voran. Hinter ihm verwischte der Wind die Spuren, und die Wüste schluckte ihn, als wäre er ein willkommener und geliebter Gast. Pamiu wusste, in welche Richtung er laufen musste, ohne sich vorher darüber Gedanken gemacht zu haben. »Du bist von den Göttern begünstigt«, flüsterte eine Stimme in seinem Kopf, und je länger er ihr lauschte, desto bereitwilliger glaubte er ihr.

Als Pamiu seine Räume erreichte, zog er sich die schmutzigen Kleider aus und wusch sich gründlich im Badehaus. Etwa zwei Stunden verbrachte er dort, in denen er sich zwang, nicht an das Geschehene zu denken. Er wusste, dass er sonst wahnsinnig geworden wäre. Instinktiv schaltete sein Geist auf Verdrängung, und er spürte, wie seine Empfindungen erstarrten. Sodann ließ er sich etwas zu essen auftragen und legte sich in sein Bett, um zu warten. Es dauerte bis spät in die Nacht, bis sich das Haus füllte. Pamiu hörte Schritte, er hörte Flüstern, er hörte, ja, er hörte die Stille, die die Menschen mitbrachten, die in die Residenz zurückkehrten. Sie brachten die Stille des Todes mit sich, und es dauerte nicht lange, bis Khufu an seine Tür klopfte. Er rief ihn herein. Der Prinz legte seine Betrübnis ab, sobald er die Tür hinter sich geschlossen hatte, und umarmte seinen Freund fest.

»Du bist wahrhaftig ein Freund, Pamiu. Niemand hat auch nur einen Verdacht geschöpft. Alle denken, du liegst krank in deinem Bett. Sie haben noch nicht einmal das Seil auf Schnitte überprüft, sodass ich es verschwinden lassen konnte.«

Sie setzten sich auf den Boden, um die Kühle der Fliesen zu genießen. »Ist der Kronprinz tot?«

Khufu nickte. »Er besteht nur noch aus einem Klumpen Fleisch und Knochen. Die Priester, denen wir vorhin seinen Leichnam zur Balsamierung übergaben, schlugen die Hände über dem Kopf zusammen. ›Großer Pharao, Herr allen Lebens, wie sollen wir den Körper deines Sohnes wiederherstellen, aus dem, was du uns dort bringst?‹« Der Prinz lachte leise. »Mein Vater hat sie fast zum Tode verurteilt, weil sie ihn das gefragt haben. ›Mein Sohn wird im Tode weiterleben, ihr unfähigen Narren. Ansonsten werdet ihr ihm folgen.‹« Ein grausamer Zug umspielte Khufus Mundwinkel. »Mein großer gerechter Vater, der sein Volk und seine Untergebenen so gerne mit Freund oder Bruder anspricht, aber für einen Teil seiner Familie noch nicht einmal einen Blick übrig hat, hat geweint wie ein kleines Kind.«

Für kurze Zeit spiegelte sich der alte Schmerz in den Augen des Prinzen, doch dann wurde er wieder Herr seiner Gefühle. »Du bist mir ein wahrer Freund, Pamiu. Wünsch dir etwas, und sofern es in meiner Macht steht, werde ich dir diesen Wunsch erfüllen.«

Pamiu straffte die Schultern. Das hier war seine Chance. Er musste jetzt an sich und seine Zukunft denken. »Prinz, ich möchte ein Amt bei Hofe. Etwas, worauf ich mir eine Existenz aufbauen und wodurch ich mir einen Titel verdienen kann.«

Khufu grinste ihn an. »Ah, die Katze wächst langsam zum Löwen heran. Also gut, mein Freund. An was für ein Amt hattest du dabei gedacht?«

Pamiu zuckte mit den Schultern. »Ehrlich gesagt habe ich mir darüber noch keine großen Gedanken gemacht. Vielleicht das eines Schreibers und Lehrers?«

Khufu stand auf und reckte sich. »Ich werde sehen, ob ich dir diesen Wunsch erfüllen werde.«

Auch Pamiu stand auf. »Sagtest du nicht, ich dürfe mir wünschen, was ich wolle?«

»Aber ja, doch ich werde dir nur derlei Wünsche erfüllen, die mir eine gewisse Kontrolle über dich lassen, mein kostbarer Freund. Ich verspreche dir, wenn du mir treu und loyal bist, dann wirst du dereinst einer der mächtigsten Männer in Kemet sein.«

Ein paar Tage vor der Rückkehr des Königs öffnete die Große Königliche Gemahlin Hetepheres eine Schriftrolle ihres Sohnes Khufu. Sie las den Text, und ihr traten Tränen in die Augen. Tränen des Glücks für das Gelingen des Plans und

Tränen der Trauer um ihren Erstgeborenen, den sie für diesen Plan hatte opfern müssen. Die Tränen trockneten nach kurzer Zeit, denn sie hatte keine Lust, vor den Priestern wie ein junges Mädchen zu weinen. Ihre Tränen waren mit ihrer Liebe gestorben, mit ihrer Enttäuschung und dem Verlust ihrer Hoffnungen. Hetepheres ließ die Trauerzeit für Nefermaat ausrufen und wies den Palast an, den König und sein Gefolge mit einem Trauermahl zu empfangen. Sie nahm die Perücke von ihrem kahl geschorenen Kopf und band sich ein weißes Trauertuch darum. Dann ging sie zu ihrem kleinen Altar und entzündete Weihrauch. Sie schickte ein Gebet für Nefermaat zu Anubis, dem Totengott, dass er ihren Sohn gnädig im Totenreich empfangen solle, sie schickte ein zweites Gebet zu Re, den Schutzgott der königlichen Familie, und bat um die Gunst für ihren dritten Sohn Khufu, und sie schickte ein drittes Gebet zu Seth, den glutäugigen bösen Gott der Wüste, dass er den Pharao verschlingen und vertilgen und dass er ihr selbst Jahrmillionen von Qualen als Buße nach ihrem Tode für ihre Sünden schenken möge.

Ich bin Osiris, der Herr der Unterwelt
Ich bin Bewahrer der Erinnerung
und Empfänger der Seele
Ich nehme auf in mein Reich,
was die sterbliche Hülle überlebte
Zu mir kommen Könige und Prinzen,
um auf ewig zu leben

Kapitel 4

Khufu besah die Pläne seines Freundes Pamiu und begann sich unter dem Nemes-Tuch zu kratzen. Was er sah, war genial. Die Skizzen waren wohl durchdacht, beinhalteten nicht den kleinsten Denkfehler, wie es trotz aller Genauigkeit bei Nefermaat immer der Fall gewesen war. Er winkte Meritates heran.

Die Prinzessin übergab ihren dreijährigen Sohn Kawab der Amme und setzte sich zu ihrem Gemahl unter das Sonnensegel.

»Sieh dir das an, Meritates. Diese Linien hier, diese Berechnungen. Alles ist stimmig. Das ist tausendmal besser als alles, was Nefermaat jemals gezeichnet hat.«

Die Prinzessin begutachtete den Bauplan und nickte dann. »Er hat Talent, das ist ihm nicht abzusprechen. Aber ich bin dagegen, ihm so viel Macht einzuräumen.«

»Pamiu ist mir treu ergeben. Selbst du als ständige Zweiflerin solltest davon überzeugt sein, Meritates. Du weißt, was er für uns getan hat.«

Die Prinzessin zog die Brauen zusammen, eine Geste, die ihr Missfallen an Khufus Ton zum Ausdruck brachte. »Ich bin nicht so leichtgläubig wie du, mein Gemahl. Er ist ein gutes Werkzeug. Hüte dich davor, Gefühle für eine Katze aufzubauen, denn sie wird dich kratzen, wenn du nicht damit rechnest.«

Khufu lachte und küsste seine Schwestergemahlin. »Welche Katze wagt es schon, einen Löwen zu kratzen?«

Meritates ließ sich nicht beirren. »Jene Katze, die selber durch zu viel Macht zum Löwen wird, vielleicht.«

»Du vergisst, dass wir ihn gut brauchen können.«

»Nein, mein Gemahl, das vergesse ich nicht. Aber warum lässt du ihn nicht in seinem selbst erwählten Amt als Schreiber und Lehrer, in dem er uns nicht gefährlich werden kann?«

Khufu griff nach dem Bauplan und rollte ihn sorgfältig zusammen. »Weil ich will, dass er mir dereinst ein Bauwerk schafft, das die Bauwerke meines Vaters und aller meiner Vorfahren übertrifft. Wer wenn nicht er besitzt die Genialität dazu?«

Meritates blickte ihren Gemahl mit einer Mischung aus Beunruhigung und Trotz an. »Ich fürchte seine Augen. Meine Göttin Isis sagte mir vor einigen Tagen im Traum, dass seine Augen das Gefährlichste an ihm seien, weil sie undurchdringlich sind.«

Khufu stand auf und zog Meritates auf die Beine. »Vielleicht solltest du dir eine andere Göttin suchen. Vergiss Isis jetzt einfach und denk an Hathor, die schöne Göttin der Liebe.«

Meritates wollte sich ihm entwinden und sagen, dass diese Göttin die Schutzpatronin ihrer verhassten Schwester Neferiabet sei und sie schon deshalb niemals die Hilfe Hathors erflehen würde, doch da hatte er schon ihr Trägerkleid gelöst und trug sie zum Bett. Seine Leidenschaft raubte ihr die Luft zum Atmen, denn es war die Wildheit eines Tieres in seinen harten, trockenen Küssen, und es gelang ihr fast nie, dieser zu widerstehen. Doch während er ihren Kopf in die Kissen drückte und sich zwischen sie drängte, wurde Meritates das ungute Gefühl nicht los. Sie griff in die Haare ihres geliebten Brudergemahls und stieß hervor: »Du solltest die Augen nicht schließen, Khufu, niemals. Dies ist der Weg der Beutetiere und nicht der Jäger.«

Er nahm ihre Hände und drückte sie auf das Bett zurück, ohne sich in seiner Lust beirren zu lassen. »Das Opfer ist immer der Schwächere.«

Sie beschloss, nichts mehr zu sagen, viel zu sehr wollte sie ihn jetzt. Doch ihre Gedanken formten von selbst eine Entgegnung. Genau das fürchte ich, mein Gemahl.

Neferiabet robbte auf allen vieren auf die gefleckte Katze zu, die ihr reglos gegenübersaß. Das Tier ließ sie nicht aus den Augen, rührte sich jedoch auch nicht von seinem Platz. In ihrer linken Hand hielt Neferiabet ein Stückchen Honigkuchen, während sie sich auf die rechte stützte. Sie achtete nicht darauf, dass sie das Leinenkleid beschmutzte, das sie vorhin erst angezogen hatte, vielmehr fixierten ihre Augen die der Katze.

Pamiu stand in einiger Entfernung an eine Säule gelehnt und beobachtete die seltsame Szene zwischen Katze und Kind, die sich dort abspielte. Er wusste, dass die Prinzessin schon seit einiger Zeit versuchte diese Katze handzahm zu bekommen, doch bisher hatte sie sich nur ein paar Kratzer und Schrammen als Dank für ihre Bemühungen eingefangen. Nitokris ta sherit – kleine Neith –, wie sie die Katze getauft hatte, war allem Anschein nach ihre Freiheit wichtiger als ein Stück Honigkuchen. Doch Pamiu wusste, dass Neferiabet nicht Neferiabet gewesen wäre, wenn sie aufgegeben hätte. Die Prinzessin hatte die kleine Katze fast erreicht, als diese fauchte und mit ihrer Pfote einen frischen Kratzer über die ohnehin schon verschorfte Hand zog. Neferiabet ließ einen empörten Schrei hören, und die Katze sprang mit ein paar flinken Sätzen davon. Pamiu, der von seiner Säule am anderen Ende des Gartens alles beobachtet hatte, lachte laut auf, sodass Neferiabet sich empört umdrehte, aber sofort ein freundliches Lächeln zeigte, als sie Pamiu erkannte.

»Du wirst sehen, irgendwann schläft sie in meinem Bett.«

Pamiu kam zu ihr herüber. »Davon bin ich überzeugt, Prinzessin. Bisher konnte dir noch keine Katze widerstehen.«

Neferiabet tat künstlich beleidigt. »Alle außer dem Kater, den man Pamiu nennt.«

Pamiu verbeugte sich in einer übertrieben spielerischen Geste. »Doch auch dieser liegt dir zu Füßen. Du bist nur so mit den anderen Katzen beschäftigt, dass du sein Rufen nicht hören kannst.«

Neferiabet lief rot an und schien sich plötzlich für ihr schmutziges Kleid zu schämen. »Ich mag es nicht, wenn du mich in Verlegenheit bringst. Außerdem – wie solltest du mich sehen, wenn ein jeder weiß, dass die Herrinnen Merit-Sobek und Neferure sich derart opulent in deinem Leben postiert haben, dass niemand mehr in deinem Blickfeld Platz findet.« Die Prinzessin räusperte sich, bevor sie sich entschloss, dem Ganzen noch einen gerundeten Abschluss zu geben. »Und wenn ich mir die Bemerkung erlauben darf, schöner Pamiu, die Herrin Merit-Sobek trägt ihren Namen mit voller Berechtigung. Sie sieht wirklich aus, als könnte sie die Geliebte eines Krokodils werden oder als wäre Sobek persönlich über sie hergefallen.« Sie kicherte als Zeichen ihres gelungenen Scherzes.

Pamiu knuffte sie leicht in die Hüfte. »Wer hat dir nur dieses schlechte Benehmen beigebracht, Prinzessin? Man könnte ja fast meinen, du seist eifersüchtig.«

Wieder lief Neferiabet rot an und drehte sich dann schnell um. »Nichts läge mir ferner. Du bist mein Freund, Pamiu. Ich könnte mich niemals in dich verlieben.« Im Weggehen rief sie ihm hinterher: »Aber ich werde dich beim heutigen Bankett genau beobachten und dich auslachen, wenn Merit-Sobek versucht dich mit ihren schiefen Zähnen zu küssen!«

Merit-Sobek erhob sich von ihm und zog dabei das Laken mit sich. Auf ihrem Körper glänzte der Schweiß, und ihr langes braunes Haar klebte ihr in der Stirn. Sie war erhitzt von der Liebe, und genau in diesen Momenten hatte Pamiu sie schön gefunden. Als sie jetzt ins Badehaus ging und er ihr hinterherblickte, konnte er diese Schönheit nicht mehr finden. Er spürte, dass sich wieder einmal eine seiner zahllosen Affären dem Ende zuneigte. Es war immer das Gleiche. Zuerst fand er sie anziehend, aber es dauerte kaum zwei Monde, bis er ihrer überdrüssig wurde, denn er wusste nicht, worüber er sich mit ihnen hätte unterhalten sollen. Er fühlte sich ihnen nicht nah oder er fand sie dumm und geschwätzig, und wenn dieser Zustand erst einmal erreicht war, vermochte auch sein Körper keine Lust mehr an ihnen zu empfinden. Pamiu seufzte und setzte sich auf. Merit-Sobek kam aus dem Badehaus und lächelte ihn verliebt an.

»Du bist so schön. Ich liebe dich.«

Sie wollte ihn küssen, doch er wandte sich ab. Merit-Sobek blickte ihn fragend an.

»Wir werden uns nicht mehr sehen, Merit-Sobek. Wir hatten eine schöne Zeit zusammen.«

Ihr stiegen Tränen in die Augen. »Ich dachte, du würdest mich auch lieben.«

Er stand auf und streichelte sanft über ihr Haar. »Liebe? Was ist das?«

Merit Sobek schluchzte auf und griff nach ihrem Leinenkleid, um es sich hastig überzustreifen. Ohne sich noch einmal umzudrehen, eilte sie weinend hinaus.

Pamiu schloss die Augen und kämpfte gegen einen uralten Schmerz an, der drohte, an die Oberfläche zu kommen. Es gelang ihm, die Mauer um die Erinnerung an seine Kindheit wieder aufzubauen und sich auf sein Ruhebett zu legen. Neferiabet hatte Recht gehabt. Merit-Sobeks Zähne waren wirklich etwas schief gewesen.

Das Abendbankett war unterhaltsam gewesen – unterhaltsam, nicht mehr und nicht weniger. Pamiu war einundzwanzig Jahre alt, und er hatte schon unzählige von diesen Banketten miterlebt, er hatte hunderte von schönen Mädchen und Frauen auf seinem Lager gehabt, und er kannte die königliche Familie privat genug, um sie nicht göttlich zu finden. Gelangweilt streckte er sich an seinem Tisch aus. Er war satt und leicht angeheitert vom Wein. Während des Banketts hatten ihn ständig Merit-Sobeks Blicke verfolgt, deren schwarze Schminke die verweinten Augen kaum zu verbergen vermochte. Er hatte sich unbehaglich gefühlt, aber nicht, weil ihm Merit-Sobek Leid tat, sondern weil sie ihm die heitere Stimmung und das Gespräch mit Neferure verdarb, die sich glücklich schätzte, endlich ihre Nebenbuhlerin ausgestochen zu haben. Doch Neferure langweilte Pamiu noch mehr, als Merit-Sobek es getan hatte. Er war dieser hohlen Schönheiten ohnehin längst überdrüssig.

Plötzlich bemerkte er eine Bewegung am Eingang, und sein Blick hellte sich auf. Neferiabet betrat den gefüllten Bankettsaal, und auf ihrem Arm trug sie Nitokris ta sherit. Pamiu winkte die Prinzessin zu sich, und Neferiabet kämpfte sich durch die Menge, wobei die Katze auf ihrem Arm erstaunlich gelassen blieb. Als sie es endlich geschafft hatte, sich ihren Weg bis zu ihm zu bahnen, ließ sie sich neben ihn auf ein Kissen fallen, wobei sie Neferure einen abschätzigen Blick schenkte.

»Sieh nur, ich habe dir doch gesagt, dass ich es schaffen würde, sie zu zähmen. Sie kam heute Abend auf meine Terrasse und sprang unter mein Sonnensegel, um sich streicheln zu lassen.«

»Unglaublich«, gab Pamiu ehrlich beeindruckt zu. Er fragte sich tatsächlich, was Neferiabet mit den Katzen verband. Diese Geschöpfe schienen ihre Nähe zu suchen.

»Du kannst sie sogar streicheln, wenn du willst.«

Pamiu legte vorsichtig seine Hand auf den kleinen Katzenkopf, und Nitokris schloss hingebungsvoll die Augen, um in intensives Schnurren zu verfallen.

Pamiu nahm einmal mehr den Duft von Neferiabets Haut wahr – Honig. Daran hatte sich in den Jahren nichts geändert. Die Prinzessin war ebenso versessen auf Naschwerk wie ihre Katzen. Auch jetzt griff sie nach einem von den Honigkuchen, die überall auf den Tischen standen.

»Sei vorsichtig, sonst wirst du irgendwann so dick wie deine alte Köchin.«

Neferiabet sah ihn empört an. »Ich habe nicht die geringste Ähnlichkeit mit meiner Köchin«, protestierte sie, wobei ihr Gesicht mit den Katzenaugen altklug wirkte.

Pamiu beschloss, sie noch etwas zu ärgern, und kniff sie in die schlanke Taille. »Und was ist das? Fühlt sich an wie ein kleines Fettpolster.«

»Nun, ich würde es als weibliche Rundung bezeichnen, aber nenn es doch, wie du willst.« Neferiabet war beleidigt, doch Pamiu schaffte es immer wieder, sie umzustimmen.

»Prinzessin, du weißt doch, dass ich nur scherze. Du bist der schönste Stern unter den ganzen Gestirnen hier.«

Neferiabet lächelte sofort wieder. Pamiu fiel auf, dass er sich gut vorstellen konnte, wie sie in drei bis vier Jahren sein würde – eine junge Frau, eine wirkliche Schönheit.

Plötzlich spürte er eine Hand auf seiner Schulter, und er fuhr fast gleichzeitig mit Neferiabet herum.

»Entschuldige, Schwester, aber ich muss dir dein Kindermädchen für eine Weile entführen.«

Neferiabet stand auf, wobei sie Nitokris fest an sich drückte, was ihr die Katze mit einem Knurren dankte. »Falls du es noch nicht bemerkt haben solltest, Bruder, ich brauche schon lange kein Kindermädchen mehr. Aber vielleicht verschließt du die Augen vor dieser Tatsache, weil es dich daran erinnern würde, dass es an der Zeit wäre, mit dem Bau deines Grabmals zu beginnen.«

Khufu grinste seine Schwester an, doch Pamiu wusste, dass Zorn in dieser Geste lag.

»Verschwinde, Schwester.«

»Geh zum Duat, Bruder.«

Neferiabet drehte sich um und ging hoch erhobenen Hauptes davon. Pamiu war froh, dass die Situation einigermaßen glimpflich verlaufen war. Noch ein paar Jahre und Neferiabet würde sich nicht mehr von ihrem Bruder herumkommandieren lassen. Sie war eine zu starke Persönlichkeit.

»Was für ein Dämon«, resümierte Khufu und setzte sich neben seinen Freund. »Ich bringe nichtsdestotrotz gute Neuigkeiten.«

»Erwartet Meritates etwa euer zweites Kind?«, witzelte Pamiu, denn er wusste, dass seit Kawabs Geburt die Leidenschaft zwischen dem jungen Paar etwas gelitten hatte.

»Die Götter mögen mich vorerst davor bewahren. Nein, ich habe beschlossen, dir ein anderes Amt zu übertragen.«

»Eigentlich war ich mit dem Amt als dein persönlicher Schreiber und als Lehrer der Haremskinder recht zufrieden.«

»Ich bitte dich, Pamiu. Du weißt so gut wie ich, dass dieses Amt bei weitem unter deinen Fähigkeiten liegt. Und warum solltest du mir diese genialen Baupläne zukommen lassen, wenn du nicht selbst schon auf etwas anderes gehofft hast?«

Pamiu durchfuhr ein Adrenalinstoß. Sollte der Prinz tatsächlich zustimmen, ihm ein derart hohes Amt zukommen zu lassen? Er konnte es sich nicht vorstellen.

»Ich will, dass du mir dereinst eine Pyramide baust, die größer und prächtiger als die meines Vaters ist. Ich will, dass diese Pyramide alle bisherigen in den Schatten stellt.« Er trank einen Becher Wein in einem Zug leer.

»Aber ein solches Bauwerk steht nur dem Pharao zu.«

Khufu grinste. »Genau, mein Freund. Darum ist dieses Amt ja auch mit einer weiteren Bitte an dich verbunden.«

Pamiu zuckte zusammen. »O mein Prinz, ich kann doch nicht noch einmal so etwas tun.«

»Doch, mein Freund, das kannst du und das musst du. Rahotep muss weg. Das ist auch der Wille meiner Mutter. Wenn sie dieses große Opfer für mich erbringen will, so wirst du als mein Freund mir zumindest einen Gefallen erweisen können, indem du uns behilflich bist. Danach ist der Weg zum Thron für mich frei. Und der Weg zu einer Laufbahn, die selbst die von Imhotep in den Schatten stellen wird. Ich mache dich zum mächtigsten Mann nach mir im Reich. Wir werden alles haben, mein Freund, was wir auch begehren.«

Pamiu lehnte sich zurück und dachte über die Worte seines Freundes nach. Es war ihm zuwider, noch einen Mord zu begehen, andererseits erschien ihm die Aussicht auf Macht verlockend. Er hatte bislang einen guten Werdegang gehabt, und warum sollte er ihn sich zerstören. Für was sollte er ihn sich zerstören? Die Aussicht auf ein Amt als Oberster Baumeister unter seinem Freund, der Pharao sein würde, erschien ihm in diesem Moment als das Maß aller Dinge.

»Also gut, warum nicht auch noch der zweite Bruder?«

»Du sagst, es mein Freund. Weiber sind etwas Schönes, aber Macht ist bei weitem anregender als die schönste Frau.«

Pamiu schlich durch den dunklen Palastgarten. Sein Schritt war leise wie immer, und er wusste, welchen Weg er nehmen musste, um nicht entdeckt zu werden. Er schlich an der Mauer des nördlichen Palastes entlang und arbeitete sich zum Südteil vor. Dort hatte Rahotep seine Gemächer. Dort hatten alle Kronprinzen bisher ihre Gemächer gehabt. In dieser Familie schien es gefährlich, der Thronfolger zu sein, denn genau wie Nefermaat würde auch Rahotep in seinem siebenundzwanzigsten Jahr seinen Einzug in die westlichen Gefilde halten. Pamiu trug einen dunklen Schurz und hatte auf jeglichen Schmuck verzichtet, damit er nicht Gefahr lief, durch den eitlen Tand verraten zu werden. Er dachte an alles und plante genauestens vor. Sein Weg führte ihn von der Palastmauer durch die dunklen Teile des Gartens. Dann musste er eine hohe Mauer zur Terrasse des Prinzen überwinden. Er tastete nach dem kleinen, mit einem Mondstein verzierten Dolch, der vor einigen Jahren schon die Seile des Ladekrans durchtrennt hatte, und sorgte dafür, dass er fest im Gürtel seines Schurzes steckte. Dieser Dolch war das Einzige, an dem ihm etwas gelegen war. Er bedeutete für ihn so etwas wie ein Glücksbringer, auch wenn er sich immer noch nicht zu einem Anhänger der Götter entwickelt hatte.

Er hatte die Terrassenmauer erreicht und betastete die Wand. Sie war rau gearbeitet und aus unregelmäßig geschlagenen Steinen hochgezogen worden. Er wusste, dass es für ihn eine Leichtigkeit war, sie zu überwinden. Seine langen schlanken Gliedmaßen fanden sofort Halt, und da er seine knabenhafte Statur behalten hatte, bereitete es ihm kein Problem, sein eigenes Körpergewicht die Mauer hinaufzuziehen. Mit einem federnden Sprung setzte er an der anderen Seite der Mauer auf und versteckte sich sofort hinter einem der Ziersträucher. Aus den Gemächern des Prinzen kam kein Laut. Pamiu wartete eine Weile, dann stand er auf und ging zur Tür, um die Binsenmatte zur Seite zu schieben, die man zum Schutz vor Insekten nachts im Eingang drapierte. Seine

Augen hatten sich schnell an die Dunkelheit gewöhnt, und er schob sich langsam durch den Eingang.

Plötzlich spürte er einen Griff am Handgelenk, und er wurde in den Raum gezogen. Er stolperte ein paar Schritte vorwärts, hatte aber keine Mühe, sich abzufangen und sofort zu orientieren. Ihm wurde klar, dass Rahotep etwas bemerkt hatte, denn er selbst hatte ihn überrumpelt. Er sah, dass der Prinz an ihm vorbei auf die Terrasse stürmte, um zu fliehen, und beruhigte sich, denn Rahotep hatte in seiner Panik genau den falschen Weg gewählt. Draußen wartete die hohe Mauer auf ihn. Die Terrasse war unbewacht, weil man davon ausging, dass die Mauer ohnehin nicht zu überwinden war. Ein folgenschwerer Fehler, wie sich jetzt herausstellte. Hätte der Prinz den Weg zur Tür gewählt, wäre Pamiu nichts anderes übrig geblieben, als den Rückzug anzutreten und so schnell wie möglich zu verschwinden. Sein Herz begann zu rasen. Er musste die Sache erfolgreich beenden, sonst wäre sein eigenes Leben in Gefahr. Er zog den Dolch und stürmte auf die Terrasse, ehe der Prinz um Hilfe zu rufen begann.

Im Licht des Mondes starrte Rahotep ihn ungläubig an. »Du?«, fragte er aus einem Reflex heraus, und ehe er begriff, wie ihm geschah, stürzte sich Pamiu auf ihn. Er wehrte sich und versuchte verzweifelt den Dolch von seiner Kehle fernzuhalten, während Pamiu die Hand auf seinen Mund drückte. Er durfte nicht schreien, sonst wäre alles verloren. Angst und Verzweiflung machten sich in Pamiu breit, als er in die von Todesangst geweiteten Augen Rahoteps blickte. Die Wachen vor den Gemächern des Prinzen schliefen bestimmt, niemand war bisher so dreist gewesen und hatte ein Mitglied des Königshauses derart gewaltsam aus dem Leben befördert, aber ein zweites Mal wären sie nicht so unaufmerksam.

Rahotep gelang es, Pamiu den Dolch aus der Hand zu schlagen, und dieser fiel mit einem leisen Klirren zu Boden.

Pamiu erschrak. War das Klirren wirklich leise gewesen oder glich es schon mehr einem Scheppern? Er hatte keine Zeit mehr. Er griff nach dem Dolch, der neben ihm auf den Steinen lag, nahm seine ganze Kraft zusammen und setzte ihn an die Kehle des Prinzen. Ein roter Streifen bildete sich, als er die Klinge an Rahoteps Kehle entlangzog, doch sie verschwand schnell in einem Meer aus Blut, das auf den Steinboden spritzte. Pamiu drückte den Körper des Prinzen zu Boden, bis das Zucken nachließ. Er hielt dem im Todeskampf Liegenden die Hand auf den Mund, damit ihm kein Laut entfuhr, und während er das tat, spritzte das warme königliche Blut auf ihn, besudelte seine Hände, seinen Körper, seinen Schurz und sein Gesicht. Pamiu hätte am liebsten geschrien, aber er starrte nur in die weit aufgerissenen Augen des Prinzen. Dann endlich war kein Leben mehr in ihm. Pamiu steckte den Dolch in den Schurz und schwang sich über die Mauer. Das Blut an seinen Händen war glitschig, doch er schaffte auch den Rückweg ohne Probleme, indem er sich zwang, das schreckliche Bild aus seinem Kopf zu verdrängen und seinen Verstand zu gebrauchen. Er rannte so schnell er konnte und warf sich auf halbem Weg in einen Badeteich, um das widerliche Blut so gut es ging abzuwaschen. Er spürte, wie ihm Tränen in die Augen schossen, doch er schluckte sie hinunter und drängte sie tief in sein Unterbewusstsein. Er konnte nicht darüber nachdenken, wenn er nicht verrückt werden wollte. Er stieg aus dem Wasser und zitterte, obwohl es nicht kalt war.

Dann wandte er sich wieder der Palastmauer zu, denn er hatte alles, was er brauchte, in einem kleinen Jagdhaus am Ufer des Nils deponiert. Es schien ihm zu gefährlich, nach dem Mord sofort in seine Gemächer zurückzukehren. Er hatte von vorneherein damit gerechnet, dass er sich mit dem Blut des Prinzen beschmutzen würde. Das Ausmaß hatte seine Befürchtungen zwar weit übertroffen, aber er hatte vorgesorgt. Er stahl sich durch einen unbewachten Nebeneingang des Palastes und verschwand im Gestrüpp der Sträucher und Bäume. Hier gab es keine Straßen und keine Menschen. Er blickte auf den Palast zurück, ehe er sich zum Jagdhaus aufmachte. Alles war friedlich – so friedlich würde es wohl nach der heutigen Nacht dort nie wieder sein.

Als Pamiu sich gewaschen und saubere Kleider angelegt hatte, griff er nach seinem Dolch und steckte ihn in den Schurz. Er schloss die Augen und atmete tief durch. Was sollte er nun tun? Ihm war nicht danach, sofort in seine Gemächer zurückzukehren, aber hier bleiben wollte er auch nicht länger. Er hatte den blutigen Schurz verbrannt. Es gab keine Beweise mehr für seine Tat. Plötzlich kam ihm ein Gedanke. Er wusste nicht, weshalb er gerade jetzt, gerade heute daran dachte, seinem Elternhaus einen Besuch abzustatten, aber mit einem Mal war das Bedürfnis so stark geworden, dass er sich nicht dagegen wehren konnte. Er verließ das kleine Haus und wandte sich vom Flussufer ab in Richtung Stadt, von wo die Lichter kamen. Es war noch nicht spät, zumindest nicht für die Reichen und Schönen der Stadt, die oft die Nacht zum Tag machten. Er brauchte nicht lange, um den Stadtrand zu erreichen. Dort fiel ihm ein, dass er nicht einen Kupferring mit sich führte. Sehnsüchtig blickte er den Sänften hinterher, auf deren Bequemlichkeit er wohl verzichten musste. Das Haus seiner Eltern lag ungefähr eine halbe Stunde Fußweg vom Palast entfernt, und er hatte sie seit gut zwei Jahren nicht mehr gesehen. Auf dem Weg dorthin dachte er an das letzte Treffen mit seinen Eltern. Seine Mutter hatte ihn steif und unbeholfen in die Arme genommen, und er war nicht in der Lage gewesen, diese Umarmung zu erwidern. Er hatte keinerlei Gefühle für die Frau, die ihm das Leben gegeben hatte. Seinen Vater zu berühren wäre Pamiu nicht im Traum eingefallen. Er hatte wie in alten Zeiten vor ihm gestanden und an ihm hinabgeblickt. »Die Götter gaben mir einen Sohn, der ebenso eine Tochter hätte sein können« war sein abschließendes Urteil, dann hatte er sich umgedreht und war gegangen.

Als Pamiu jetzt das Anwesen seiner Eltern erreichte, vernahm er Stimmengewirr und lautes Lachen aus dem Garten des Hauses. Überall waren Fackeln entzündet, und Gäste gingen ein und aus. Sie haben mich nicht eingeladen, fuhr ihm durch den Kopf. Doch er lud sie ja ebenfalls nicht auf seine Feste ein. Trotzdem spürte er den alten Schmerz in sich aufkommen und lehnte sich an die Außenmauer. Er brauchte nur um die Ecke zu gehen, dem Diener, der die Gäste begrüßte, sagen, dass er der Sohn der Familie sei, und er wäre anstandslos eingelassen worden. Doch wohin hätte er gehen sollen, mit wem sich unterhalten. Seine Mutter würde nicht mit offenen Armen auf ihn zulaufen, und sein Vater würde ihn nicht voller Stolz seinen Freunden vorstellen. Seine Schwester war ein Schatten der Vergangenheit, verblasst wie ein alter Traum. Er wandte sich vom Haus ab, um zurück zum Palast zu gehen, der nun sein Zuhause war. Er dachte an Neferiabet, wie sie Nitokris mit einem Honigkuchen zu locken versuchte, und sein Herz wurde etwas leichter und wärmer. Auf dem gesamten Rückweg dachte er an sie, bis er die letzten Stunden fast vergessen hatte.

Hetepheres erwachte vom Lärm der Diener und vom Klagen der Frauen. Sie stand langsam von ihrem Bett auf und warf einen Blick in ihren Kupferspiegel. Sie war alt geworden. Jetzt sah man es nicht nur in ihrem Gesicht, sondern sie fühlte auch, dass ihr Körper die Kraft verlor. Sie wartete auf das Erscheinen ihrer Dienerin, die ihr die Nachricht vom Tod ihres zweiten Sohnes überbringen würde. Kerzengerade saß sie auf ihrem Ruhebett, während sie dem immer lauter werdenden Klagen und Rufen lauschte. Sie hielt sich die Ohren zu, doch der Lärm hämmerte weiter in ihrem Kopf. Zu ihrer Überraschung war es nicht die Dienerin, die ihre Gemächer betrat, sondern der Pharao. Sie fragte sich, weshalb er in seiner Trauer immer noch so gut aussah, während mit der Lebenskraft ihrer Söhne auch die ihre aus ihrem Körper zu schwinden schien.

Der König trug einen schlichten Schurz und einen breiten Halskragen, denselben Wesech, den er getragen hatte, als sie ihn zum ersten Mal getroffen hatte, damals ... Sie rief sich zur Ordnung und vertrieb die sentimentalen Gefühle aus ihrem Herzen. Snofru blieb vor ihr stehen und blickte sie an. Er hatte nicht geweint wie bei Nefermaat, nicht geweint wie bei Tahemet, fuhr es ihr mit schmerzlicher Erkenntnis durch den Kopf – und er würde auch nicht weinen, wenn sie tot wäre, was sollte also das Mitleid?

»Unser Sohn ist tot – ermordet.« Die Stimme des Königs klang unerwartet alt.

»Und was willst du jetzt von mir – nach so langer Zeit, in der du meinen Gemächern ferngeblieben bist?«

Er streckte ihr die Hand entgegen. »Ich will mit dir um ihn trauern.«

Hetepheres wandte den Blick ab. »Ich habe dir nichts mehr zu geben, mein Gemahl. Du hast mich geleert bis zur Neige.«

»Ich habe Fehler gemacht.«

Sie nickte. »O ja, das hast du. Und ich habe an sie gedacht in all den Jahren, in denen ich frierend vor Einsamkeit alleine auf meinem Lager lag. Jetzt sollst du selbst erfahren, was Einsamkeit bedeutet. Ich brauche dich nicht mehr.«

Snofru zog seine Hand langsam zurück. »Du willst wirklich, dass ich gehe?«

»Ja, ich will, dass du gehst.«

Der Pharao senkte den Blick und wandte sich zum Gehen. Als die Tür sich hinter ihm schloss, schossen der Großen Königlichen Gemahlin Tränen in die Augen. Sie streckte ihre Hand der Tür entgegen, doch sie blieb geschlossen.

Khufu holte weit aus und warf den Speer über seinen Kopf hinweg auf die Zielscheibe. Er traf wie meistens genau die Mitte und zeigte ein zufriedenes Lächeln über sein Ergebnis. Das, was Pamiu an Geschicklichkeit besaß, glich der Prinz an Kraft aus. Er wandte sich zu seinem Freund um. »Hast du das gesehen? Ich könnte jeden verfluchten Libyer durchbohren.«

Pamiu hatte sich hinter ihm an einen Zaun des Platzes gelehnt. Er kannte das gockelhafte Getue seines Freundes schon. Der Prinz war stolz auf seine soldatischen Fähigkeiten und konnte das nicht oft genug erwähnen. Der Übungsplatz der königlichen Leibgarde, auf dem auch der Prinz zu üben pflegte, lag in der sengenden Mittagshitze der Erntezeit, und Khufu lief der Schweiß über die ausgeprägten Muskeln. Pamiu mochte sich nicht bewegen. Allein der Gedanke an einen durchgeschwitzten Schurz bereitete ihm Übelkeit. Außerdem war er nicht halb so gut gelaunt wie sein Freund, der künftige Thronfolger.

»Vielleicht würdest du anders darüber denken, wenn du wüsstest, wie viel Blut in einem menschlichen Körper ist.«

Khufu drehte sich grinsend zu ihm um. »O bitte, spiel nicht schon wieder auf Rahotep an. Vergiss es einfach. Es ist geschehen, und uns steht nichts mehr im Weg. Der Thron ist mir so gut wie sicher und damit auch die Tatsache, dass du einer der mächtigsten Männer im Reich werden wirst.«

Pamiu schob seine langgliedrige Hand unter sein schwarzes, leicht gewelltes Haar, das ihm in den Nacken fiel, und wischte den Schweißfilm fort. »Ich denke, Meritates und die Große Königliche Gemahlin werden davon nicht sehr angetan sein.«

Der Prinz winkte ab und warf einen weiteren Speer auf die Zielscheibe. »Vergiss Meritates. Sie ist meine Schwester und meine Gemahlin, sie hat mir meinen ersten Sohn geboren, dafür liebe und achte ich sie. Aber ansonsten lasse ich es nicht zu, dass Weiber sich um die Belange Kemets kümmern.«

»Und Hetepheres?«

»Hetepheres wird sich wohl oder übel fügen müssen.«

Pamiu trat neben seinen Freund. »Sie hat zwei ihrer Söhne geopfert, um dir den Weg zum Thron zu ebnen. Glaubst du wirklich, dass sie sich so einfach bevormunden lassen wird?«

Khufu rammte einen dritten Speer in den Boden und stemmte die Hände in die Hüften. »Was soll das Gerede, Pamiu? Willst du den Posten als Oberster Baumeister etwa nicht?«

»Du weißt so gut wie ich, dass ich ihn will.«

»Dann hör jetzt auf, mich ständig in Frage zu stellen. Das steht dir nicht zu.«

Pamiu nickte. »Nein, mir steht es lediglich zu, dich von deiner königlichen Familie zu befreien.«

Khufu zog den Dolch aus Pamius Gurt und hielt ihn nah an dessen Kehle. »So ist es, mein Freund. Und wenn du dir darüber im Klaren bist, wird deiner Laufbahn nichts mehr im Weg stehen.«

Pamiu blieb von der Drohgebärde unbeeindruckt. »Du würdest mir nicht die Kehle durchschneiden, Prinz. Du brauchst mich.«

Khufu grinste und nahm die Klinge von seiner Kehle. »So

ist es, mein Freund. Doch überspanne den Bogen nicht.« Er griff an die Schneide und reichte Pamiu den Dolch mit dem Schaft zuerst. »Du solltest dein Mordinstrument überarbeiten lassen. Es fehlt ein Stein.«

Pamiu griff nach der Klinge und starrte entsetzt auf die Stelle, an der sich der Mondstein befunden hatte. Er war sich sicher, dass er vor dem Mord an Rahotep noch an seinem Platz gewesen war. Khufu bemerkte den Blick. »Was ist denn nun schon wieder?«

»Der Mondstein – er war gestern noch da.«

»Nun, dann solltest du hoffen, dass ihn niemand findet.«

Pamiu steckte den Dolch zurück in den Gürtel. »Wer hat Rahotep heute Morgen gefunden?«

»Seine Dienerinnen, nehme ich an«, antwortete Khufu, klopfte Pamiu aber dann beruhigend auf die Schulter. »Ich werde versuchen herauszukriegen, ob irgendjemand einen Mondstein gefunden hat.«

Als nach der neunzigtägigen Trauerzeit für den Kronprinzen die Beisetzung stattfand, hatte immer noch niemand einen Mondstein gefunden. Pamiu kam zu dem Schluss, dass er ihn im Badeteich in jener Nacht verloren haben musste. Trotzdem wollte er aus Sicherheitsgründen keinen neuen Stein in den Dolch einsetzen zu lassen. Meritates war schon wieder schwanger, als sie hinter dem von Ochsenkarren gezogenen Sarkophag ihres Bruders einherschritt. Man sah zwar noch nicht viel, aber ihre Hüften waren runder geworden. Hetepheres ließ sich in einer Sänfte tragen. Die Große Königliche Gemahlin hatte sich seit dem Tod ihres zweiten Sohnes nicht mehr in der Öffentlichkeit gezeigt. Der Pharao schien um Jahre gealtert zu sein, wie er in seinem golddurchwirkten Zeremoniengewand mit den Priestern vor dem Sarg ging. Seine Augen waren dunkel geschminkt, um die Ringe darunter zu verbergen, doch die Falten um seine Mundwinkel verrieten seinen Kummer. Einzig Khufu schien an Kraft gewonnen zu haben. Die Prozession bewegte sich langsam auf eine winzige Pyramide zu, die in aller Eile errichtet worden war. Der Kronprinz hatte noch nicht mit dem Bau eines Grabmahls begonnen. Der Sand glühte durch Pamius Sandalen hindurch, denn er musste den Weg zu Fuß zurücklegen. Lediglich den Frauen waren Sänften bereitgestellt worden. Weit hinten in der Prozession gingen Rahoteps Frauen. Er hatte sich nicht entschließen können, eine von ihnen zu seiner Hauptgemahlin zu machen, und so gingen sie, dem Rang einer Nebenfrau entsprechend, weit hinten im Begräbniszug. Pamiu zählte vier, doch wirklich interessierte ihn die Anzahl der Frauen eines ohnehin verstorbenen Prinzen nicht. Plötzlich spürte er eine Hand auf seiner Schulter, die aus einer Sänfte neben ihm herausgestreckt wurde. Neferiabet zog die Vorhänge zur Seite und grinste Pamiu an. »Ich kann fast spüren, wie sehr es dir widerstrebt, durch den heißen Sand zu laufen.«

Neferiabet lag lässig in den Kissen und hielt Nitokris an einer Leine. Pamiu grinste ebenfalls. »So hat die stolze Dame sich letztendlich doch gegen ihre Freiheit entschieden.«

»Nun, das ist wahr, dafür hat sie aber auch meinen anderen Lieblingen den Rang abgelaufen. Wir sind unzertrennlich.« Die Prinzessin rückte die Geierhaube zurecht, die noch etwas groß für ihren Kopf war.

»Seit wann trägst du die Geierhaube, Prinzessin?«

Sie zuckte mit den Schultern. »Sie wurde mir nur für die Begräbniszeremonie meines Bruders, den ich ohnehin kaum kannte, zugebilligt.«

»Hat der Pharao sie dir bringen lassen?«

»Nein, erstaunlicherweise war es mein verhasster Bruder. Deshalb wollte ich sie zuerst auch gar nicht tragen, aber die

Verlockung war zu groß.« Sie kokettierte mit einem Augenaufschlag und schob die Träger ihres mit Silberfäden durchwirkten Leinenkleides zurecht. Auch die Träger des Kleides waren zu groß. Mit einem Mal fiel Pamiu auf, dass sie keine Kinderlocke mehr trug.

»Prinzessin, wo ist deine Locke geblieben?«

Sie lächelte. »Die darf ich nicht mehr tragen, denn vorige Woche erwachte mein roter Mond.«

Pamiu nickte. »Ich beglückwünsche dich.«

»Wozu? Ich empfinde es als unangenehm. Vor allem diese langen lästigen Kleider. Ich habe mich wohler gefühlt, als ich den Kindergürtel tragen durfte.«

Plötzlich stoppte die Begräbnisprozession. Sie hatten ihr Ziel erreicht. Neferiabet ließ den Vorhang ihrer Sänfte wieder herunter, und Pamiu setzte sich unter das Sonnensegel, das ein Diener für ihn aufstellte. Er beobachtete von dort aus, wie der Pharao, gefolgt von Khufu, Meritates und Henutsen, hinter dem Sarg in die kleine Grabstätte ging. Vor ihnen schritten die Priester mit ihren Leopardenfellen, und hinter ihnen folgten ein paar Diener mit den wenigen Grabbeigaben, die aus Lebensmitteln und den persönlichen Sachen von Rahotep bestanden, ein paar Möbeln, Waffen und etwas Schmuck. Für mehr bot das kleine Grabgewölbe keinen Platz. Pamiu bemerkte, dass die Große Königliche Gemahlin sich nicht an der Grablegung beteiligte. Er schirmte seine Augen mit den Händen gegen das grelle Sonnenlicht ab und hielt Ausschau nach Hetepheres' Sänfte. Er sah sie in einiger Entfernung im Schatten stehen. Unerwartet öffneten sich die Vorhänge der Sänfte und ein Diener beugte sich zu ihr hinab. Nach einer Weile nickte der Diener und kam zu Pamiu herüber. Er verbeugte sich, und Pamiu blickte auf die goldenen Oberarmreifen, die die Kartusche der Großen Königlichen Gemahlin trugen.

»Die Große Königliche Gemahlin bittet dich, ihr Gesellschaft zu leisten, bis die Zeremonie beendet ist.«

Pamiu zog es kurz in Erwägung, die Bitte abzulehnen, rief sich dann aber in Erinnerung, dass die Bitte eines Mitglieds der Königsfamilie als Befehl zu werten war. Er stand also auf und folgte dem Diener, wobei sie sich den Weg durch die wartenden Höflinge bahnen mussten.

Pamiu verbeugte sich vor der geschlossenen Sänfte der Königin; er war sich sicher, dass Hetepheres ihn von innen genau beobachtete. Er selbst blinzelte, weil die Sonne ihm ins Gesicht schien.

»Hilf mir hinaus, und lass uns ein paar Schritte gehen.«

Eine goldbestäubte und mit unzähligen Ringen bestückte Hand schob sich durch die Vorhänge und Pamiu half Hetepheres aus der Sänfte. Als sie vor ihm stand, erschrak er. Die Große Königliche Gemahlin war seit Rahoteps Tod gealtert. Vielleicht hatte sie sich deshalb nicht mehr in der Öffentlichkeit gezeigt. Hetepheres schien Pamius Reaktion zu bemerken. »Nun, was hast du erwartet? Dass mir der Tod meines Sohnes nicht nahe gehen würde?«

Pamiu schüttelte den Kopf. »Verzeih mir mein unverschämtes Verhalten, Königin.«

Sie winkte ab. »Lass uns dort hinten zu den Palmen in den Schatten gehen. Dort können wir ungestörter reden.« Sie warf einen zweifelnden Blick auf ihren Leibdiener und gab ihm ein Zeichen, bei der Sänfte auf sie zu warten.

Nachdem sie ein paar Schritte schweigend durch den Sand gelaufen waren, erreichten sie den Schatten der Palmen.

Hetepheres griff nach einem Leinentuch und wischte sich den Schweiß von der Stirn, wobei ihr weißes Tuch, das sie wie so oft um den Kopf geschlungen hatte, etwas verrutschte. Die schwarze Augenschminke war von der Hitze verlaufen. Sie begann sich mit einem kleinen Handfächer Luft zuzuwedeln.

»Wie gelingt es dir nur, ständig frisch und attraktiv auszusehen, Pamiu?« Er senkte verlegen den Kopf, aber die Große Königliche Gemahlin lächelte nur. »Ach, was frage ich. Die Götter haben es so gewollt, nehme ich an. Pamiu – der Kater –, der Name passt wirklich gut zu dir. Er ist ungewöhnlich, aber ebenso stolz und gelassen wie eine Katze schreitest du durchs Leben.«

Pamiu fühlte sich unwohl bei dieser Unterhaltung. Er wusste nicht, was Hetepheres, die nie ein gutes Wort, geschweige denn ein Kompliment für ihn übrig gehabt hatte, damit bewirken wollte. Er misstraute ihr wie fast jedem. »Warum sind wir hier, Königin?«

»Vielleicht, weil ich wissen will, ob mein Sohn gelitten hat. Man berichtete mir von dem Blutbad, das stattgefunden hat.«

Pamiu verkrampfte sich. Er wollte diese Sache lieber so schnell wie möglich vergessen anstatt ihre Einzelheiten wieder hervorzuzerren. »Nicht so sehr wie Tahemet.« Er blickte Hetepheres direkt in die Augen, aber er konnte dort kein Auffunkeln oder irgendeine andere Bewegung ausmachen. Stattdessen starrte sie mit ihren dunklen Augen zurück und lächelte plötzlich.

»Du hast wahrhaftig das Wesen einer Katze, Pamiu. Ich wünschte nur, ich hätte ihr Balg damals direkt mit zum Duat befördert.«

Pamiu spürte, wie Zorn in ihm aufkam. Wenn nichts ihn zu erregen vermochte, so besaß er doch eine Schwachstelle, wenn es um Neferiabet ging. »Was stört dich die Tochter der armen toten Frau? Sie ist doch so unwichtig für dich wie all die illegitimen Kinder des Pharaos. Selbst bei den offiziellen Banketten sitzt sie nicht bei der königlichen Familie. Warum lässt du sie nicht in Ruhe?«

Die Augen der Großen Königlichen Gemahlin verengten

sich zu Schlitzen. »Ich weiß nicht, was du an diesem Balg findest, aber eure Wesen scheinen sich zu ähneln. Und ich fürchte dich, Pamiu. Du bist ein Stachel im Fleisch meines Sohnes. Er hat ebenso eine Schwäche für dich wie alle anderen. Aber mich kannst du nicht täuschen. Ich werde verhindern, dass du der Stachel im Fleisch Kemets wirst. Mein Sohn vertraut dir vielleicht, aber ich tue das nicht.«

Pamiu verbeugte sich in übertriebener Geste vor der Königin. Als Kind hatte er sie gehasst und gefürchtet, doch nun war sie ihm einfach nur noch unangenehm. »Vielleicht werden wir beide vor dem Totengericht nicht bestehen, aber ich bin sicher, dass du vor mir die Hallen des Gerichts betreten wirst. Du bist wie eine Gazelle, die gegen einen Löwen kämpft.«

Hetepheres' Mund umspielte ein kaltes Lächeln. »Ja, Pamiu, da hast du Recht. Ich werde vor dir gehen, aber ich werde vorsorgen, das schwöre ich dir bei meiner Schutzgöttin Isis.«

Ohne eine Antwort abzuwarten, ließ Hetepheres ihn stehen und ging zu ihrer Sänfte zurück. Pamiu wartete, bis sie weit genug vorgegangen war, so dass er sie nicht einholen musste, dann kehrte auch er zu seinem Platz zurück. Er hoffte, dass die Grablegung bald beendet wäre, denn er wollte aus dieser glutheißen Wüste zurück in die Kühle seiner Gemächer.

Ich bin Hathor, die schöne Himmelskuh
Ich bin Bewahrerin der Sehnsucht
und Schürerin des Verlangens
Ich umgarne die Jugend
und auch das Alter mit meiner süßen Stimme
Mein Kuss hält dich gefangen
bis ans Ende der Zeit,
und meine Umarmung ist Nektar und Honig

Kapitel 5

Pamiu hatte die Vorarbeiter und Steinmetze in seinem Zelt erscheinen lassen. Seit er die Bauleitung für Khufus gigantisches Bauvorhaben übernommen hatte, weilte er nur noch selten im Palast. Die Baustelle verlangte seine ständige Anwesenheit. Die Türen von Rahoteps Grabmal hatten sich kaum geschlossen, da hatte Khufu ihm die Anweisung gegeben, mit dem Bau seines Grabmals zu beginnen. Das war vor vier Jahren gewesen, und bisher stand noch nicht einmal das Fundament.

»Ihr müsst besser Acht geben.« Er wandte sich an die Steinmetze. »Die Granitquader müssen alle identisch in Größe und Gewicht sein, sonst erreichen wir keine Symmetrie.« Dann wandte er sich den Vorarbeitern zu. »Und ihr müsst darauf achten, dass die Steine besser verarbeitet werden. Ich habe mich für Gizeh als Baugrund entschieden, weil der Boden hier fester und besser ist. Aber das alles nützt überhaupt nichts, wenn eure Arbeiter die Steine schlecht verarbeiten. Ich will einen perfekten Neigungswinkel, und den erreichen wir nur, wenn das Fundament einwandfrei ist.« Die Männer nickten, und Pamiu gab ihnen ein Zeichen, dass sie entlassen waren. »Geht wieder an die Arbeit. Ich werde überprüfen, ob ihr euch an meine Anweisungen gehalten habt.«

Die Männer verließen schweigend das Zelt des Obersten Baumeisters. Pamiu wusste, dass sie ihn nicht mochten. Er war ihnen suspekt – ein Mann, der die Schönheit einer Frau besaß, aber die Unerbittlichkeit eines Herrschers. Pamiu war ein Herrscher – ein Herrscher über die Bauvorhaben des ganzen Landes. Längst hatte er den eigentlichen Obersten Baumeister des Pharaos aus seinem Amt verdrängt. Snofrus Stern war am Sinken, Khufus Stern erschien leuchtend hell am Himmel. Längst wurde er selbst von den anderen Höflingen mit Herr angeredet. Er besaß große Gemächer im Palast und einige Landgüter, die er aber niemals besuchte, sondern verwalten ließ, und von deren Erträgen er gut leben konnte. Er hatte sich, obwohl er bereits fünfundzwanzig Lenze zählte, bisher nicht dazu entschließen können zu heiraten, stattdessen wechselte er die Frauen fast so oft wie seinen Schurz, da es für ihn einfacher war, als eine fordernde Geliebte an seiner Seite zu haben.

Pamiu rollte die Baupläne zusammen und ging zu seinem Ruhebett. Da er fast seine ganze Zeit hier verbrachte, hatte sein Zelt einen gleichwertigen Standard zu seinen Räumen im Palast, nur dass es am Tage immer brütend heiß war. Er legte seinen Kopf in die elfenbeinerne Kopfstütze, die das Kuhgehörn der Hathor darstellte. Seine Finger fuhren wie von selbst über die schöne Schnitzarbeit. Sie war ein Geschenk von Neferiabet zu seinem fünfundzwanzigsten Geburtstag gewesen. Sie allein vermisste er manchmal, wie sie – inzwischen zu einer schönen jungen Frau gereift – mit Nitokris, die ihre ständige Begleiterin in den letzten Jahren gewesen war, selbstbewusst durch den Garten schritt. Pamiu war stolz auf sie, denn ihre Familie hatte sie nicht brechen können. Hetepheres hatte ohnehin in den letzten Jahren an Kraft verloren, doch Meritates war dafür umso ungenießbarer geworden. Es war kein Geheimnis bei Hofe, dass die Liebe zwischen ihr und Khufu erkaltet, wenn nicht gar gestorben war. Nach der Geburt der Prinzessin Chamernebti hatte Khufu das Lager nicht mehr mit ihr geteilt. Stattdessen hatte der Prinz wechselnde Favoritinnen aus seinem großen

Harem, die jeweils für etwa zwei Mondumläufe seine ständigen Begleiterinnen bei Banketten und anderen Lustbarkeiten waren. Pamiu seufzte und griff nach einem Becher Wein. Er war nun schon fast einen Monat nicht mehr in seinen Gemächern im Palast gewesen und hatte auch keine Nachricht von Khufu oder Neferiabet erhalten.

Pamiu musste raus aus seinem Zelt, es war einfach zu heiß und stickig. Doch als er schließlich hinaus in die blendende Sonne trat, seufzte er erneut. Er hasste diese verfluchte Wüste, die als Heimstatt des Seth galt. Er blickte hinüber zum Fundament der Pyramide. Die Männer schwitzten in der Sonne. Sie bearbeiteten Granitquader, die auf das Fundament gesetzt werden sollten. Er wandte sich ab. Plötzlich war ihm der Anblick der Baustelle unerträglich. Er fragte sich, ob er nirgends Frieden finden konnte.

»Herr, du hast eine Schriftrolle aus dem Palast erhalten.«

Pamiu fuhr aus seinen Gedanken hoch und sah seinen Leibdiener, der sich durch den glühenden Sand kämpfte und mit einem Papyrus wedelte.

»Welches Siegel trägt sie, Antef?«

»Das Siegel des Kronprinzen, Herr. Ein Eilbote brachte sie. Ich dachte mir, dass sie wichtig sein muss, und wollte nicht warten, bis du deine Mittagsruhe beendet hast.«

Pamiu nickte ihm zu. »Jede Abwechslung ist mir in dieser verfluchten Wüste nur recht.«

Er gab seinem Diener ein Zeichen, dass er sich zurückziehen konnte, und ging mit der Schriftrolle ins Zelt. Er setzte sich an einen kleinen Tisch und erbrach das wächserne Siegel, das durch die Hitze ohnehin schon weich geworden war.

»Sei gegrüßt, mein Freund und Bruder,
ich hoffe, die Arbeiten an meinem Grabmal gehen voran und

es wächst zur Freude der Götter. Obwohl es mir missfällt, muss ich dich bitten, die Baustelle zu verlassen und für eine Weile nach Memphis zurückzukehren. Große Veränderungen stehen an, für mich und auch für dich. Die Samen, die wir gesät haben, tragen bald Früchte. Der große Pharao Snofru, der Schöne, erblickt schon die Götter im Westen. Es wundert mich nicht, dass er nach dir fragte, mein Freund, und ich bin gerne bereit, ihm diesen letzten Wunsch zu erfüllen, vor allem, da ich weiß, dass die Qual einer unerfüllten Leidenschaft aus ihm spricht, die es mit ins Grab zu nehmen gilt. Gerne erinnere ich ihn noch einmal daran.
Kehre also umgehend zurück und lasse die Arbeit ruhen, denn jetzt bricht eine Zeit des Feierns an.
Mögen die Götter dich begleiten
Khufu, Auserwählter der Götter«

Pamiu wunderte sich nicht über den anmaßenden Ton des Schreibens. Obwohl sein Vater noch lebte, bezeichnete Khufu sich selbst als Auserwählter der Götter und damit als Pharao. Khufus Hass auf seinen Vater war in den letzten Jahren noch gewachsen, und Pamiu wusste, dass er zurückkehren musste. Eigentlich wäre er froh gewesen, der verfluchten Wüste zu entkommen, doch unter diesen Umständen wurde ihm die Rückkehr vergällt. Er verbrannte die Schriftrolle sorgfältig, nachdem er sie noch einmal gelesen hatte, denn die Wortführung war viel zu gefährlich und blasphemisch, als dass man ein solches Dokument hätte aufbewahren dürfen. Dann rief er nach seinem Leibdiener und wies ihn an, einige Sachen zu packen und die Arbeiter in ihre Dörfer zu schicken, bis sie weitere Anweisungen erhalten würden.

Pamiu umarmte seinen Freund. Khufu klopfte ihm kameradschaftlich auf die Schulter. »Du verlierst noch immer Sand.

Hast du auf dem Weg zurück nach Memphis so viel davon schlucken müssen?«

Pamiu begutachtete seine verschwitzten Kleider. »Ja, leider. Du weißt ja, wie sehr ich das verabscheue.«

Khufu lachte. »Immer noch der unverbesserliche Feingeist.« Er präsentierte sich Pamiu mit einer ausladenden Geste. »Schau mich an. Ich mag es, mich mit den Soldaten im Staub zu wälzen und meine Kräfte zu messen. Und trotzdem werde ich auf dem Thron Ägyptens sitzen als der Einzig Eine, der Göttliche, der Pharao.«

Pamiu blickte seinen Freund prüfend an. Khufu war braun gebrannt, was für ihn selbst niemals in Frage gekommen wäre. Seine Haut war mit fünfundzwanzig Jahren schon gegerbt, weil er so oft in der Sonne war. Sein Haar war zwar voll, aber es hatte keinen Glanz, und dem Prinzen fehlte der linke Schneidezahn, den er bei einer jugendlichen Prügelei verloren hatte. Sein weißer Schurz war zwar sauber, und er trug an den Armen und Händen erlesenen Schmuck, doch die Beine waren kräftig und muskulös, ebenso wie Arme und Hände, und aus diesem Grund wirkte Khufu auch immer etwas untersetzt. Dem Schönheitsideal ägyptischer Götterstatuen entsprach er kaum.

Khufu bemerkte die Musterung seines Freundes, und sofort ließ seine gute Laune nach. »O ja, ich weiß, du findest mich so überhaupt nicht standesgemäß. Du bist genauso wie mein Vater. Ihr salbt euch die Haut, scheut die Sonne, kämmt euch ständig und rasiert euch dreimal am Tag jedes einzelne Haar vom Körper.« Khufu wandte sich zum Gehen. »Du hast bis heute Abend Zeit, dich auszuruhen und zu erfrischen. Dann will mein Vater dich sehen.«

Pamiu schaute Khufu schweigend nach, wie er zwischen den Säulen der Empfangshalle verschwand, dann machte er sich auf zu seinen Gemächern. Er hatte schon Ewigkeiten kein anständiges Bad mehr genommen, geschweige denn eine Frau gehabt. Das alles würde er nun erst einmal zur Genüge auskosten.

Das kühle Wasser auf seiner Haut tat gut. Die ausgiebigen Bäder und Salbungen hatte er in der staubigen Wüste am meisten vermisst. Zwei libysche Sklavinnen, die der Pharao von seinen Feldzügen mitgebracht haben musste, hatten das Badewasser außerdem noch mit duftenden Essenzen und Blüten angereichert. Er begutachtete das jüngere und schönere der beiden Mädchen und beschloss, sie heute Nacht zu sich zu holen. Da er spürte, dass die Lust sich bei ihm regte, schickte er die Mädchen fort und begann selbst sich mit Natron zu waschen. Als er sich erfrischt genug fühlte, stieg er aus dem steinernen Becken und ging nass und nackt, wie er war, direkt aus seinem Badehaus in seine Ruheräume, um sich auszuruhen. Er schob die Kopfstütze beiseite und griff nach einem Kissen. Er genoss das angenehme Gefühl der Nässe auf der Haut und den leichten Windzug von der Terrasse her, der die Wassertropfen auf ihr langsam trocknen ließ. Schließlich schlief er ein und träumte von der jungen Libyerin, wie sie seinen Rücken küsste und ihre Zunge sanft über seine Wirbelsäule fuhr.

Er erwachte mit ebendiesem Gefühl und spürte, dass die Berührung nicht geträumt, sondern real gewesen war. Er spürte, wie eine raue Zunge die letzten Wassertropfen zwischen seinen Schulterblättern ableckte, und zuckte zusammen.

Nitokris ta sherit fauchte und machte einen Buckel. Pamiu sah das goldene Halsband und legte der Katze beruhigend eine Hand auf den Rücken, um sie zu streicheln. Sofort verzieh sie ihm sein ungebührliches Verhalten für ihren Liebesbeweis und schloss schnurrend die Augen. Pamiu wandte den Kopf. Wenn Nitokris hier war, dann konnte Neferiabet auch nicht weit sein. Plötzlich sah er sie, wie sie mit lässig übergeschlagenen Beinen auf einem seiner Klappstühle saß. Sie grinste – nein – sie lächelte. Das mädchenhafte Grinsen war schon lange aus ihrem Gesicht verschwunden. Erst jetzt wurde Pamiu bewusst, dass er vollkommen nackt auf dem Bett lag. Schnell zog er ein Laken um seine Hüften und setzte sich auf.

»Wie lange bist du schon hier, Prinzessin? Du solltest so etwas nicht tun. Du bist kein kleines Mädchen mehr.«

Neferiabet ließ sich von ihm nicht aus der Ruhe bringen. Stattdessen verbreiterte sich das Lächeln um ihren hennaroten Mund herum noch. »Wie schön, dass es endlich auch dir auffällt, mein treuer Freund. Ich hatte gehört, dass du zum Palast zurückbeordert wurdest, und habe mich gleich auf den Weg zu deinen Gemächern gemacht. Aber du hast geschlafen.« Sie zuckte unschuldig mit den Schultern.

Pamiu stand auf und ging zurück in sein Badehaus, um sich einen sauberen Schurz umzubinden. Er achtete dabei genauestens darauf, dass Neferiabet ihm nicht folgte. »Du bist eine königliche Prinzessin. Wenn man dich bei einem Mann sieht, der dazu noch nackt auf seinem Bett liegt, bekommt dieser Schwierigkeiten – selbst ich, der ich dich kenne, seit du ein kleines Mädchen warst.« Er trat angekleidet zurück in seine Räume, wo die Prinzessin sich bereits einen Becher Wein genommen hatte und wartend auf und ab ging.

»Ach, was soll das Gerede, Pamiu? Wir beide wissen, dass es niemanden aus meiner königlichen Familie interessiert, was ich tue und mit wem. Ich bin am Hof doch nur noch geduldet, weil der Pharao eine Schwäche für meine Mutter hatte. Jetzt, da er im Sterben liegt, kommt auch der Abschied für mich.«

Pamiu nahm sich ebenfalls einen Becher Wein. Er war

noch immer etwas verärgert über Neferiabets Überfall. »Was redest du nur, Prinzessin? Niemand kann dir deine göttliche Abstammung nehmen.«

»Göttlich sagst du? Gerade du, der sein ganzes Leben noch vor keinem Gott das Knie gebeugt hat? Ich sage dir, nach dem Tod des Pharaos werden sie mich als kleine Priesterin in die Provinz schicken.«

Pamiu hörte wirkliche Verzweiflung aus Neferiabets Worten. Er konnte auch ihre Erregung spüren, es war, als würde ein leichtes hohes Schwingen und Vibrieren von ihr ausgehen, und er konnte wieder den Honigduft wahrnehmen, der immer dann stärker in den Vordergrund zu treten schien, wenn Neferiabet aufgeregt war. Nitokris schien die umschwingende Stimmung ebenfalls zu spüren, denn sie miaute Neferiabet an und strich ihr um die Beine, bist die Prinzessin sie wieder auf den Arm nahm.

»Was hat mein Bruder dir gesagt? Wird der König sterben?«

In der Stimme der Prinzessin lag eine vage Hoffnung, doch Pamiu konnte sie nicht anlügen. »Ja, es kann nicht mehr lange dauern, bis der Einzig Eine zu den Göttern geht.«

Sie zog die Brauen zusammen. »Zu den Göttern, sagst du? Ich hoffe, er wird von Ammit verschlungen. Er lässt mich, seine Tochter, mit einem Haufen Schakale zurück.« Plötzlich war da wieder das kleine Mädchen aus Pamius Erinnerung. Sie sah ihn flehend an. »Du hast einmal versprochen, dass mir nichts geschehen wird.«

Pamiu stieg ein Klumpen in den Hals, denn er wusste, dass dieses Versprechen äußerst leichtfertig gewesen war. Trotzdem war es ihm ernst damit. »Du weißt, dass ich mein Leben für deines geben würde.«

Neferiabet funkelte ihn aus ihren grünen Augen an. Ihre hohen Wangenknochen standen im Kontrast zu ihren vollen

Lippen, und ihr glattes schwarzes Haar wurde heute nur von einem Goldreif gehalten. »Du würdest dein Leben für kein anderes Leben geben, Pamiu.«

Jetzt war es an ihm zu lächeln. »Aber natürlich würde ich das tun, Prinzessin. Als Kater besitze ich schließlich sieben davon. Da kann ich dir durchaus eines opfern.«

Neferiabet sah ihn entrüstet an und griff nach einem Kissen, um es nach ihm zu werfen. »Du bist unverbesserlich!«

Er lachte und rannte hinter ihr her. Kichernd und lachend stolperte Neferiabet auf die Terrasse, doch Pamiu war mit ein paar Schritten bei ihr, um ihr das Kissen hinterherzuwerfen. Sie war schneller und rannte davon. Im Laufen drehte sie sich noch einmal um. »Ich gebe heute Abend ein kleines Bankett in meinen privaten Räumen. Du bist eingeladen.«

»Ich werde kommen!«, rief er.

Hetepheres hatte die Szene von ihrer eigenen Terrasse aus beobachtet. Pamiu war ein schöner Mann, während ihre Schönheit dahingewelkt war. Sie verließ ihre Terrasse kaum noch, ihre Knochen schmerzten, und ihre Finger waren verkrümmt. Die Ärzte hatten ihr nicht helfen können – sie waren allesamt Stümper. Aber die Augen und die Ohren der Großen Königlichen Gemahlin waren noch immer gut. Sie kannte das Geplänkel zwischen jungen Leuten, und sie konnte genau unterscheiden, was harmlos war und was bedenklich. Hetepheres hasste Neferiabet. Genau wie ihre Mutter verdrehte sie den Männern den Kopf. Sie hatte es kommen sehen. Wie sehr bereute sie es, vor fünfzehn Jahren nicht genügend Konsequenz gezeigt zu haben. Pamiu und die Prinzessin – wer hätte das gedacht. Der unnahbare Pamiu, der seinem Namen auch in Liebesdingen alle Ehre machte. Er beglückte unzählige Frauen, aber verschwand so schnell und leise, wie er gekommen war, wieder aus dem Leben der Unglücklichen. Doch diese Prinzessin konnte gefährlich werden. Hetepheres fürchtete diesen Mann noch immer. Er war gefährlich, das wusste sie nur allzu gut. Sie rief nach einer Dienerin. Sie musste mit ihrem Sohn sprechen und wollte die Dienerin gerade fortschicken, da kam ihr ein Gedanke.

»Warte!«, rief sie der bereits hinauseilenden Dienerin nach. »Bring mir nicht meinen Sohn, sondern Meritates, meine Tochter.«

Meritates übergab die schreiende Chamernebti ihrer Amme und wies sie an, sie ihr heute nicht mehr zu bringen. Das Kind raubte ihr den letzten Nerv. So brav und folgsam Kawab war, so unruhig und eigensinnig war ihre Tochter. Sie warf einen Blick in den Spiegel und griff nach dem perlenbesetzten Halskragen und der großen hüftlangen Zöpfchenperücke. Sie drapierte ein Haarnetz mit Türkisen darüber, zog es dann aber wieder vom Kopf. Was sollte dieser ganze Aufwand und für wen? Warum sollte sie sich noch bemühen, für ihren Gemahl zu strahlen, wenn er seine Aufmerksamkeit den gewöhnlichen Frauen aus seinem Harem schenkte?

Plötzlich hörte sie ihre Dienerin leise den Raum betreten. Mürrisch drehte sie sich um, weil sie befürchtete, das Mädchen könne ihre Gedanken lesen.

»Ich habe dir schon so oft gesagt, dass du nicht unangemeldet meine Räume betreten sollst.«

Das Mädchen senkte ängstlich den Kopf. »Verzeih mir, Prinzessin, aber die Große Königliche Gemahlin lässt dringendst nach dir schicken.«

Meritates warf achtlos das Haarnetz auf ihren Frisiertisch. Was mochte Hetepheres nun schon wieder von ihr wollen? Seit sie selbst von ihrem Mann verschmäht wurde, war ihr die Nähe zu ihrer Mutter unangenehm, vielleicht, weil sie befürchtete, genau wie diese zu enden. Sie gab dem Mädchen durch ein Nicken zu verstehen, dass sie sie bei Hetepheres melden solle. Dann wandte sie sich von ihrem eigenen Spiegelbild ab und machte sich auf den Weg zu ihrer Mutter.

»Du hast lange gebraucht, herzukommen.« Hetepheres hatte ihre verkrüppelten Hände unter einem Tuch versteckt, und Meritates bemühte sich, nicht ständig dorthin zu starren.

»Ich war beschäftigt.«

Die Große Königliche Gemahlin ließ ein leises Lachen hören. »Mit deinem Gemahl? Wohl kaum. Meinst du, du könntest verbergen, was ohnehin schon jeder weiß?«

Meritates straffte die Schultern. »Es ist mir gleichgültig, was mein Gemahl tut und lässt.«

Hetepheres schüttelte den Kopf. »Nein, das ist es nicht – das ist es niemals. Aber wir sind Frauen und können nichts daran ändern. Doch wir können im Hintergrund agieren, wir können versuchen Dinge in eine für uns günstige Richtung zu lenken.«

»Worauf willst du hinaus, Mutter?«

»Ich habe vorhin Pamiu und Neferiabet beobachtet.«

Meritates rollte die Augen. »Den eitlen Freund meines Bruders und Gemahls? Was ist daran so interessant? Jeder weiß, dass die beiden von Kindesbeinen aneinander hingen wie Kletten.«

»Ja, und ich erinnere mich an den Tag, als er dich fortstieß um Neferiabets willen und du weinend zu mir gelaufen kamst.«

Die Augen der Prinzessin verdüsterten sich. »Das war dummes Kinderspiel.«

»O nein – und das weißt du ebenso gut wie ich. Das Kind zeigt im Spiel den Charakter des Menschen, der es einst sein wird. Und Pamiu ist gefährlich.«

Meritates ließ sich neben ihrer Mutter auf einem Stuhl nieder, weil das Gespräch sie zu interessieren begann. »Worauf willst du also hinaus?«, fragte sie noch einmal.

»Das, was ich zwischen Pamiu und Neferiabet sah, war mehr als bloße Zuneigung.«

Plötzlich war die Erinnerung an das Kindheitserlebnis wieder da. »Was willst du nun von mir?«

»Ich will, dass du mir hilfst, Neferiabet so schnell wie möglich von hier fortzuschaffen, sobald der Pharao zu Osiris gegangen ist.«

Meritates überlegte. »Wir könnten Sie zum Sinai in den Tempel der Hathor schicken.«

»Das wäre eine Möglichkeit. Ich will Khufu davon nichts sagen, denn ich fürchte, dass Pamiu ihm zu nahe steht und er um seinetwillen Neferiabet hier bleiben lässt.«

Meritates schüttelte den Kopf. »Khufu hasst Neferiabet genauso wie wir.«

Hetepheres' klauenartige Hand griff plötzlich das Handgelenk ihrer Tochter. »Aber sein Herz ist von Pamiu ebenso geblendet wie das der Höflinge. Wenn es ihm gelingen würde, Neferiabet zu heiraten, wäre er ein Mitglied der Königsfamilie.«

Meritates wusste nicht, ob sie über die Hände ihrer Mutter oder ihre Ausführungen entsetzt sein sollte, doch die Bedenken, die Hetepheres anbrachte, waren durchaus berechtigt. Schließlich hatte sie lange genug darauf gewartet, Königin zu werden, und wollte sich alle Risiken ersparen. Sie löste langsam die Hand ihrer Mutter von ihrem Handgelenk und stand auf. »Mach dir keine Gedanken, Mutter. Ich werde dafür sorgen, dass das nicht geschehen wird.«

Pamiu betrat die Gemächer des Pharaos. Allem betriebenen Prunk zum Trotz konnte der Zustand des Einzig Einen nicht mehr über seine Sterblichkeit hinwegtäuschen. Pamiu erkannte den Todesgeruch, die Erinnerung holte ihn schlagartig aus der Vergangenheit ein. Es war der gleiche Geruch, den er vor fünfzehn Jahres in Tahemets Gemächern wahrgenommen hatte. Snofru lag auf seinem vergoldeten Ruhebett, dessen Lehnen die ausgebreiteten Horusschwingen zeigten, und atmete rasselnd. Die Räucherbecken, die die Priester aufgestellt hatten, und die den schweren Weihrauch verströmten, behinderten den sterbenden König einmal mehr beim Atmen.

»Komm näher, Pamiu.« Pamiu erschrak, weil die Stimme des Königs so schwach und alt klang. War das wirklich der Mann, der ihn vor Jahren gegen seinen Willen im Garten geküsst hatte? »Du erstrahlst wie Re am Mittag voller Schönheit und Kraft«, setzte er zu einer Grußfloskel an und kam sich im selben Moment töricht vor. Doch Snofru ließ nur ein rasselndes Lachen hören.

»Ach hör auf zu lügen, schöner Pamiu. Wir beide wissen, dass es mit mir zu Ende geht.«

Pamiu setzte sich auf einen bereitgestellten Stuhl am Bett des Pharaos. Snofru richtete seine trüben Augen auf ihn. Er war ausgezehrt von der Krankheit, doch die Beweglichkeit seiner Augen zeigte Pamiu, dass er bei Verstand und vollem Bewusstsein war.

»Warum hast du mich rufen lassen, großer Pharao?«

»Vielleicht, weil ich mit dem Anblick der Schönheit sterben will.« Er lachte wieder, doch dann seufzte er resignierend. »Vielleicht weiß ich einfach nicht, wen ich sonst hätte rufen sollen.«

»Du hast deine königliche Familie.«

»Ich habe Hetepheres durch meine Eitelkeit verloren, meinen Sohn durch meine Ignoranz, Tahemet durch meinen Egoismus, und Neferiabet kenne ich so gut wie gar nicht. Nefermaat und Rahotep sind tot. Wen soll ich also bitten, bei mir zu sein?«

Pamiu schämte sich, für einen Sterbenden kein Mitleid zu empfinden, doch er konnte es nicht. »Bin ich dir vielleicht etwas schuldig, dass du mich nun darum bittest?«

Für einen kurzen Moment blitzte in Snofrus Augen das Leben auf. »O ja, Pamiu. Du bist mir die Liebe und die Leidenschaft schuldig geblieben, die du mir vorenthalten hast und ...«, er holte rasselnd Luft, bevor er weitersprach, »... du hast mir meine Söhne genommen, meine geliebten Söhne.«

Pamiu zuckte unwillkürlich zusammen. »Wie kannst du mir so etwas unterstellen?«

»Ach, leugne es nicht. Ich wollte und konnte es nicht sehen. Bis vor ein paar Tagen war es mir nicht klar. Erst wenn man stirbt und die Leidenschaft relativ wird, lässt man zu, was man schon immer ahnte. Wie alle war ich gefesselt von dir. Die Götter gaben dir die Unwiderstehlichkeit eines Dämons.«

Pamiu starrte den Pharao unverwandt an. »Du hast geahnt, dass ich deine Söhne getötet habe, und hast nichts gegen mich unternommen?«

»Verfallen war ich dir und deiner Schönheit, obwohl du mir nie etwas versprochen oder gar gegeben hast. Doch ich warne dich, Pamiu, wenn die Schönheit schwindet, geht auch der Schutz der Götter mit ihr davon. Die Menschen werden dich ansehen und erkennen, wer oder was du bist.«

»Bedeutet nicht dein eigener Name ›Von großer Schönheit‹?«

Snofru traten Tränen in die Augen. »Das Geschenk der Schönheit ist das grausamste, was einem die Götter geben können, denn wenn sie es dir wieder nehmen, bleibt nichts zurück. Du hast es gelernt, alles geschenkt zu bekommen, und plötzlich enthält man dir vor, was in deinem Leben für dich selbstverständlich war.«

Pamiu stand auf. »Ich kann nicht bei dir wachen, bis die Götter dich empfangen. Du weißt, es wäre eine Lüge. Ich empfinde nichts für dich.«

Snofru nickte und ließ sich zurück auf das Lager sinken. »Dann geh und denk an meine Worte. Aber das wirst du nicht tun, nicht wahr? Wäre ich an deiner Stelle, würde ich dich auch allein sterben lassen. Das Sterben ist nicht schön. Warum sollte sich Schönheit mit Hässlichkeit umgeben? Du wirst ein großer Mann in Ägypten sein, wenn ich gegangen bin. Ich beneide dich darum, dass du dein Leben noch vor dir hast.«

Er gab Pamiu ein Zeichen, näher zu treten. Dieser gehorchte mit Widerwillen. Snofru zog einen Ring mit dem Abbild des Horus von seinem Finger und steckte ihn Pamiu an. »Nimm das, schöner Pamiu.« Er drehte sich um, nachdem er einen letzten Blick auf Pamiu geworfen hatte. »Und jetzt geh. Ich kann deinen Anblick nicht länger ertragen.«

Ohne Zögern wandte sich Pamiu zur Tür und verließ den schrecklichen Ort des Todes. Er wollte nie wieder in den Gemächern eines Sterbenden verweilen, das schwor er sich bei seinem unsterblichen Ka.

Neferiabets Räume waren in ein sinnliches Licht getaucht, Feuerbecken waren aufgestellt worden, und das Flackern warf tanzende Schatten an die Wände. Es waren ausnahmslos nubische Sklaven und Sklavinnen, die die Gäste bedienten, und die Prinzessin hatte an Schmuck nicht gespart. Ihre glänzenden schwarzen Körper zierten Goldreifen und breite Halskragen. An einer Säule lagen zwei ausgewachsene Löwen und gähnten, und in einem Käfig hatte man einen Leoparden herbeigeschafft, die der ganzen Atmosphäre noch mehr Exotik verliehen. Die Gäste lagen auf Kissen, und Pamiu stellte fest, dass es hier kaum jemanden gab, der über zwanzig war. Die nubischen Sklavinnen waren nackt bis auf einen breiten Hüftgürtel, der allerdings kaum ihre Scham verdeckte. Neferiabet hatte einen erlesenen, doch auch ungewöhnlichen Geschmack.

Er blickte sich im Raum um, aber er konnte sie nirgends sehen. Das Fest musste schon eine Weile andauern, denn die Gäste waren angeheitert und gelöst. Pamiu setzte sich zwischen die Feiernden und wurde direkt von zwei jungen Mädchen in Augenschein genommen. Das Fest schien genau den richtigen Rahmen zu bieten, um sich vom Besuch in den Räumen des Pharaos abzulenken.

Plötzlich ertönten dumpfe Trommeln, die einen hypnotisch langsamen Rhythmus anschlugen. Die Gäste richteten ihre Aufmerksamkeit auf die Mitte des Raums und bildeten einen Kreis. Dann betrat Neferiabet den Raum. Sie trug nichts weiter als goldene Reifen mit Glöckchen an Armen und Beinen, und ihr gesamter Körper sowie ihr Gesicht war mit Goldstaub gepudert worden. Sie setzte ihre Schritte genau zum Rhythmus der Trommeln, wobei die Glöckchen an ihren Fesseln sinnlich und provokant wirkten. Der Trommler steigerte seinen Rhythmus, und Neferiabet begann zu tänzeln und ihre Muskeln anzuspannen. Ihr schlanker Körper bewegte sich im Takt, und die Sehnen ihrer Muskulatur ließen sie schlangenhaft wirken. Sie tanzte die männlichen und weiblichen Gäste an und berührte sie wie zufällig. Dann war sie bei Pamiu angekommen, und ihre Hände fuhren über seinen nackten Oberkörper.

Pamiu zuckte zusammen, als ihre Hände ihn auf diese neue und vollkommen unbekannte Art berührten, doch da war sie schon wieder weg und beendete ihren Tanz mit einem wirbelnden Kreiseln. Junge nubische Mädchen sprangen in die Mitte, während Neferiabet aus dem Kreis heraustrat und die bewundernden Blicke der Gäste auffing. Sie warf sich einen Umgang um die Schultern und kam zu Pamiu herüber.

»Ich hatte keine Ahnung, dass deine Begabung fürs Tanzen so gewaltig ist.«

Sie lachte und zog ihn am Arm an einen der kleinen Tische. Sie war noch immer außer Atem. »Vielleicht habe ich nur so gut getanzt, weil du heute anwesend bist.«

»Das bezweifle ich, Prinzessin.« Er griff nach einem Becher Wein, obwohl er kaum den Blick von ihr abwenden konnte.

Neferiabet stand auf. »Komm mit nach draußen in den Garten. Ich bin erhitzt vom Tanz und möchte mich im Teich abkühlen.«

Pamiu wusste, dass er ihr lieber nicht folgen sollte, doch er erhob sich und ging hinter ihr her. Er beachtete die beiden Mädchen nicht, die ihn schon die ganze Zeit mit Interesse beobachtet hatten.

Beim Teich ließ Neferiabet unbefangen den Umhang fallen und stieg langsam in das Wasser. Sie schwamm ein paar Züge und drehte sich dann zu ihm um. »Möchtest du nicht auch schwimmen? Das Wasser ist angenehm kühl.«

Pamiu setzte sich ins Gras. »Nein, ich warte hier draußen.«

»Feigling«, sagte sie lachend und begann wieder zu schwimmen, nur um kurze Zeit später aus dem Wasser zu steigen und nach dem Umhang zu greifen. Sie ließ sich neben ihm nieder. Pamiu fragte sich, ob sie wusste, wie schön sie war. Verstohlen beobachtete er sie von der Seite. Dann wandte sie ihm das Gesicht zu. »Was muss ich eigentlich noch tun, damit du mich endlich bemerkst?«

»Ich bemerke dich, Prinzessin, wie könnte ich das nicht? Als ich heute heimkehrte, war das kleine Mädchen, das ich kannte, verschwunden.«

Sie verzog trotzig die Mundwinkel. »Und warum küsst du mich dann nicht?«

»Weil du eine königliche Prinzessin bist und es mir nicht zusteht, dich zu berühren.«

Sie drehte sich zu ihm um und griff nach seiner Hand. »Es interessiert mich nicht, hörst du? Hast du vielleicht einen Einzigen aus meiner Familie auf dem Fest gesehen? Sie interessiert es ebenso wenig.«

Pamiu entzog ihr die Hand. »Nein, es geht nicht. So gerne ich es auch tun würde. Es geht nicht. Dein Bruder ist mein Freund.«

»Und dein Gönner, nicht wahr? Ist es nicht so? Liegt es an deiner Laufbahn, die du nicht gefährden willst?«

Pamiu schüttelte den Kopf. »Nein, ich kann es einfach nicht.«

»Vielleicht interessieren dich einfache Sklavinnen mehr.« Sie wollte aufstehen, doch jetzt hielt er sie fest und blickte ihr in die Augen.

»Das ist nicht wahr.« Ehe er überlegte, was er tat, hatte er sie an sich gezogen und küsste sie. Ein heißer Stich fuhr durch sein Herz und seinen Bauch. Was tat er da? Er konnte sich damit alles zerstören, was er sich in seinem Leben aufgebaut hatte. Mit aller Kraft löste er sich von ihr, und sie sah ihn fragend an. »Es ist falsch.«

Zornig stand sie auf und ließ ihn alleine zurück. Die Glöckchen an ihren Gelenken erklangen jetzt in einem zornigen Rhythmus. »Nein, Pamiu, du weißt, dass es nicht wahr ist!«, rief sie ihm wütend zu, bevor sie im Dunkel der Gärten verschwand.

Als Pamiu zu seinen Gemächern kam, fand er die junge Libyerin schlafend auf einer Binsenmatte. Er trat sie leicht mit dem Fuß an, und sie rieb sich die Augen. Mit einem Nicken gab er ihr zu verstehen, dass sie mit ihm kommen solle. Das Mädchen erhob sich schlaftrunken, und Pamiu schloss selbst die Tür hinter ihr. Er brauchte nur ein paar Minuten, um seine Wut und Verwirrung über den heutigen Abend abzureagieren.

Kurz darauf kehrte das Mädchen auf seine Schlafmatte zurück, als wäre nichts geschehen.

Meritates stand am Bett ihres Vaters und ließ ihren Tränen freien Lauf. Man hätte meinen können, sie trauere um den toten Pharao, doch in Wahrheit betrauerte sie ihr Leben. Es hatte sie so lange nach den hohen Federn der Großen Königlichen Gemahlin verlangt, und jetzt gehörten sie ihr. Früher hatte sie oftmals mit Khufu zusammen Geschichten erfunden, wie sie als Königspaar zusammen herrschen wollten. Damals, als sie noch Kinder gewesen waren und von Liebe nichts wussten, sondern nur davon, dass sie füreinander bestimmt waren. Hätte Meritates damals geahnt, wie der Tag aussehen würde, an dem sie Königin wurde, sie wäre davongelaufen. Khufu stand neben ihr, darauf bedacht, sie nicht zu berühren. Vor ihnen stand der siebenjährige Kawab, der neue Kronprinz von Kemet. Chamernebti hatten sie bei ihrer Kinderfrau gelassen, sie war ohnehin zu klein, um zu verstehen, welch großer Tag heute war. Hetepheres war erschienen, mühselig auf zwei ihrer jungen Dienerinnen gestützt, hatte einen kurzen Blick auf ihren toten Gemahl geworfen und war sofort wieder verschwunden. Die Priester hatten monotone Totengesänge angestimmt und übertünchten den Totengeruch der Räume mit noch mehr Weihrauch. Meritates wandte sich ab. Sie wollte nicht länger bleiben, doch Khufu packte sie unsanft am Arm.

»Nicht heute, Meritates, wir haben zu lange auf diesen Tag gewartet. Du wirst den Schein wahren.«

Sie riss sich los und rieb ihr schmerzendes Handgelenk. »Das kannst du auch ohne mich tun. Oder ruf doch deinen Freund Pamiu zu Hilfe. Ihr seid doch sonst so unzertrennlich. Oder hat dir Neferiabet den Rang abgelaufen?«

Khufu blickte Meritates verständnislos an. »Was meinst du damit?«

Meritates spürte ein Kribbeln im Bauch. Sie erkannte, dass es hier etwas gab, womit sie ihren Brudergemahl verletzen konnte. »Ich habe gehört, Pamiu hat sich gestern mit Neferiabet auf einem ihrer berühmten lasterhaften Feste amüsiert.«

»Und wenn schon. Sie hingen schon immer aneinander, auch wenn ich Neferiabet nicht sonderlich schätze.«

Meritates lächelte kokett. »Ja, aber gestern haben sie wohl ganz besonders aneinander gehangen, wie mir meine Freundin Seschseschet erzählte.« Sie konnte sehen, wie Khufus Gesicht einen harten Zug annahm. Sie wusste, dass sie ihn getroffen hatte.

»Ich werde dem nachgehen. Und bete zu den Göttern, dass es nicht stimmt, denn dann gilt mein Zorn dir.«

Meritates drehte sich um und ging hoch erhobenen Hauptes davon.

Es tat gut, nach so langer Zeit mal wieder einen Sieg davonzutragen – auch wenn er sie nicht glücklicher machte. Zumindest würde ihre verhasste Halbschwester endlich verschwinden, und der eitle Pamiu würde einen herben Schlag erleiden. Allein das war es wert gewesen, den Zorn ihres Gemahls auf sich zu ziehen. Kawab wollte seiner Mutter folgen, doch Khufu hielt ihn fest.

»Nein, mein Sohn, lauf niemals einem Weib hinterher, auch wenn sie deine Mutter ist.«

Der Junge versuchte sich loszureißen, doch Khufu zischte ihn an. »Du bist ein Prinz Ägyptens. Sie will dich nicht bei sich haben. Sie hat sich nicht nach dir umgedreht, als sie ging.«

Kawab stiegen Tränen in die Augen, aber er blieb tapfer und gab den Widerstand gegen seinen Vater auf.

Khufu kratzte sich am Kinn und starrte auf den leblosen Körper seines Vaters. Dann ging er hinaus und machte sich auf den Weg zu Neferiabets Gemächern. Kawab blieb allein zurück und blickte auf den leblosen Körper seines Großvaters.

Neferiabet lag träge auf ihrem Ruhebett, als Khufu ihre Gemächer betrat. Sie war noch immer müde vom Wein und vom Fest. Und sie hatte schlechte Laune, weil sie an das Gespräch mit Pamiu denken musste. Als Nitokris, die neben ihr lag, zu fauchen begann, fuhr sie hoch. Khufu polterte durch die Tür und warf dabei eine Statue der Hathor – ihrer Schutzgöttin – um.

»Was fällt dir ein, uneingeladen in meine Gemächer zu kommen?« Sofort war sie auf den Beinen und funkelte ihren verhassten Bruder wütend an.

»Da ich wohl kaum mit einer Einladung deinerseits hätte rechnen können, denke ich, dass mein Erscheinen angebracht ist.«

»Ich will dich nicht sehen, verschwinde.«

Khufu ließ sich nicht beirren und stemmte die Hände in die Hüften. »Das tue ich gerne, aber vorher gebe ich dir einen guten Rat. Halte dich von Pamiu fern. Ich will nicht, dass du ihn noch länger siehst.«

Neferiabet lachte leise. »Das hättest du wohl gerne. Aber

ich denke gar nicht daran. Pamiu und ich sind befreundet, seit ich ein kleines Kind war.«

»Wäre es bei der Freundschaft geblieben, hätte ich es geduldet. Aber du bist ein Dämon. Ich will, dass du dich von ihm fern hältst.«

»Niemals, hörst du? Niemals!« In ihren Augen lag wilde Entschlossenheit.

Khufu trat auf sie zu und holte aus. Seine Hand traf sie im Gesicht, und kurz darauf schmeckte sie Blut auf ihrer Unterlippe. Hinter sich hörte sie das aufgebrachte Fauchen und Knurren von Nitokris. Es gelang ihr, ihre Wut zu beherrschen und sich umzudrehen, obwohl sie Khufu am liebsten einen Dolch einmal, zweimal, nein, zwanzigmal in den Bauch gerammt hätte.

»Verschwinde jetzt.«

Khufu wandte sich ab. »Denk an meine Worte, Sklaventochter, oder du folgst deiner Hurenmutter eher zum Duat, als es dir lieb ist.«

So schnell, wie er gekommen war, verschwand er auch wieder. Neferiabet blieb zurück. Sie zitterte am ganzen Körper vor Wut. »Ich werde dafür sorgen, dass du zum Duat gehst. Das schwöre ich beim Ka meiner Mutter und bei meiner Liebe zur großen Hathor.«

Pamiu bemerkte die bedrückende Stille, die zwischen ihm und Khufu herrschte. Er fragte seinen Freund nicht danach, doch es musste etwas mit Neferiabet zu tun haben. Khufu und seine Schwester begegneten sich feindseliger denn je. Pamiu nahm an, dass irgendjemand sie beim Fest beobachtet hatte und dass Khufu über den Vorfall genau im Bilde war.

»Pamiu, mein Freund, während der neunzigtägigen Trauerzeit gibt es hier nichts zu tun. Vielleicht war es ein Fehler, dich von den Bauarbeiten an meinem Grabmal abzuziehen. Ich möchte, dass du wieder nach Gizeh zurückkehrst.«

Pamiu nickte. Jetzt war er sich ganz sicher, dass Khufu ihn von Neferiabet trennen wollte. Er dachte mit Schmerz daran, denn die Prinzessin ging ihm seit diesem Abend nicht mehr aus dem Kopf, doch dann klärte sich sein Verstand wieder und er sah, was er durch die Gefühle für sie alles aufs Spiel setzte – seine ganze Laufbahn.

»Ja, ich denke, das ist eine gute Idee, Prinz. Wenn du nichts dagegen hast, werde ich bereits morgen abreisen und erst zur Grablegung von Osiris-Snofru zurückkehren.«

Khufu blickte ihn erleichtert an. »Dann haben wir uns also verstanden.«

Pamiu nickte erneut und sah zu Boden. Khufu klopfte ihm etwas zu hart für seinen Geschmack auf die Schulter. »Vergiss sie – Weiber sind Dämonen. Sie sind es nicht wert, dass man sich um sie unverhältnismäßig viele Gedanken macht. Auf uns warten weit größere Aufgaben, als sie ein Weib jemals darstellen könnte.«

»Antef, sieh zu, dass die Truhen schnell in meinem Zelt sind, damit kein Sand in meine Kleidung kommt.«

Antef wusste, dass sein Herr nichts mehr hasste, als staubige und dreckige Kleidung, und so beeilte er sich, dem Wunsch schnellstens zu entsprechen. Es waren drei große Truhen, die Pamiu mitgenommen hatte, die anderen Kleider würden mit einer weiteren Gesandtschaft eintreffen. Die beiden ersten Truhen waren leicht, und Antef schaffte es, sie alleine ins Zelt zu bringen, aber die dritte Truhe bereitete ihm Mühe. Er überlegte, zwei der Arbeiter zu Hilfe zu rufen, doch bis die da gewesen wären, hätte er mindestens eine halbe Stunde warten müssen. Zweifelnd blickte er um sich und dann wieder auf die schwere Truhe. »Ich möchte wissen, was mein Herr da mit sich führt. Dem Gewicht nach zu urteilen, muss sich Geschmeide für die Festlichkeiten eines ganzen Jahres darin befinden.« Antef machte Anstalten, die Truhe zu öffnen. Es wäre besser, er würde die Sachen in zwei, drei Gängen so schnell wie möglich ins Zelt seines Herrn befördern, als sie so lange draußen im Sand stehen zu lassen. Als er den Deckel anhob, entfuhr ihm ein leiser Schrei. Mit großen Augen bestaunte er den Inhalt. »Prinzessin Neferiabet. Was in der Götter Namen tust du in der Kleidertruhe meines Herrn?«

Neferiabet erhob sich lächelnd und reckte dabei die steifen Gliedmaßen. »Hilf mir hinaus, Antef.«

Er reichte ihr seine Hand. »Ich muss dich meinem Herrn melden, Prinzessin.«

»Oh, ich bitte sogar darum.« Sie beugte sich hinunter zur Truhe und kramte in den Sachen herum, bis sie Nitokris gefunden hatte. Auch der Katze schien die Reise in der Truhe nicht sonderlich gefallen zu haben. Sie machte Anstalten, hinauszuspringen. »Schließlich brauche ich ein Bad, etwas Sauberes zum Anziehen und etwas zu essen. Du glaubst gar nicht, wie unbequem so eine Kleidertruhe sein kann.«

Antef wusste darauf keine Entgegnung, sondern verbeugte sich und rannte dann davon, um seinen Herrn zu holen.

Pamiu betrat wütend sein Zelt und fand Neferiabet auf seinem Ruhebett, wo sie versonnen über die elfenbeinerne Kopfstütze strich. »Wie schön, diese Kopfstütze war ein Geburtstagsgeschenk an dich.«

»Was tust du hier? Was soll das ganze Spiel?«

Sie sah ihn entschlossen an. »Meinst du, ich habe nicht gemerkt, dass mein Bruder uns trennen will?«

»Du weißt, dass ich hier zu arbeiten habe. Es hat nichts mit uns zu tun.«

Sie hob abwehrend die Hand. »Lüg mich nicht an. Ich bin kein dummes Kind mehr.«

Er schüttelte den Kopf. »Ich habe ein Sendschreiben an den Palast geschickt. In zwei Tagen wird eine Eskorte dich holen.«

Sie schmollte. »Du willst nicht mit mir zusammen sein. Ich bedeute dir nichts.« Sie sprang auf und fiel ihm um den Hals. »Warum nur, Pamiu?«

Er spürte seinen Widerstand schwinden und umarmte sie ebenfalls. »Du weißt, dass das nicht stimmt. Ich darf dich nicht auf diese Art lieben.«

»Ich hasse meinen Bruder. Ich hasse meine Familie. Sie lieben mich nicht. Ich habe doch nur dich.«

Er konnte es nicht verhindern, dass sie ihren Kopf an seine Schulter legte und er sanft darüber streichelte. Dann ließ er von ihr ab, und sie lächelte ihn an. »Schlafe mit mir.«

Er trat zwei Schritte zurück. »Nein, bei allen Göttern, du weißt, dass ich das nicht tun kann.«

Neferiabet ging hinüber zu seinem Tisch, auf dem bereits ein Mahl aufgetragen war. »Dann setze dich zu mir und iss und trink mit mir. Wenigstens die zwei Tage, die wir noch haben.«

Er ging hinüber und setzte sich ihr gegenüber. Langsam zog der Abend über die Wüste, und der schwere Oasenwein aus Faijum brachte Harmonie. Nachdem sie eine Weile schweigend nebeneinander gesessen hatten, stand Neferiabet auf.

»Ich möchte, dass du mir das Grabmal zeigst, das du für meinen Bruder baust.«

»Es ist noch nicht viel zu sehen, Prinzessin. Lediglich die Fundamente stehen.«

»Dann zeig mir die Fundamente.«

Er stand ebenfalls auf und ging zu seiner Truhe hinüber,

um einen Umhang herauszuholen. »Die Wüste ist kalt bei Nacht. Den wirst du brauchen.«

Er legte ihr den Umhang um die Schultern.

»Wenn du bei mir bist, friere ich nicht, Pamiu.«

Sie traten nach draußen, und Pamiu griff nach einer Fackel. »Sei vorsichtig, denn bei Nacht kommen die giftigen Geschöpfe Seths aus dem Sand hervor.«

Sie gingen schweigend ein paar Schritte nebeneinander her, und Neferiabet bestaunte den nächtlichen Sternenhimmel. »Ich habe noch niemals den Palast verlassen. Ich wusste nicht, wie wunderschön die Wüste ist.«

»Sie ist eine gefährliche Schönheit.« Er blieb stehen. »Ebenso wie du.«

»Ich bin nicht gefährlich. Nicht für dich.« Als wäre das eben Gesagte eine Selbstverständlichkeit, ging sie weiter.

Nach einer Weile erreichten sie die Fundamente der Pyramide. Neferiabet besah sich genau jeden Stein. »Hier wird also mein Bruder ruhen?«

»Irgendwann.«

Pamiu bemerkte einen harten Zug um Neferiabets Lippen.

»Ach könnte es doch schon jetzt sein.«

»Das darfst du nicht sagen. Die Götter könnten dich dafür strafen.«

Abermals näherte sie sich ihm und legte ihre Arme um seine Hüften. »Du und ich – wir wissen es besser. Was scheren uns die Götter.«

Er nahm die kleine Hathorfigur zwischen seine Finger, die sie stets an einer Kette um ihren Hals trug. »Und deine Schutzgöttin?«

»Nur du kannst mich beschützen, Pamiu.«

Er zog sie an sich und atmete den Duft ihrer Haut ein. »Ich kann es nicht, bei allen Göttern, ich wünschte, ich könnte es.«

»Du hast es versprochen, erinnerst du dich?«

»Sie werden dich holen – in zwei Tagen. Wie soll ich dich da beschützen?«

Sie legte einen Finger auf seine Lippen und bedeutete ihm still zu sein. »Alles wird sich finden, glaube mir. Wenn du mir hilfst, wird sich alles finden.«

Khufu rannte die leeren Palastflure entlang und stieß die Tür zu den Gemächern seiner Mutter auf. Ein paar kurze Blicke reichten, um zu bemerken, dass Hetepheres nicht anwesend war. Eine kleine nackte Sklavin kam herbeigeeilt und verbeugte sich mit gekreuzten Armen vor ihm.

»Wo ist die Große Königliche Gemahlin?«, entfuhr es ihm schärfer und ungeduldiger, als er es eigentlich beabsichtigt hatte, denn das Mädchen wagte kaum zu sprechen.

»Sie ist … an ihrem Badeteich in den südlichen Gärten, Prinz … ich meinte Einzig Einer.«

In Khufus Nacken stellten sich die Härchen auf. Eigentlich gebührte ihm die Anrede noch nicht, denn sein Vater würde erst in etwa sechzig Tagen beigesetzt werden, doch insgeheim konnte er es nicht mehr erwarten.«

Khufu ließ das Mädchen allein zurück und machte sich auf den Weg zu den südlichen Gärten des Palastes.

Er traf Hetepheres nur in Begleitung zweier junger Dienerinnen an, die sich bemühten, ihr jeden Wunsch von den Augen abzulesen. Als sie Khufu kommen sah, gab sie ihnen ein Zeichen, sich zurückzuziehen.

Khufu nahm eine von der Gicht verkrüppelte Hand seiner Mutter und legte sie an seine Wange, dann ließ er sich neben ihr unter dem Sonnensegel nieder.

»Mutter, ich habe ein Sendschreiben von Pamiu bekommen. Wir wissen jetzt, wo Neferiabet ist. Sie hat sich in einer Truhe versteckt und ist ihm auf diese Art gefolgt.«

Die Große Königliche Gemahlin starrte weiter auf das Wasser ihres Badeteichs und überlegte eine Weile, während ihr Sohn ungeduldig hin und her rutschte. »Ich habe sie unterschätzt, diese Sklaventochter. Sie hat wirklich einen Weg gefunden, den Palast zu verlassen. Wenn das so ist, wird sie auch aus jedem Tempel entkommen können.«

»Was werden wir mit ihr tun, Majestät-Mutter? Ich fürchte, sie könnte Pamius Ka vergiften.«

Hetepheres blinzelte ihn wütend an. »Man könnte fast meinen, du seist eifersüchtig. Bist du ebenso töricht wie der ganze Hofstaat, der sich von diesem Mann blenden lässt?«

»Pamiu ist mein Freund, und das schon, seit wir Kinder waren. Ich lasse ihn mir nicht von einem Weib verderben.«

»Du bist wie ein eifersüchtiges Weib. Verschon mich damit. Mir wäre es lieber gewesen, du hättest diesen Mann niemals so nahe an den Thron gebracht, denn ich traue ihm wie du weißt nicht. Aber jetzt ist es zu spät, und mein Sohn ist ihm ebenso verfallen wie die Frauen des Hofes.«

»Das ist nicht wahr«, warf Khufu energisch ein, doch Hetepheres hieß ihn zu schweigen.

»Du bist unbelehrbar, was ihn betrifft, also höre jetzt meinen Plan. Du wirst Neferiabet heiraten und zu einer königlichen Nebenfrau machen.«

»Was?« Khufu starrte seine Mutter entsetzt an.

»Es ist die beste Möglichkeit, sie im Zaum zu halten. Und dein eitler gefallsüchtiger und machthungriger Freund wird es nicht wagen, die Frau seines Gönners und dazu noch eine Königin zu berühren. So ist sie wohl am besten kontrollierbar, diese gefährliche Zuneigung, die sich zwischen den beiden abspielt.«

»Ich werde sie nicht heiraten. Ich hasse sie.«

»Aber du liebst die Krone Ägyptens. Wenn du sie lange behalten willst, dann bring dieses Opfer. Ein gemeinsames

Kind reicht schon, um Neferiabet für Pamiu unantastbar zu machen.«

Khufu versuchte seinen Unwillen im Zaum zu halten. »Und Meritates?«, bemühte er sich um einen letzten Ausweg.

Hetepheres verkrampfte die knotigen Hände unter ihrem Tuch, als sie an ihre Tochter dachte. »Sie wird es hinnehmen müssen. Sie wollte schließlich Große Königliche Gemahlin werden. Nun gehört die Krone und alles andere ihr.«

Pamiu sah Neferiabet nach, als sie die Barke bestieg. Er zwang sich, den Blick von ihrer schlanken Gestalt abzuwenden, wie sie trotzig und hoch erhobenen Hauptes an den Priestern und Dienern vorbeiging, die jeden Schritt von ihr zu verfolgen schienen.

Einer von ihnen hatte Pamiu eine Schriftrolle überreicht, die er fest in der rechten Hand hielt. Er würde sie lesen, wenn er alleine in seinem Zelt wäre. Es war ihm kaum möglich, jetzt einen Blick darauf zu werfen.

»Antef, lass ein Bad für mich bereiten. Ich habe das Gefühl, die Tage sind seit meiner Kindheit heißer geworden.«

Der Diener verbeugte sich. »Vielleicht hast du Recht, Herr. Die Arbeiter klagen ebenso über die nie enden wollende Hitze. Die Nilschwemme ist dieses Jahr so gering, dass die Ernten schlecht sein werden.«

Pamiu nickte. »Ja, es ist gut, dass Kemets Kornspeicher gefüllt sind.«

Antef trat verlegen von einem Bein auf das andere, sodass Pamiu ihn fragend ansah.

»Herr, es steht mir nicht zu, dir eine solche Frage zu stellen …«, er machte eine kurze Pause, bevor er weitersprach, »… aber wäre es nicht wichtiger, dass die Arbeiter auf ihre Felder zurückkehren und sie bewässern? Wenn die nächste

Ernte ebenfalls schlecht ist, weil die Fellachen an der Grabstätte des Einzig Einen beschäftigt sind, wer wird dann eine Hungersnot abwenden?«

Pamiu kratzte sich am wie immer perfekt rasierten Kinn und starrte auf den Fluss. Antef hatte Recht, der Nil führte dieses Jahr weniger Wasser als sonst.

»Sorge dich nicht um solche Dinge, Antef. Kemet ist nicht bedroht, denn es war schon immer stark.«

Antef verbeugte sich und machte sich daran, Pamius Bad zu bereiten.

Pamiu wusste, dass sein Diener nicht dumm war. Auch er hatte sich bereits Sorgen um das Ausbleiben der Nilschwemme gemacht. Er beschloss, das Problem anzusprechen, wenn Khufu erst einmal Herrscher über Ägypten wäre.

Neferiabet wunderte sich darüber, dass man sie nicht direkt in den Palast nach Memphis zurückbrachte, sondern in die blühende Faijum-Oase. Pameri, ein Priester, hatte ihr lediglich gesagt, dass sie dort bis zur Beisetzung von Osiris-Snofru verweilen würde. Ihr missfiel der Gedanke an ein langweiliges Leben in der Oase, und so ließ sie den diensteifrigen Priester von einer Dienerin herbeiwinken.

»Warum soll ich in der Oase bleiben? Weshalb werde ich nicht zum Palast zurückgebracht?«

Der junge Mann zuckte etwas zu schnell mit den Schultern. »Es tut mir Leid, Prinzessin, mehr weiß ich auch nicht.«

»Warum glaube ich dir dann nicht, Pameri?«

Neferiabet besaß die Gabe, Menschen mit ihrem forschenden Blick zu verunsichern, und sie merkte, dass dies besonders bei Pameri nicht schwierig war. »Wenn ich herausfinde, dass du mich belügst, wirst du dir wünschen, die Götter hätten deinen Namen ausgelöscht.«

Pameri rang die Hände. »Bitte, Prinzessin, frage den Obersten Priester. Ich bin nur ein einfacher Mann. Ich darf dir nichts sagen.«

Neferiabet fühlte, dass sie bereits gewonnen hatte. »Ich will es aber von dir hören, Pameri. Ich könnte behaupten, du hättest mich beleidigt, wenn du mir meine Fragen nicht beantwortest.«

Pameri gab den Widerstand auf. »Prinzessin, du wirst die Nebenfrau des Pharaos werden.«

»Was?« Sie stand auf und ließ dabei einen Becher Wein fallen, den sie in der Hand gehalten hatte.

Der junge Priester zog den Kopf zwischen die Schultern und zuckte zusammen. »Direkt nachdem Osiris-Snofru seine Barke zu den westlichen Gefilden bestiegen hat, wirst du Königin sein.«

Neferiabet gab dem jungen Mann ein Zeichen, dass er entlassen war. Als er gegangen war, begann sie zu weinen. Sie wollte nicht die Frau ihres verhassten Bruders werden. Sie überlegte hin und her, wie sie dieses Schicksal abwenden konnte, doch ihr fiel nichts ein. Dann griff sie eigenhändig zu einem Bogen Papyrus und einer Schreibpalette. Pamiu musste erfahren, welch grausames Schicksal ihr zugedacht war. Nur er konnte ihr helfen. Er musste ihr helfen.

Die Dienerin, die ihm Neferiabets Schriftrolle übergeben hatte, musste schnell gelaufen sein. Er hatte keine Ahnung, wie die Prinzessin es angestellt hatte, das Mädchen samt Schriftrolle von der Barke zu schmuggeln, aber den Ausführungen der Dienerin nach war es Neferiabet wichtig gewesen, dass Pamiu die Schriftrolle so schnell wie möglich erhielt. Er schickte das Mädchen mit Antef fort, damit es Brot und Bier erhielt, und begann das Sendschreiben zu entrollen.

»Ich sende dir Grüße, Bruder meines Herzens,
es ist mir nicht möglich zu sagen, wann ich dir wieder ein solches Schreiben zukommen lassen kann, deshalb höre meine Worte. Man bringt mich zur Faijum-Oase, wo ich bis zum Bestattungstag von Osiris-Snofru verweilen werde, um danach die Gemahlin des Pharaos zu werden. Ich flehe dich an bei allen Göttern – ein solches Schicksal kann ich nicht ertragen. Unsere Kas waren schon verbunden und füreinander bestimmt, als wir noch die Jugendlocke trugen. Es ist nun an uns, die Gunst der Götter zu erkämpfen. Ich erwarte dich von heute ab in vierzig Tagen, genau einen Tag bevor Osiris-Snofru die Himmelsbarke besteigen wird. Nur gemeinsam können wir Khufu davon abhalten, den Thron zu besteigen. Du bist ein mächtiger Mann, ich bin eine Prinzessin Ägyptens – lass uns gemeinsam nach der Krone greifen.
Ich erwarte dich voller Sehnsucht und Hoffnung.«

Pamiu rollte das Sendschreiben zusammen und legte es beiseite. Was Neferiabet dort plante, war unglaublich. Er schenkte sich einen Becher Wein ein. Die Krone Kemets auf seinem Haupt – er spürte, dass sie zum Greifen nah war. Natürlich ginge es nicht sofort, wie Neferiabet es sich vorstellte, aber er wusste, dass es nicht unmöglich war. In Gedanken versunken griff er noch einmal nach Khufus Sendschreiben, das ihm gestern von der Barke übergeben worden war, und begann es erneut zu lesen.

»Ich sende dir Grüße, mein Freund und Bruder,
es ist gut, dass du mir die Treue bewahrst und mich sofort über Neferiabets Aufenthaltsort unterrichtet hast. Ich lasse sie heute in die Faijum-Oase bringen, wo sie bis zur Grablegung unseres Vaters verweilen wird. Ich habe beschlossen, sie zu heiraten, denn sie ist eine Dämonin, und nur ein Gott

kann ihre böse Macht im Zaum halten. Ich weiß, dass du es für gut befinden wirst, denn dieses Weib ist schlecht für einen Mann. Wenn ich Krummstab und Geißel halte, wirst du der höchste Würdenträger in Kemet sein. Deine Bauwerke sollen die Zeit überdauern, und dein Ruf wird dir über die Grenzen Kemets hinaus weit vorauseilen. Lohnt es sich nicht, danach zu streben, mein Freund? Was ist die Liebe schon? Vergänglich und tückisch. Reiche mir die Hand und entscheide dich für Kemet. Ich verlange nur eines von dir – vergiss sie auf ewig!«

Pamiu nahm Neferiabets Schriftrolle und las auch sie noch mal. Sodann erhob er sich und ging hinüber zum Feuerbecken, in dem noch immer Glut von der letzten Nacht vorhanden war. Er blickte auf die beiden Schriftrollen in seiner Hand und wog sie gegeneinander auf. Sein Herz schien ihm zu zerspringen. Zögernd blickte er zuerst die eine und dann die andere an. Sein Herz schlug für Neferiabet, doch wann hatte er sich in seinem Leben schon einmal auf sein Herz verlassen können. Der Weg der Rationalität, der Weg der Macht war der einfachere und vertrauenerweckendere. Er hätte gerne seinem Herz vertraut, doch er vermochte es nicht mehr. Letztendlich war er mit seinem Verstand immer besser bedient gewesen. Dieser verursachte ihm zumindest keine Qual in seinem Ka. Schließlich nahm er Neferiabets Schriftrolle und legte sie in das Feuerbecken. Die Glut fraß sich langsam durch den Papyrus und verschlang Zeichen für Zeichen. Pamiu drehte sich um, schloss die Augen und presste Khufus Sendschreiben an seine Brust.

Ich bin Isis,
die liebende Mutter und Gemahlin
Ich diene meinem Gatten
und behüte meinen Sohn
Ich wache über ihren Schlaf
und begrüße sie am Morgen
Als Königin der Sehnsucht

Kapitel 6

Pamiu überprüfte noch einmal den Sitz seines Schurzes, legte die goldenen Oberarmreifen des Obersten Baumeisters an, die Khufu ihm hatte überbringen lassen, und hielt schwere Ringe an die Ohrläppchen. Er zog den schwarzen Koholstrich selber noch einmal nach und überlegte, ob er zum gegebenen Anlass lieber den schweren Halskragen aus Lapislazuli oder das goldene Pektorale mit dem Löwenkopf wählen sollte. Er entschied sich für das Pektorale, das auf seiner vergleichsweise schmalen Brust leicht und jugendlich wirkte. Er fühlte sich jung. Es schien, als wäre der gesamte Schwermut aus dem Palast verschwunden, seit Osiris-Snofru am gestrigen Tag seine Sonnenbarke bestiegen hatte. Pamiu war guter Dinge, denn ein neuer König verhieß neue Stärke für das gesamte Land. Er hatte es nicht bereut, sich für Khufu entschieden zu haben, verhieß er doch ein starker König zu werden – mit ihm an seiner Seite. Trotzdem ließen die Gedanken an Neferiabet nicht nach. Er verfluchte sich dafür, aber er konnte nichts dagegen tun. Bisher hatte er sie nicht gesehen, doch er wusste, dass auch sie gestern im Palast eingetroffen war. Er fragte sich, ob sie bis zuletzt gehofft hatte, dass er sie holen würde, um ihren waghalsigen Plan mit ihr umzusetzen. Er trat hinaus in die Säulenhalle und ging Richtung Thronsaal. Auf dem Weg dorthin traf er auf Meritates. Ehe er so tun konnte, als hätte er sie nicht gesehen, war sie schon bei ihm und lächelte ihn kühl an.

Pamiu verbeugte sich pflichtschuldig und wartete, bis sie ihn ansprach.

»Heute ist ein großer Tag für dich, Pamiu. So hast du es letztendlich doch noch geschafft, deine Ziele zu erreichen.«

»Ich hatte niemals irgendwelche anderen Ziele, als dem Pharao und Ägypten zu dienen.«

Meritates nickte. Ihre Augen wirkten müde, und ihre Mundwinkel hatten einen vergrämten Zug angenommen. »Natürlich, Pamiu, das bezweifle ich nicht.« In ihrer Stimme lag Zynismus. »Ich denke, für Neferiabet wird dieser Tag nicht ganz so glücklich sein wie für dich.«

Sie hatten den Thronsaal erreicht, und die großen goldenen Flügeltüren wurden geöffnet. Meritates wandte sich ab, um gemeinsam mit ihrem Gemahl den Thronsaal zur Audienz zu betreten. »Genieße diesen Tag, Pamiu, denn Tage wie dieser sind kostbar – ich weiß es.«

Khufu und Meritates wirkten wie Statuen auf den schlichten Thronsesseln. Pamiu hatte Khufu schon oft mit dem Nemes-Tuch gesehen, doch dabei hatten immer Krummstab und Geißel gefehlt. Auch der Zeremonienbart wirkte noch fremd in seinem Gesicht.

Nach einer Litanei der Priester winkte der junge Pharao seinen Schreiber herbei, der ihm eine Schriftrolle überreichte. Ein Priester trat unaufgefordert vor und verbeugte sich vor dem Herrscherpaar, ehe er den Papyrus entgegennahm und entrollte.

Die Spannung bei den Anwesenden wuchs, jeder der Höflinge hoffte auf die Gunst beim König oder auf die Chance einer Laufbahn, die ihm unter Snofru aufgrund seiner Verweigerung, ihm mit seinem Körper zu dienen, verwehrt geblieben war. Der Priester räusperte sich, ehe er zu lesen begann.

»So höre, Volk von Kemet, die Götter haben ihren leibhaftigen Sohn gesandt, damit er euch fortan führe und die Maat aufrechterhalte.

Zum Gefallen der Götter wird er erschaffen ein Bauwerk, das weit in den Himmel reicht – so groß und prächtig, wie es zuvor noch nie gesehen wurde.«

Durch die Menge ging ein staunendes Raunen.

»So lasse der Fellache die Arbeit auf den Feldern ruhen und zehre vom Reichtum Ägyptens, während das göttliche Bauwerk errichtet wird.«

Der Priester hatte sich in Ekstase geredet. Anscheinend war er von der Idee des neuen Königs angetan.

»Die Götter bestimmten einen einzigen Mann dazu, den monumentalen Bau zu vollenden, und dieser soll sein der Oberste Baumeister Pamiu, welcher heute hiermit von allen Göttern Ägyptens in sein hohes Amt berufen werden soll.«

Wieder ging ein Raunen durch die Menge, jedoch erstaunte es niemanden sonderlich. Selbst Pamiu hatte mit seiner offiziellen Ernennung gerechnet. Meritates ließ keine Gefühlsregung erkennen, auch wenn Pamiu wusste, dass sie innerlich kochte vor Zorn. Khufus Augen waren starr geradeaus gerichtet, wie es sich für einen Abkömmling der Götter gehörte. Auch er zeigte keine Gefühlsregungen, doch war Pamiu natürlich klar, dass er niemand anderem als ihm seinen hohen Aufstieg zu verdanken hatte. Er trat vor den Thron und verbeugte sich lange und tief mit gekreuzten Armen. Khufu deutete mit dem Krummstab auf eine Platte, die neben ihm stand. Auf ihr lag der Siegelring des Obersten Baumeisters. Der Priester nahm ihn und steckte ihn Pamiu an, direkt neben den Ring, den er von Snofru erhalten hatte. Sodann begann er wieder eine Litanei an die Götter.

»Dich heben wir in das Amt, begünstigter Pamiu, unsere Stimme zu hören und uns zu dienen durch unseren geliebten

Sohn Khufu, dem Auserwählten Herrn der Welt für Millionen Jahre.«

Der Priester trat zurück und verbeugte sich vor Pamiu. Die Höflinge warteten ungeduldig auf die nächste Ernennung. Jeder hoffte für sich, dass es ihn treffen würde, dass auch er in den Dunstkreis der höchsten Macht würde eintreten können, doch der Zeremonienmeister ließ die große Horustür hinter dem Thron des Königspaares öffnen. Ohne ein Wort zu verlieren, verließ das Königspaar den Thronsaal. Zurück blieben über zweihundert verdutzte und verärgerte Höflinge.

»Glaubst du, dass das klug war, Prinz?« Pamiu hatte sich noch an keine andere Anrede für seinen Freund und jetzigen Herrscher Ägyptens gewöhnen können, aber Khufu nahm es ihm nicht übel. »Du hättest wenigstens ein paar unbedeutende Ehrenämter vergeben sollen, die die Höflinge vorab zufrieden stellen. Sie fühlen sich brüskiert und abgelehnt.«

Khufu schenkte sich einen großen Becher Wein nach und war sich gleichzeitig nicht zu fein, Pamius Becher ebenfalls zu füllen. Sie waren zu eng befreundet, um nach Khufus Thronbesteigung auf Distanz zu gehen.

»Meinst du nicht, du machst dich lächerlich, mein Freund? Ich bin der von den Göttern erwählte Herrscher, der Einzig Eine, Pharao über ganz Ägypten. Meine Untertanen werden es nicht wagen, mich infrage zu stellen.«

»Diplomatie ist eine Kunst. Ich bitte dich, am Anfang vorsichtig zu sein. Ich bitte dich als Freund, der dir treu und loyal ergeben ist.«

Khufu hatte zu viel getrunken, wie immer, wenn er mal gute Laune hatte. »Verdirb mir nicht den Tag mit deiner Perfektion, Pamiu, ich warne dich.«

»Wie du meinst, mein Prinz, aber es gibt trotzdem eine wichtige Sache, die ich mit dir besprechen muss. Sie hat auch mit meinem Amt als Oberster Baumeister zu tun, deshalb bitte ich dich, mich anzuhören.«

Khufu machte eine lächerlich wirkende Geste, die Pamiu zeigen sollte, dass er reden durfte. Er hatte wirklich zu viel getrunken, und Pamiu fragte sich, ob er nicht lieber mit seinem Anliegen warten sollte. Andererseits sagte er sich, dass sein Freund erst mal kaum Zeit für ihn haben würde. Die dynastischen Verpflichtungen würden ein ungezwungenes Gespräch wie das heutige kaum möglich werden lassen. »Es geht um den Bau an deinem Haus für die Ewigkeit.«

Khufus Augen klärten sich ein wenig. Seine Bauvorhaben vermochten ab und an einen läuternden Einfluss auf seinen trunkenen Geist zu haben. »Oh – du weißt, dass du mit diesen Angelegenheiten immer zu mir kommen kannst. Sie bedeuten mir mehr als irgendetwas anderes.«

O ja, dachte Pamiu, das stimmt, und genau darin sehe ich die Gefahr. »Du weißt, dass wir dieses Jahr eine sehr schlechte Ernte hatten.«

Khufu winkte ab. »Die Kornspeicher sind übervoll. Wir können die Bäuche ganz Kemets füllen.«

»Ja, das ist wahr, aber wir werden es im nächsten Jahr nicht mehr tun können, wenn die Fellachen nicht ihre Felder bestellen.«

Khufu verzog das Gesicht wie ein trotziges Kind. »Worauf willst du hinaus?«

»Wir können nicht all die Fellachen das gesamte Jahr über an deiner Pyramide arbeiten lassen.«

Khufus Mine verdüsterte sich sofort. »Ich will, dass unermüdlich und ohne Unterbrechung gearbeitet wird. Mein Bauwerk soll das meines Vaters und aller da gewesenen Herrscher in den Schatten stellen.«

»Das wird es zweifellos tun – jedoch nicht, wenn das Volk hungert.«

Khufu warf den Weinbecher auf den Boden. »Ich will das nicht hören.« Doch er bezähmte sich sofort. »Also gut, mein Freund, finde eine Lösung für das Problem, denn ich werde die Arbeiten nicht unterbrechen.«

Pamiu hatte genau auf diesen Moment gewartet. »Ich denke, ich habe schon eine Lösung, mein Prinz.«

»Dann lass sie mich hören.«

»Wir bauen eine Stadt nahe der Baustelle. Nichts Großes, einfach eine gut funktionierende Stadt für die Arbeiter, in der es alles Nötige gibt – Kornspeicher, Vieh, Häuser, Wasser, Händler. Diese Stadt soll einzig und allein für die Arbeiter und ihre Familien sein. Wir zahlen ihnen Naturalien und Kupfer für die Arbeit, die sie leisten, und bringen sie so dazu, ihre Höfe aufzugeben und in den Dienst des Pharaos zu treten.«

Khufu nickte. »Schön und gut, aber der Bau wird Zeit kosten, und dann können die Fellachen überhaupt nicht mehr ihre Felder bestellen. Ich sehe keine Lösung für das angesprochene Problem in deinem Vorschlag.«

Pamiu war in seinem Element. »Die Lösung ist, dass wir nur die Hälfte der Arbeiter behalten und die anderen zurück zu ihren Feldern schicken. Die Arbeit der Dagebliebenen wird besser sein, weil sie ihre Familien bei sich haben und sich ein Heim schaffen können. Und ihre Kinder werden der Laufbahn der Eltern folgen, und somit wird die Zahl der Arbeiter bald wieder anwachsen.«

Khufu fuhr sich durch das verschwitzte Haar. »Du magst Recht haben, aber wer soll die Stadt bauen?«

»Sie werden es selber tun. Und sie werden es schnell und gut machen, denn es ist ihr eigenes Heim, das sie sich errichten werden. Vertrau mir. Stell mir nur die Mittel aus Kemets

Beständen zur Verfügung, und es wird sich für dich tausendfach bezahlt machen.«

Khufu nickte. »Also gut, ich werde dir die Mittel geben. Aber du solltest mich lieber nicht enttäuschen.«

»Das werde ich nicht, mein Prinz.«

Khufu stand auf und wankte zur Tür. Pamiu erhob sich ebenfalls, um ihn zu stützen, doch Khufu winkte ab. »Du hast die Gestalt eines Weibes und willst mir helfen?« Er lachte stoßweise, wobei Pamiu seinen vom Wein säuerlichen Atem roch.

»Du hast viel getrunken, mein Prinz. Lass mich dich zu deinen Gemächern bringen.«

Khufu grinste Pamiu an. »Ich habe noch nicht vor, meine Gemächer zu besuchen, mein Freund. Ich muss mich um das Dämonenweib kümmern, das ich mir zur Zweitfrau genommen habe.«

Ein Stich fuhr durch Pamius Herz, denn er wusste, dass Khufu ihn verletzen wollte. Sein Freund wusste von seiner Liebe zu Neferiabet. Die alte Wut auf ihn loderte kurz wieder in ihm auf, aber er kämpfte sie nieder. Khufu verließ torkelnd Pamius Räume.

»Ich werde dir berichten, ob sie deine sentimentalen Gefühle wert ist, wenn ich mit ihr fertig bin.«

Pamiu schloss schweigend die Tür hinter ihm und dachte an Neferiabet. Er dachte an sie, wie Khufu sie sich betrunken nehmen würde, wie sich ihre Augen mit Hass begegnen würden, bevor das Unausweichliche geschah. Er wünschte sich in diesem Moment nichts mehr, als an Khufus Stelle zu sein. Er versuchte die Gedanken zu verscheuchen, doch es gelang ihm nicht.

Neferiabet erhob sich langsam von ihrem Ruhebett und starrte auf den kleinen Blutfleck, der sich auf ihrem Laken abzeichnete. Sie schloss die Augen und kämpfte gegen den Schwindel an, den sie verspürte. Sie fühlte sich taub und leer. Die Erinnerung an die letzten Stunden kam auf grausame Weise wieder in ihr hoch – genauso wie das Gefühl, betrogen worden zu sein. Sie hatte auf Pamiu gewartet, dort in der Oase im Faijum, bis zum letzten Tag hatte sie gehofft, dass er kommen würde. Die Nacht auf der Baustelle in Gizeh hatte sie daran nicht zweifeln lassen. Aber er war nicht gekommen. Stattdessen war ihr Bruder gekommen und über sie hergefallen. Sie hatte nicht geschrien, o nein, diese Genugtuung hatte sie ihm nicht gegeben, und gerade deshalb war er besonders brutal gewesen. Sie hielt sich ihren Unterleib. Dort pochte der Schmerz, aber auch zwischen ihren Beinen brannte es – vor Scham, vor Schmerz und vor Einsamkeit. Jetzt war er fort. Er hatte sie genommen, brutal ihre Beine auseinander gezwungen, obwohl sie sich gewehrt hatte. Während sie mit geschlossenen Augen sein Keuchen vernahm und sein Mund ihre Brustwarzen hart umschloss, hatte sie an Pamiu gedacht. Dreimal hatte sie das alles ertragen müssen, bevor er wortlos aufgestanden war und ihre Gemächer verlassen hatte. Sie konnte noch immer den säuerlichen Gestank seines Atems riechen, den Schweißgeruch seiner Haut, und sie konnte den brutalen Griff seiner Hände fühlen. Sie rief mit gebrochener Stimme nach Nitokris. Sofort war die Katze bei ihr. Sie hatte sich die ganze Zeit versteckt gehalten, so als hätte sie gewusst, dass sie ihr nicht helfen konnte. Zärtlich streichelte Neferiabet das Fell des Tieres. Die Berührung des geschmeidigen Katzenkörpers tat ihr gut. Sie hielt die Tränen zurück, als sie an Pamiu dachte. Er hatte heute die höchsten Ehren erfahren, während sie die größte Schande hatte hinnehmen müssen. Mit einem Mal durchfuhr es sie wie ein Blitz.

»Bei meiner geliebten Hathor – ich könnte schwanger sein.« Langsam griff sie nach dem verzierten Kupferspiegel, der auf einem Hocker neben ihrem Bett lag, und blickte hinein.

»Du bist eine Königin, Neferiabet. Was auch immer passiert ist, das werden sie dir nicht nehmen. Niemand wird dir mehr irgendetwas nehmen, dafür wirst du ab jetzt sorgen.«

Sie stand auf und begann sich anzukleiden und zu schminken. Sie rief keine ihrer Dienerinnen, denn selbst vor ihnen schämte sie sich. Als sie fertig war, ging sie über ihre Terrasse hinaus in den Garten. Sie brauchte Luft, sie hatte das Gefühl, in ihren Gemächern zu ersticken.

Neferiabet achtete nicht darauf, wohin sie ging, sie wollte eigentlich nur etwas Herumschlendern, doch dann sah sie Hetepheres auf ihrer Gartenterrasse sitzen. Ihr war nicht bewusst gewesen, dass sie sich schon so weit von ihren Gemächern entfernt hatte, denn die Große Königliche Gemahlin hatte ihre Räume in einem anderen Teil des Palastes als sie. Sie spürte Hetepheres' Blicke auf sich ruhen – die kleinen bösartigen Raubtieraugen. Mit einem Mal fühlte Neferiabet sich stark. Hatte sie selbst nicht schon erfahren, dass ihr eigener Blick ebenso verängstigen konnte wie der von Hetepheres? Sie trat auf die Terrasse der Großen Königlichen Gemahlin und verbeugte sich gerade lange genug, dass diese sie nicht bestrafen konnte, aber eben auch merken musste, wie viel Verachtung in dieser Geste lag. Zu Neferiabets Überraschung winkte Hetepheres sie heran.

»Wie ich hörte, hat mein Sohn dich heute besucht.«

Neferiabet spürte Zorn in sich aufkommen. »Ich kann mir gut vorstellen, dass du mir selbst den zweifelhaften Titel einer Nebenkönigin missgönnst.«

Hetepheres kicherte. »Mein Gott, du bist ebenso dumm wie deine Mutter. Was glaubst du, wer dafür sorgte, dass es dazu kam?«

Neferiabet rang nach Fassung. »Das warst du? Aber weshalb? Worin liegt der Sinn?«

Die Augen der Großen Königlichen Gemahlin funkelten boshaft. »Ich hasse dich. Ich hasse dich ebenso wie deine Mutter, die mir einst die Liebe meines Gemahls stahl. Ich habe dich dein ganzes Leben lang dafür zahlen lassen, Neferiabet – für die Fehler deiner Mutter. Ich hätte dich gleich mit ihr beseitigen sollen.«

»Wovon redest du? Meine Mutter starb bei meiner Geburt.«

Hetepheres funkelte sie an. »Dann hat dein gefall- und machthungriger Freund es dir also nicht erzählt? So höre denn, Sklaventochter. Ich vergiftete deine Mutter nach deiner Geburt – zusammen mit Meritates und Khufu. Ja, und selbst Pamiu war anwesend. Wir alle sind verschworen in Hass und Liebe.« Hetepheres versuchte in der ihr eigenen Geste ihr weißes Kopftuch zu richten, das sie mittlerweile ständig einer Perücke vorzog, doch ihre verkrüppelten Hände versagten ihr den Dienst. Sie seufzte. »Ich bin ein Geschöpf des Hasses, aber ich finde Genugtuung darin, dass ich die Rache an deiner Mutter an dir fortführen kann.«

Neferiabet versagten die Beine, sie fiel auf die Knie und begann zu schluchzen. »Warum? Warum nur das alles?«

Hetepheres kannte kein Erbarmen. »So wie ich nicht lieben durfte, so habe ich dir auch die Hoffnung darauf genommen. Ein Glück zwischen Pamiu und dir wird es nicht geben. Er ist viel zu machthungrig, dein Geliebter. Sicher, er liebt dich, aber er wird sich niemals für dich entscheiden, nun schon gar nicht mehr. Du bist die Frau seines Gönners, wie könnte er da jemals auch nur wagen, sich dir zu nähern?« Hetepheres lachte wieder boshaft.

In Neferiabet stieg der Zorn an. Sie stand auf und fauchte Hetepheres an. »Du! Du warst es also. Du hast mein Leben zu einem Fluch gemacht. Du hast mir die Liebe meiner Mutter vorenthalten, und jetzt willst du mir auch noch Pamiu nehmen. Aber ich werde es nicht zulassen, du verabscheuungswürdiges altes Weib.« Sie griff nach einem Kissen, das auf einem der Stühle lag, und ging damit auf Hetepheres zu. Diese sah sie mit vor Entsetzen geweiteten Augen an.

»Was hast du vor, du Tochter des Seth?«

»Ich schicke dich zum Duat, wo du hingehörst.« Mit diesen Worten presste Neferiabet Hetepheres das Kissen aufs Gesicht. Die Große Königliche Gemahlin versuchte sich zu wehren, doch Neferiabet drückte sie mit ihrem eigenen Körpergewicht auf den Stuhl. Es dauerte nur kurze Zeit, bis der Widerstand erstarb. Neferiabet presste noch einen Moment länger das Kissen auf ihr Gesicht, dann nahm sie es fort und starrte die Tote an. Sie zitterte am ganzen Körper und kam nur langsam zu sich. Sie warf das Kissen zur Seite und blickte sich um. Alles war ruhig geblieben, der Hof lag in tiefem Schlaf und ebenso die Wachen, die vor den Türen postiert waren. Lediglich eine wilde Katze streifte durch den Garten und verharrte nun, weil sie Neferiabet entdeckt hatte. In einer verschwörerischen Geste blickte sie das Tier an und legte einen Finger auf ihren Mund, so als könnte das Tier ihre Bitte verstehen. Dann rannte sie so schnell es ging davon.

Pamiu hatte nicht geschlafen. Als er die Schritte auf seiner Terrasse hörte, fuhr er hoch. Er selbst wusste am besten, dass Mörder gerne über die Terrasse kamen. Als er Neferiabet erkannte, griff er nach seinem Schurz, um ihn sich umzubinden.

»Bei den Göttern – was tust du hier?«

Neferiabet wirkte versteinert. Pamiu kam sein Gespräch mit Khufu sofort in den Sinn. Er stand auf, und sie warf sich in seine Arme.

»Pamiu, es ist etwas Schreckliches passiert.«

Er versuchte sie zu beruhigen. »Es tut mir so Leid. Ich konnte nichts tun.«

Neferiabet löste sich aus seiner Umarmung. »Doch, natürlich hättest du das. Ich habe auf dich in der Oase gewartet. Ich habe gebetet und gehofft, dass du kommen würdest.«

»Du weißt, dass unsere Wünsche und Träume sich niemals erfüllen können.«

»Oh, deine schon. Wie ich hörte, hast du als Einziger der Höflinge Ehren erfahren.«

Pamiu schenkte ihnen beiden einen Becher Wein ein, doch Neferiabet lehnte ab. Er bemerkte wieder, wie schön sie war. Ihre langen schwarzen Haare fielen ihr etwas wirr über die Schultern, und das weiße durchsichtige Leinen verdeckte kaum ihren Körper – den Körper, den Khufu heute Nacht in seinen Armen hatte halten dürfen. Er hatte einen bitteren Geschmack im Mund. »Es wird vergehen. Der Schmerz darüber vergeht.«

»Wie kannst du es wagen, mir Hoffnung zu machen, da du sie mir erst genommen hast?«

Neferiabet trat wütend an ihn heran. »Warum hast du mir nicht erzählt, was mit meiner Mutter geschah? Warum hast du mir verschwiegen, dass du selbst dabei warst, als Hetepheres sie hinterhältig ermordete?«

Pamiu zuckte zusammen und ging ein paar Schritte zurück. »Woher weißt du das?«

Sie ließ sich kraftlos in einen Flechtsessel sinken. »Von ihr selbst. Sie sagte es mir, bevor ich sie mit einem Kissen erstickte.«

Pamiu trat auf sie zu und begann sie zu schütteln. »Sag, dass du das nicht getan hast. Ich flehe dich an.«

Plötzlich blitzte Genugtuung in ihren Augen. »Und wenn

schon. Es war ihre Idee, mich mit meinem verhassten Bruder zu verheiraten. Sie wollte uns das Glück nicht gönnen.«

Pamiu stand auf und kippte den Wein in einem Zug hinunter. Er wusste, dass sie Recht hatte, doch er konnte das Ausmaß der Tat, zu der Neferiabet fähig gewesen war, nicht verstehen. Hatten ihm nicht alle gesagt, sie beide würden sich gleichen? Hier hatte er den Beweis dafür.

»Du bringst dich in die größten Schwierigkeiten.«

»Falsch.« Neferiabet hatte einen Teil ihrer alten Gelassenheit wiedergefunden. »Du bist schuld, dass es so weit gekommen ist. Jetzt wirst du mir helfen müssen.«

»Wie sollte ich das tun?« Pamiu blickte Neferiabet ratlos an.

Sie griff langsam unter ihr Gewand und zog etwas hervor. Pamiu konnte nicht erkennen, was es war, deshalb ging er näher heran. Neferiabet nahm seine Hand und legte etwas hinein. Pamiu blickte auf den kleinen Stein in seiner Hand. Es war der Mondstein, der einst seinen Dolch zierte. Seine Augen weiteten sich vor Schreck.

»Ich habe es gewusst, all die Jahre. Ich habe den Mondstein auf der Terrasse gefunden. Ich wusste sofort, dass es deiner war. Ich wusste all die Jahre, dass du für Khufu gemordet hast. Ich habe den Stein versteckt und aufgehoben. Ich habe dich damals beschützt, und jetzt musst du mich beschützen.« Plötzlich nahm ihr Gesicht wieder einen hilflosen Zug an. »Ich habe alles verloren. Ich werde das Kind eines Mannes bekommen, den ich abgrundtief hasse. Ich habe nichts außer meiner unglücklichen Liebe zu dir.«

Pamiu ging vor ihr in die Knie. Sie legte ihre Hand auf seinen Kopf.

»Es tut mir Leid. Ich war zu schwach für unsere Liebe.«

Sie schüttelte geistesabwesend den Kopf. »Es ist zu spät, um darum zu trauern. Wichtig ist nur noch die Zukunft.«

Pamiu hatte gewartet, bis Neferiabet sich etwas beruhig hatte. Sobald sie in ihre Gemächer zurückgekehrt war, hatte er sich über seine Terrasse davongestohlen und den Weg zum Palastflügel eingeschlagen, in dem Hetepheres residierte. Er hatte sie so vorgefunden, wie Neferiabet es ihm beschrieben hatte. Seine Arbeit war schnell und mit geübten Handgriffen getan. Der Körper der Königin war leicht und zerbrechlich wie der eines Vogels. Es hatte ihm keine Mühe bereitet, Hetepheres in ihr Ruhebett zu legen und das Laken über sie zu breiten, ganz so, als schliefe sie. Die Haut und die Knochen waren unversehrt, so dass die Ärzte glauben mussten, sie sei den Lasten ihres Alters erlegen. Die weit geöffneten Augen hatte er geschlossen, die noch warmen Glieder in Schlafstellung gebracht. Das Kissen wies Speichelspuren auf, also hatte er es mitgenommen. Pamiu hatte darauf geachtet, dass niemand ihn sah, und als er wieder in seinen eigenen Gemächern war, verbrannte er das Kissen in einem großen Feuerbecken, bis nichts mehr davon übrig war. Er dachte an die Tote, während die Flammen den letzten Beweis ihres gewaltsamen Todes aufzehrten.

»Nun bist du bei deinem Gemahl. Vielleicht empfängt er dich jetzt endlich mit der Liebe, die du immer so ersehnt hast.«

Meritates stand mit zitternden Händen vor dem Ruhebett ihrer Mutter, als Khufu ebenfalls die Gemächer betrat. Sie hatte ihn rufen lassen, nachdem sie Hetepheres' erkalteten Körper gefunden hatte. Meritates hatte nicht geweint, aber Khufu sank mit einem Aufschrei auf die Knie, als er den Leichnam erblickte. Dann richtete er sich auf und wandte sich seiner Schwestergemahlin zu. »Wann hast du sie gefunden?«

»Vor nicht allzu langer Zeit. Ich wollte ihr einen Besuch

abstatten und dachte, sie würde noch schlafen. Als ich ihre Hand berührte, wusste ich, dass ihr Ka fort war.«

Khufu blickte in das Gesicht seiner Mutter. »Wenigstens scheint sie friedlich gegangen zu sein.«

Meritates empfand nur Verachtung für ihren Bruder. »Und warum trägt sie dann noch ihr Kopftuch? Sie hat es nie getragen, wenn sie sich zur Ruhe gelegt hat.«

Khufu wandte sich um und sah sie fragend an. »Was willst du damit sagen, Meritates?«

Sie raffte die Schultern, bevor sie ihre ungeheuerliche Anschuldigung aussprach. »Ich will damit sagen, dass sie nicht friedlich gegangen ist, ja, dass sie vielmehr ermordet wurde.«

Khufus Stimme bekam einen lauernden Ton. »Und wie ich dich kenne, fällt dein Verdacht auf jemand ganz bestimmten.«

»Warum verschließt du deine Augen vor dem Offensichtlichen? Wir beide wissen ganz genau, wer allein seine Hand sicher als Mordwerkzeug gebrauchen kann.«

Er trat einen Schritt auf sie zu, sodass sie seinen nach Wein riechenden Atem in ihrem Gesicht spürte. »Wage es nicht, Pamiu zu beschuldigen. Du bist meine Schwester und meine Königin, aber ich verzeihe dir nicht alles.«

»Nun gut, mein Gemahl, dann verschließe weiter deine Augen und halte zu deinem verschlagenen Freund – aber ich rate dir, dem Kater ein für alle Mal die Krallen zu entschärfen.«

Als sie gegangen war, setzte sich Khufu an das Ruhebett seiner Mutter. Er nahm ihre erkaltete Hand in seine warme und flüsterte. »Die Götter mögen sie für ihre blasphemischen Reden strafen. Pamiu würde mir so etwas nicht antun – ich bin sein Freund.«

Ich bin Nechbet,
die Beschützerin des neues Gottes
Ich behüte und liebe ihn
Ich sorge dafür, dass ihm kein Leid widerfährt
Unter meiner Obhut wächst er zum König heran

Kapitel 7

Neferiabet hielt eine Lotosblüte in die Wiege von Djedefre, deren Bewegungen er mit seinen Augen folgte. Ihr kleiner Sohn bereitete ihr Freude, seit sie ihm vor drei Monden das Leben geschenkt hatte. Obwohl sie die Nacht mit Khufu gehasst hatte, so übertrug sie diesen Hass nicht auf ihren gemeinsamen Sohn, der aus dieser einzigen Vereinigung hervorgegangen war. Djedefre war ein freundliches und unkompliziertes Kind. Schon in diesem zarten Alter bezauberte er alle, die ihn zu Gesicht bekamen. Khufu hatte seinem Sohn kaum Beachtung geschenkt, vielleicht auch weil er das Grün der Augen seiner Mutter geerbt hatte. Neferiabet war zum ersten Mal in ihrem Leben glücklich. Selbst Nitokris legte sich neben Djedefre in die Wiege und schnurrte, wenn die winzigen Hände des Prinzen sich in das weiche Fell der Katze gruben. Die beiden mochten sich augenscheinlich, und Neferiabet war froh darüber. Sie vertraute Nitokris' Instinkten.

Neferiabet erhob sich von der Wiege und ging zu ihrem Frisiertisch. Heute würde Pamiu von der Baustelle zurückkehren, auf der die Pyramide des Pharaos nach Aussagen der Höflinge in die Höhe wuchs. Sie selbst durfte den Palast nicht verlassen und war hierbei auf die Aussage ihrer wenigen Freundinnen angewiesen, die mit ihren Männern reisen konnten und ein für sie unerreichbar freies Leben führten. Doch Neferiabet beschwerte sich nicht. Sie hatte ihren Sohn. Und sie wusste, dass sie Pamiu treffen würde, wenn er erst einmal im Palast wäre. Khufu würde es verhindern wollen, doch sie machte sich deswegen keine Sorgen, da ihre Dienerschaft bestechlich war; dagegen konnte auch er nichts ausrichten. Sie würde Pamiu sehen – bei den Göttern und ihrer geliebten Hathor –, ja, das würde sie.

Khufu schlug seinem Freund wie immer etwas zu kräftig auf die Schulter. Die Uräusschlange an seinem Stirnschmuck blitzte Pamiu mit ihren grünen Smaragdaugen an. Dieser sah sie einen Moment lang bewundernd an und stellte sich vor, wie der königliche Stirnschmuck sein Haupt zieren würde, dann verwarf er den Gedanken schnell wieder.

Sie waren in Khufus Privatgemächern, und es war fast ein halbes Jahr her, seit sie sich gesehen hatten. Die Arbeit an Khufus Pyramide ließ Pamiu kaum Zeit für einen Besuch im Palast, auch wenn Gizeh nicht weit entfernt war.

»Du siehst gut aus, mein Freund. Endlich haben deine blassen Beine etwas Farbe und deine Arme einen Ansatz von Kraft bekommen.«

Pamiu verzog gequält das Gesicht. »Ich habe in den letzten drei Wochen mehr Sand geschluckt als jemals in meinem Leben. Wir wurden von Sandstürmen attackiert, und nachdem diese endlich abgeebbt waren, erschienen die Geschöpfe Seths in Scharen an der Oberfläche des Wüstensandes – Schlangen und Skorpione. Wir haben etwa zweihundert Arbeiter durch sie verloren. Eine ganze Weile ging die Angst im Lager um, man konnte sich kaum vor einem giftigen Biss oder Stich schützen, sie kamen sogar in die Zelte.« Pamiu verschränkte die Arme vor der Brust und begann auf und ab zu gehen. Die Erinnerungen der letzten Zeit saßen noch tief in seinem Ka. »Ich musste die Arbeiter bestrafen, damit sie nicht davonliefen. Ich musste sie anhalten, härter zu arbeiten, damit sie die Toten ersetzten. Sie haben mich verflucht, mein

Prinz. Bei dem stinkenden Atem Seths – ich kann gar nicht die Masse der Flüche ermessen, mit denen ich belegt wurde. Es scheint fast so, als wären die Götter hier gegen uns.«

Khufu griff nach einer Schatulle, die er bereitgestellt hatte, und übergab sie Pamiu. »Ich habe deine Berichte aufmerksam gelesen. Nimm das hier. Darin ist genug Gold und Geschmeide, um die Bestattung der Toten auszurichten und die Familien zu beruhigen. Gib den Männern meinetwegen zwei Tage Urlaub, aber um der Götter willen beende dieses Bauwerk für mich, Pamiu. Sowohl du als auch ich werden dadurch unermesslichen Ruhm und Unsterblichkeit erreichen. Ich weiß es.« Er trat näher zu Pamiu heran, der ihm den Rücken zugewandt hatte und auf die schönen Wandmalereien blickte. »Du bist der einzige wahre Freund, den ich habe. Ich verlasse mich auf dich.«

Pamiu wandte sich um und rang sich ein aufmunterndes Lächeln ab. »Ich werde dein Grabmal vollenden, mein Prinz. Und wenn ihnen aus allen Körperöffnungen das Blut fließt. Wir werden es beenden – und die Götter mögen es mir verzeihen.«

Neferiabet saß zu ihrem Unbehagen an Meritates' Seite. Sie wusste, dass diese sie hasste, doch sie wusste auch, dass sie ihr die gleichen Gefühle entgegenbrachte. Meritates hatte nach Djedefres Geburt getobt, denn sie wollte keinen Prinzen in der Erbfolge, dessen Mutter sie nicht war. Aber Neferiabet hatte einen Plan, seit sie diese schändliche Nacht mit ihrem Brudergemahl über sich hatte ergehen lassen müssen. Sie hatte ihren Weg gekannt, seit sie wusste, dass sie ein Kind erwartete. Hathor war ihr im Traum erschienen und hatte ihr gesagt, dass sie einen Sohn haben würde. Immer wieder hatte sie im Tempel gebetet und Hathor gefragt, ob ihr Sohn zum König von Ägypten bestimmt sei, doch Hathor war ihr die

Antwort schuldig geblieben. Deshalb hatte sie sich irgendwann selbst die Antwort gegeben. Djedefre würde herrschen. Und sie wusste, dass es nur einen gab, der ihr bei der Durchsetzung dieses Planes helfen konnte – Pamiu.

»Ich werde den Segensspruch der Priesterin entgegennehmen, da ich die Große Königliche Gemahlin bin und du nur eine Nebenfrau.« Meritates' Stimme klang entschlossen.

Neferiabet fuhr herum und starrte sie an. »Aber du weißt ebenso gut wie ich, dass Hathor die Göttin ist, zu der ich schon mein ganzes Leben lang bete. Mich wird sie viel eher anhören als dich, die du dir Isis zur Schutzgöttin erwählt hast.«

Meritates blieb unerbittlich. Ihre Stimme bekam einen zornig verachtenden Unterton. »Nun, das mag sein. Allerdings bin ich die Gemahlin des Gottes auf Erden, und deshalb wird Hathor mich anhören. Das zählt viel mehr als deine Gebundenheit an die Göttin.«

Neferiabet wandte sich wieder ab. Die gemeinsamen Tempelbesuche mit Meritates wurden langsam für sie unerträglich. Die Große Königliche Gemahlin versuchte ständig sie zu kompromittieren. Sie dachte an ihren Plan und lächelte innerlich. Sie wusste, sie würde letztendlich gewinnen.

Als der Tempeldienst beendet war, trat Neferiabet hinter Meritates in die helle Mittagssonne. Auch diese Geste missfiel ihr, denn sie unterstrich deren unangefochtene Stelle als Große Königliche Gemahlin. Vor der Tür warteten Kawab und Chamernebti. Das kleine Mädchen lief ihr strahlend entgegen und warf sich in die Arme seiner Mutter. Meritates hatte zwar oft mit dem starken Willen ihrer Tochter zu kämpfen, doch die Liebe, die sie ihr entgegenbrachte, tat ihr gut, denn ihr Sohn Kawab hatte sich von ihr zurückgezogen. Meritates blickte ihn an und überlegte, ob sie zu ihm gehen sollte, doch der Gesichtsausdruck des Knaben war verschlossen. Er ist wie sein Vater, dachte sie. Khufu hatte ihr den eigenen Sohn entfremdet. Kawab hielt die Hand seiner Kinderfrau und schaute zur Seite, als sein Blick den seiner Mutter traf.

Neferiabet verfolgte die Szene mit Genugtuung. Sie wusste, dass nichts und niemand ihr Djedefre würde fortnehmen oder entfremden können, sie hatte das starke Band zwischen ihnen schon gespürt, als er noch gegen ihre Bauchdecke getreten hatte.

Neferiabet räusperte sich. »Können wir gehen? Die Sonne glüht.«

Meritates richtete sich auf und bedachte sie mit einem kalten Blick. »Du bist entlassen. Vergiss nicht, dass heute Abend das Bankett zu Ehren deines heiß begehrten Pamiu ist. Aber das wirst du ohnehin nicht vergessen, nicht wahr?«

Neferiabet blieb ihr eine Antwort schuldig und ließ sie stehen. Mittlerweile wusste sie, dass Meritates recht harmlos, wenn auch lästig war.

Pamiu bediente sich von der gebratenen Ente und der Honigtunke. Auf seinem Tisch hatte er all die Köstlichkeiten auftragen lassen, die er sonst nur selten serviert bekam. Mittlerweile saß er bei Banketten jedoch immer auf der Empore, denn niemand stand Khufu näher als er. Der Prinz hatte sich eine ähnliche Vielfalt auftragen lassen, und Pamiu sah, dass Khufu langsam einen Bauch bekam. Er neckte seinen Freund. »Wenn du weiter hier im Palast bleibst, wirst du fett, mein Prinz.«

Meritates warf Pamiu einen tadelnden Blick zu, wagte aber nichts zu sagen, denn sie wusste, dass sie längst ihren Einfluss auf Khufu verloren hatte. Dieser nahm die Haut an seinem Bauch zwischen zwei Finger. »Vielleicht hast du Recht. Vielleicht sollte ich einige Zeit auf der Baustelle verbringen, damit ich mich von deinen Künsten überzeugen kann und ...«, er machte eine bedrückte Pause, »... damit ich das Grabmal begutachten kann, das du meiner Mutter errichtet hast.«

Pamiu blickte auf seinen Teller. Khufu hatte unter dem Tod seiner Mutter gelitten, ebenso wie Meritates. Niemand hatte daran gezweifelt, dass Hetepheres eines natürlichen Todes gestorben war, doch Pamiu pochte die Wahrheit in seinem Kopf, und das allein zählte. Er warf einen verstohlenen Blick zu Neferiabet hinüber, doch die aß ungerührt weiter. Sie durfte ihn ohnehin nicht ansprechen. Er war davon überzeugt, dass Khufu selbst es ihr untersagt hatte. Manchmal meinte er in Khufus Verhalten eine seltsame Eifersucht zu erkennen, wenn es um ihn und Neferiabet ging. Khufu hatte niemals viele Freunde gehabt, und Pamiu selbst hatte lange Zeit unter seiner Unberechenbarkeit gelitten. Es schien fast so, als hätte Khufu eine eigenartige Abhängigkeit zu dieser Freundschaft entwickelt.

»Das Grab ist klein, weil es so schnell errichtet werden musste. Aber die Wandbilder sind einzigartig und es ist nahe bei deinem.«

Khufu nickte und kippte einen Becher Wein hinunter. »Das ist gut, mein Freund. So soll es sein.«

»Meinst du nicht, dass du im Palast mehr gebraucht wirst, mein Gemahl?« Diese Worte kamen von Meritates, doch Khufu beachtete sie gar nicht und unterhielt sich weiter mit Pamiu.

»Ich will mir anschauen, wie die Bauarbeiten vorangehen. Was ist mit der Stadt, die sich die Arbeiter bauen sollten?«

»Du wirst es mit eigenen Augen sehen, mein Prinz. Ich muss zugeben, dass das Leben dort angenehmer geworden ist, seit es Brotbäckerinnen, Weberinnen und Weinstuben gibt.«

Khufu nickte. Er hatte wieder einmal zu viel getrunken.

Wankend stand er auf. »Ich will mich zurückziehen. Ich glaube, der Wein bekommt mir nicht.« Sofort waren zwei Diener zur Stelle, die ihn stützten. Meritates stand ebenfalls auf und folgte ihrem Gemahl. Khufu wandte sich an die Gäste und breitete in einer ausladenden Geste die Arme aus. Seine Stimme hatte einen lallenden Unterton. »Trinkt und feiert bis zum Morgengrauen!«

Die Gäste erhoben ihre Gläser und sandten Segenssprüche für das Königspaar. Sodann verschwand der Pharao wankend durch die große Horustür.

Pamiu schaute sich um. Khufu musste so betrunken sein, dass er Neferiabet vergessen hatte. Er sah zu ihr hinüber. Unauffällig deutete sie mit einem Nicken an, dass er ihr folgen sollte. Dann stand sie auf und verschwand zwischen den Säulen des Bankettsaals. Pamius Blick folgte ihrem geschmeidigen Gang, der sich durch das weiße Leinen abzeichnete, da es so fein war, dass man ihre Beine und ihr Gesäß durchschimmern sah. Er schaute sich noch einmal um, doch die Gäste waren zu betrunken, um auf ihn zu achten. Die beiden Diener auf der Empore waren mit Khufu verschwunden. Er stand auf und folgte ihr.

Draußen auf der Terrasse wartete sie auf ihn. Er rief sich ins Gedächtnis, dass es die gleiche Terrasse war, auf der Snofru ihn einst hatte verführen wollen. Pamiu dachte mit Unwillen an diesen Schatten der Vergangenheit. In Gedanken versunken ging er die paar Stufen in den Garten hinunter. Er war dicht hinter Neferiabet, so dicht, dass er ihren Duft wahrnahm. Wie immer war dieser leichte Hauch von Honig um sie herum. Er spürte, dass sein Herz schneller schlug.

Nach einer Weile blieb sie stehen und wandte sich um. Pamiu fragte sich, wo ihr mädchenhaftes Lächeln geblieben war. Vor ihm stand eine Frau, der die Leichtigkeit der Jugend verloren gegangen war. Er umarmte sie, und sie erwiderte diese Geste.

»Ich hatte vergessen, wie schön du bist.«

»Und ich hatte vergessen, wie sehr du noch immer in meinem Herzen schmerzt.«

Neferiabet löste sich von ihm, und jetzt war eine Spur des Lächelns auf ihr Gesicht zurückgekehrt. Plötzlich trat eine verlegene Stille zwischen sie.

»Ich hörte, du hast einen kleinen Sohn.«

Sie nickte. »Ich liebe ihn, auch wenn seine Zeugung alle meine Träume zerstörte.«

»Ich hätte …«

Sie legte ihm einen Finger auf die Lippen. »Sag nichts weiter. Ich weiß, dass du dich für Laufbahn und Macht entschieden hast. Ich habe es akzeptiert. Und jetzt muss auch ich mich wohl damit begnügen.«

Er sah sie fragend an. »Was meinst du damit?«

Sie nahm seine Hände in ihre und drückte sie. »Pamiu, ich möchte, dass Djedefre einst Pharao wird.«

»Khufu wird es niemals zulassen, dass dein Sohn sein Nachfolger wird. Er liebt Kawab abgöttisch.«

»Ja, das weiß ich. Er hat Djedefre bisher kaum Beachtung geschenkt. Seine Heirat mit mir war lediglich ein Komplott gegen unsere Liebe, eingefädelt von Hetepheres. Möge Ammit sie verschlingen.« Sie ging wieder auf ihn zu. »Pamiu, bitte komm heute Nacht in meine Gemächer – spät, wenn alle schlafen, und durch den Garten, durch den alle Heimlichkeiten kommen.« Ihre Stimme war bei den letzten Worten nur noch ein Flüstern gewesen.

»Neferiabet, du weißt, dass wir das nicht dürfen.«

Sie trat noch näher an ihn heran. »Warum nicht, Pamiu? Haben wir nicht beide unsere Pflicht erfüllt? Wir können es wagen – endlich nach so langer Zeit.«

Er zog sie an sich. Er wusste, dass er es nicht tun sollte, und gleichzeitig wusste er, dass er es tun würde.

Als er ihre Gemächer betrat, waren diese von dem Duft erfüllt, der aus den Räucherschalen strömte. Die Flamme der einzigen brennenden Fackel malte Schatten an die Wände und ließ den Körper von Neferiabet, die nackt auf dem Bett lag, in Bronze schimmern. Er ging zu ihr und löste seinen Schurz. Dann begann er sie überall zu küssen. Neferiabet lehnte sich seufzend zurück und zog ihn zu sich auf das Ruhebett. Einen Moment flammte die Panik in ihm wieder auf. Das, was er hier tat, war falsch. Er zuckte zurück.

Sie bemerkte sein Zögern und sah ihn an. »Was hast du?«

Er spürte die Wärme ihrer Haut, und sein Widerstand erstarb. Als er in sie eindrang, schloss sie die Augen, und ihre verschlungenen Leiber fanden den Rhythmus des anderen.

Das ist es, dachte er. Sie war es, die ich immer wollte. Ich werde nie auf sie verzichten können. Er fuhr ihr durch das lange Haar und legte seinen Arm um ihre Taille, um sie noch näher an sich heranzuziehen. Ihre Blicke trafen sich, es waren Blicke der Leidenschaft und der Sehnsucht. Sie umklammerte seine Taille mit ihren Schenkeln und berührte sein dichtes schwarzes Haar. Wie lange hatte er diesen Augenblick ersehnt. Er spürte eine Lust, die über das Fleisch hinausging. Er hielt inne, um sie anzuschauen und ihre Brüste zu liebkosen, und sah, dass sie unter seinen Berührungen erzitterte. Langsam begann er wieder sich in ihr zu bewegen, und schließlich kam sie mit einem leisen Schrei zum Höhepunkt. Sie befreite sich von ihm, und er rollte sich auf den Rücken, nur um sie sofort wieder auf sich zu ziehen. Ihre Bewegungen waren katzenhaft und geschmeidig, sie bog sich zurück und drückte den Rücken durch, immer in ihren Bewegungen fortfahrend, bis er sich endlich in ihr ergoss.

Neferiabet öffnete die Augen und lächelte ihn an. Schweißperlen lagen auf ihrer Oberlippe, und er wischte sie zärtlich mit einem Finger fort. »Ich liebe dich. Warum nur liebe ich dich so?«

Sie legte ihren Kopf in seine Armbeuge. »Weil ich ein Teil von dir bin. Hathor sagte es mir. Ich weiß es.«

»Ich weiß nicht, was geschehen wird. Wir sind in einem Spiel der Mächtigen verwoben. Wenn es herauskommt, wird es uns beide den Kopf kosten.«

»Es wird aber nicht herauskommen. Es ist unser Geheimnis, das sie uns niemals werden nehmen können. Sie haben uns missbraucht, Pamiu. Wir haben uns nur ein Stück von dem genommen, was sie uns geraubt haben.«

»Ich werde morgen mit Khufu zur Baustelle zurückkehren müssen.«

Neferiabet schloss die Augen. »Dann lass uns noch etwas zusammenliegen. Dieser Moment ist zu kostbar, um ihn zu verschwenden.«

Pamiu wartete, bis Neferiabet eingeschlafen war. Dann stand er auf und band sich den Schurz um. Er wagte es kaum, sie im Schlaf zu küssen, weil er befürchtete, dass sie erwachen könnte. Bevor er ihre Räume verließ, nahm er noch einmal das Bild in sich auf, wie sie nackt und schlafend dalag. Es kostete ihn Mühe, sich umzudrehen und sie zu verlassen. Er hatte ein seltsames Gefühl. Es war, als hätte jemand einen Teil aus ihm herausgerissen, den er nicht mehr zurückfordern konnte. Er fühlte sich das erste Mal in seinem Leben wirklich allein.

Khufu bestaunte sein Bauwerk. »Bei den Göttern, Pamiu, dieses Bauwerk ist unübertroffen.«

Pamiu rollte die Baupläne auf und zeigte sie seinem Freund. »Es ist gerade einmal ein Viertel der geplanten

Höhe erreicht. Sieh dir das Schachtsystem an. Es gibt Scheinkammern, und die Königskammer wird nicht wie bei deinem Vater tief in der Erde liegen, sondern in der Mitte, im Zentrum.«

Khufu fuhr mit dem Finger über den Plan. »Du enttäuschst mich wahrlich nicht, mein Freund. Es wird alles vorher Dagewesene in den Schatten stellen.«

»Ich möchte dir die Stadt der Arbeiter zeigen, mein Prinz. Du wirst sehen, dass die Mittel des Palastes nicht vergeudet waren.«

Khufu hatte gute Laune. Pamiu hatte erkannt, dass die Last der Krone schwer auf den Schultern seines Freundes lag. Seit sie vor ein paar Tagen in Gizeh angekommen waren, ging es ihm besser. Vor allem seine Trinksucht hatte er hier besser im Griff. Pamiu war beunruhigt über den übermäßigen Weingenuss seines Freundes. Als er ihn im Palast in seinen Privaträumen aufgesucht hatte, hatte schon am frühen Morgen eine große Karaffe mit Wein auf seinem Tisch gestanden.

Pamiu winkte nach seinem Diener, damit er den Sänftenträgern Bescheid gab, doch Khufu winkte ab. »Ich weiß, dass dir der Gang durch den Wüstensand zuwider ist, doch bitte tu mir den Gefallen und lass uns den kurzen Weg laufen. Ich fühle mich lebendig und frei wie schon lange nicht mehr.«

Pamiu nickte, und sie wandten sich der in der Hitze flimmernden kleinen Stadt zu. Es war höchstens eine halbe Stunde Fußweg bis dorthin, doch er wusste, wie unangenehm selbst ein so kurzer Gang durch diese Wüstenhitze war. Trotzdem freute er sich, dass es Khufu besser ging. »Das Leben im Palast frisst an deinem Ka, mein Prinz.«

»Früher war es anders. Früher war ich frei. Jetzt belagern mich die Wesire mit ihren neuen Erlassen und Erntelisten, und meine Große Königliche Gemahlin ist zu einer missmutigen Furie geworden.«

Pamiu lächelte. »Aber deine Kinder sind gut geraten.«

Über Khufus Gesicht breitete sich ebenfalls ein Lächeln aus. »Ja, das ist wahr. Kawab macht mir die größte Freude, und Chamernebti wird einmal eine Schönheit werden. Außerdem habe ich mich entschlossen, mir eine weitere Königin zu nehmen.«

Pamiu blickte ihn erstaunt an. »Du willst noch eine Frau heiraten?«

»Ja, ich werde meine zweite Schwester Henutsen heiraten. Mittlerweile habe ich ihren sanften Charakter zu schätzen gelernt. Sie wird mir Kinder schenken.«

Pamiu nickte. »Du hast einen weiteren Sohn – Djedefre. Was hast du für seine Zukunft vorgesehen?«

Sofort verfinsterte sich Khufus Miene wieder. »Er ist der Sohn seiner Mutter, nicht der meine. Er bekommt eine standesgemäße Ausbildung und ein gutes Amt, wenn er so weit ist. Mehr habe ich ihm nicht zu geben. Ich habe seit dieser einen Nacht das Lager nicht mehr mit Neferiabet geteilt, und ich habe auch nicht vor, es wieder zu tun. Die Götter haben mich gesegnet, indem sie schon bei der ersten Vereinigung schwanger wurde.« Khufu blickte Pamiu forschend an. »Sag, bist du ihr immer noch mit deiner sentimentalen Liebe verfallen? Sie ist ein Geschöpf der Unterwelt. Vergiss sie, mein Freund. Willst du ein schönes Weib? Nimm dir eines der hübschen adeligen Mädchen; ein möglichst junges, denn dann wirst du länger Freunde an ihr haben. Wenn sie älter sind, werden sie alle unbequem und nörgelig. Das beste Beispiel dafür ist Meritates.« Er trat einen kleinen Stein mit dem Fuß beiseite. »Dabei habe ich sie einmal innig geliebt.«

»Vielleicht ist sie nur erwachsen geworden, mein Prinz, ebenso wie du.«

Khufus Stimme bekam das alte Grollen. »Was meinst du damit? Willst du mir jetzt erklären, wie die Weiber zu behandeln sind? Gerade du, der noch nicht einmal ein einziges Weib in seinen Haushalt aufgenommen hat, das er seine Frau nennt?«

»Ich meine nur, dass wir uns verändern.«

Khufu schüttelte den Kopf. »Ich will mir diesen Tag nicht verderben, Pamiu. Lass uns in der Stadt eine Weinschenke suchen und über alte Zeiten plaudern.«

Pamiu ließ es bleiben, weiter auf Khufu einzureden. Was seine Frauen anging, war der Pharao unbelehrbar. Als sie endlich die Stadt der Arbeiter erreichten, war seine Kehle so ausgedörrt, dass es selbst ihn nach kühlem Oasenwein verlangte.

Neferiabet wartete nun schon seit Tagen auf das Einsetzen ihrer Monatsblutung. Ein übles Gefühl hatte sich in ihrer Magengegend breit gemacht. Es konnte doch nicht schon wieder passiert sein. Sie hätte es doch spüren müssen. Aber Hathor war dieses Mal stumm geblieben, hatte sie in keinem Traum vorgewarnt. Wäre es so gewesen, hätte sie sich die Kräuter beschaffen können, die nötig waren, um ein ungewolltes Leben zu entfernen. Sie seufzte und streichelte den Rücken von Nitokris, die langsam etwas träge wurde und mehr Zuwendung für sich beanspruchte als früher. Sie hätte es ohnehin nicht getan, und wenn es sie den Kopf gekostet hätte. Wie hätte sie jemals dieses Kind töten sollen, da sie schon Djedefre so sehr liebte, der eigentlich dem Hass entsprungen war? Sie wusste, dass sie noch etwas warten musste, bis sie Gewissheit hatte, aber eigentlich zweifelte sie ihre Schwangerschaft nicht mehr an. Es war Pamius Kind, das sie in sich trug. Wärme breitete sich in ihr aus. Endlich würde sie etwas von Pamiu haben, endlich hatte sie ihm etwas abringen können. Nein, sie würde dieses Kind bekommen. Sie musste Khufu noch einmal dazu bringen, das Lager mit ihr zu teilen, auch wenn es eine grauenvolle Vorstellung war. Und es musste bald geschehen, so viel war klar. Sie nahm einen Bogen Papyrus und begann ein paar Zeilen an Pamiu zu verfassen. Ihre Dienerin hatte schon einmal gut für sie gearbeitet, damals, als sie in der Faijum-Oase auf Pamiu gewartet hatte. Sie zahlte ihr wieder ein hohes Bestechungsgeld, damit sie das Schreiben diskret zu ihm brachte.

»Geliebter Bruder,
mögen die Götter mit uns sein – ich glaube, dass ich wieder ein Kind unter dem Herzen trage, und dieses Mal ist es in Liebe gezeugt worden. Ich will es haben, mögen die Götter mich dafür bestrafen, aber ich kann nichts dagegen tun. Der Pharao muss nur ein einziges Mal noch mit mir das Lager teilen, dann wird vielleicht irgendwann dein Blut in den Adern eines Königs fließen. Bitte hilf mir, ich flehe dich an bei der Liebe der Hathor.
Ich bin die Schwester deines Herzens auf ewig.«

Neferiabet übergab das Sendschreiben ihrer Dienerin und lehnte sich zurück. Alles würde nun seinen Weg gehen.

Meritates war auf dem Weg zu Neferiabet gewesen, als sie das Mädchen mit der Schriftrolle aus ihren Gemächern eilen sah. Sie lief ihr hinterher und befahl ihr, stehen zu bleiben.

»Wo willst du damit hin? Gib mir den Papyrus.«

Das Mädchen zögerte, und seine Haut wurde schreckensbleich, was nur ein weiteres Zeichen für Meritates war, dass sie hier womöglich auf etwas äußerst Interessantes gestoßen war. Sie wurde noch strenger. »Na los, du dumme Gans.

Oder willst du erst ausgepeitscht und dann an Nomaden verkauft werden?«

Neferiabets Dienerin schüttelte heftig den Kopf. Mit zitternden Händen übergab sie der Großen Königlichen Gemahlin das Sendschreiben.

»Jetzt verschwinde. Und wage es nicht, deiner Herrin ein Wort zu sagen. Wenn sie fragt, sagst du ihr, dass du die Botschaft weitergegeben hast und alles nach ihrem Willen verlaufen sei, hast du verstanden?«

Das Mädchen nickte. Meritates stellte zufrieden fest, dass sie vor Angst zitterte. Mit einer Handbewegung scheuchte sie die Kleine davon und machte sich dann in ihre eigenen Gemächer auf. Sie wollte sofort herausfinden, was dieses Dämonenweib beabsichtigte.

Ich bin Nephtis
Zusammen mit meiner Schwester Isis
wache ich über die Verstorbenen
Ich behüte ihren Leib und schütze ihren Schlaf
Damit sie in der Unterwelt sorglos leben können

Kapitel 8

Pamiu erwachte von dem lauten Poltern, das vom Eingang seines Zeltes her kam. Ehe er sich den Schlaf aus den Augen reiben konnte, stand Khufu schon in seinen Gemächern. Das Gesicht war zu einer Fratze aus Zorn und Raserei geworden, und bevor Pamiu sich erheben konnte, hatte Khufu sich schon mit einem Wutschrei auf ihn gestürzt und mit seinen Händen die Kehle zugedrückt. Pamiu merkte, wie die Blutzufuhr zu seinem Kopf abgeschnitten wurde, denn seltsame Farben tanzten vor seinen Augen. Nur aus weiter Ferne hörte er Khufus Stimme.

»Du elender Verräter! Was hast du getan? War es wirklich zu viel verlangt, deine Hände von diesem Dämonenweib zu lassen? Du hast mich betrogen. Du hast dir ein Weib genommen, das mir gehört, du hast königliches Blut geschändet, so unvollkommen und verdorben es auch sein mag. Das hättest du nicht tun dürfen!«

Pamiu war kurz davor, die Besinnung zu verlieren, doch dann ließ Khufu ihn plötzlich los. Er rang nach Luft und hustete. Der König wartete, bis sein Freund wieder Luft geschöpft hatte, dann warf er ihm eine Papyrusrolle vor die Füße »Lies das!«

Pamiu griff mit zitternden Fingern nach dem Papyrus und entrollte ihn. Es gelang ihm kaum, die Schriftzeichen zu lesen, sie verschwammen vor seinen Augen. Als er sie endlich entziffert hatte, fuhr ihm ein heißer Stich durch die Wirbelsäule. Er und Neferiabet waren entdeckt worden. Kurz überkam ihn ungehaltene Wut. Wie hatte Neferiabet nur so unvorsichtig sein können, ihm dieses Sendschreiben zu schicken? Was sie sich darin anmaßte, würde ihnen beiden die Todesstrafe bringen. Dann hielt er inne und erfasste das ganze Ausmaß des Schreibens. Neferiabet erwartete ein Kind von ihm. Er rollte den Papyrus zusammen und blickte Khufu ängstlich an.

»Bei den Göttern, das wollte ich nicht.«

Khufu zog seinen noch immer knienden Freund auf die Füße und gab ihm einen Stoß, sodass er wieder zwei Schritte zurücktaumelte. »Darauf kommt es nicht an, Pamiu. Wie konntest du mich derart betrügen?«

Pamiu wusste nicht, woher er die Kraft nahm, doch er sah Khufu fest in die Augen. »Betrügen? Ich habe mein ganzes Leben lang alles für dich getan. Du hast mich zum Zeugen des Mordes an Neferiabets Mutter gemacht, du hast mich zwei deiner Brüder ermorden lassen, und ich baue dir hier ein Haus für die Ewigkeit, mit dem sich kein anderes messen kann. Das alles habe ich aus Liebe und Freundschaft zu meinem Freund und Pharao getan. Und du hast mir sogar die Liebe zu deiner Schwester missgönnt und alles dafür getan, nur damit sich diese Liebe niemals erfüllen kann. Mögen die Götter mich dafür strafen, Pharao, aber dir steht es nicht zu.«

Plötzlich herrschte Schweigen zwischen ihnen. Pamiu hatte sich niemals offen gegen seinen Freund ausgesprochen. Einen Moment lang dachte er, dass Khufu ihn sofort würde abführen lassen, doch dann erschlafften dessen Arme. Er ließ sich in einen von Pamius Korbsesseln sinken und schenkte sich aus der goldenen Karaffe Wein ein, den er in schnellen Zügen trank. Danach stand er auf und ging.

Pamiu hatte die ganze letzte Nacht nicht schlafen können. Einerseits fürchtete er um sein Leben, andererseits um das von Neferiabet. Dann plagten ihn die Ängste, alles zu verlieren, was er errungen hatte, und dann waren da einfach nur Taubheit und Einsamkeit. Irgendwann hatte er beschlossen, sich am nächsten Tag für seine Worte bei Khufu zu entschuldigen, obwohl er anzweifelte, dass er jemals wieder das Vertrauen des Pharaos zurückgewinnen konnte.

Als er über den Platz hinüber zu Khufus Zelt blickte, sah er, dass sein Freund sich gerade von einem Diener rasieren ließ. Er nahm seinen ganzen Mut zusammen und ging zu ihm hinüber. Als Khufu ihn aus dem Augenwinkel kommen sah, gab er seinem Diener ein Zeichen, sich außer Hörweite zurückzuziehen.

Pamiu setzte sich neben ihn auf einen freien Stuhl, der dastand, als hätte er nur auf ihn gewartet, denn Khufu empfing normalerweise nie jemanden bei der morgendlichen Rasur. Trotzdem würdigte er ihn keines Blickes. »Also, was hast du mir zu sagen? Eine Entschuldigung vielleicht? Glaubst du, das würde alles wieder gutmachen?«

Pamiu schüttelte den Kopf. »Nein, ich weiß, was ich getan habe. Ich kann dir noch nicht einmal sagen, dass ich die Nacht mit Neferiabet bereue. Ob du es glaubst oder nicht – ich liebe sie.«

Khufu nickte. »Das weiß ich. Das wusste ich immer. Was glaubst du weshalb ich versucht habe dich von ihr fernzuhalten? Ich wollte nicht, dass sie dich mit ihrem Gift besudelt. Aber es ist geschehen. Und ich habe eine Entscheidung getroffen.«

Pamiu wagte es kaum, seinen Freund anzuschauen.

»Ich werde dir verzeihen. Ich werde dir deine Ämter lassen, und ich werde Stillschweigen bewahren. Nur Meritates weiß davon, sie war es, die das Schreiben abfing und es an mich schickte. Neferiabet soll euer Kind austragen. Ich werde es anerkennen, aber nicht in die Thronfolge mit aufnehmen, versteht sich.« Khufu blickte Pamiu jetzt ernst an. »Das alles tue ich aus Freundschaft und Liebe zu dir. Dein Kind soll leben, dein Kind soll ein angenehmes Leben haben, du wirst es aufwachsen sehen, auch wenn es niemals wissen wird, dass du sein Vater bist. Aber Neferiabet werde ich Zeit ihres Lebens nach Osten verbannen, dorthin, wo sie Hathor dienen kann. Sie ist ihre Schutzgöttin, und vor ihr muss sie sich rechtfertigen. Ihr werdet euch nie wiedersehen. Das ist meine Bedingung.«

Pamiu spürte, wie sich seine Kehle zuschnürte. Er würde seine Geliebte nie wiedersehen. Gleichzeitig wusste er, welchen Großmut Khufu ihm hier entgegenbrachte. »Sie wird leben?« Pamius Stimme war leise geworden.

Khufu nickte. »Ich werde nicht deinen lebenslangen Hass auf mich ziehen, indem ich sie töte. Sie soll leben. Allein und in Abgeschiedenheit wird sie genügend Zeit zum Nachdenken haben.«

Pamiu kämpfte mit sich. Er würde alles behalten können, Neferiabet alles verlieren. So war es immer gewesen, und so schien es auch zu bleiben. Er mochte sich gar nicht vorstellen, was das für Neferiabet bedeutete. Sie würde beide Kinder verlieren – einfach alles. Pamiu dachte daran, ob er Neferiabet holen und fliehen sollte. Doch so sehr er es sich auch wünschte, er sah sie beide einfach nicht zusammen als Bauern unter einfachsten Bedingungen ihr Leben fristen. So sehr er sich die Kraft dazu ersehnte, er würde sie niemals aufbringen können. Deshalb nickte er. »So sei es denn, mein Prinz.«

Neferiabet wurde jetzt schon seit fast zwei Wochen in ihren Gemächern festgehalten. Sie ahnte, dass es etwas mit dem Sendschreiben zu tun hatte und dass es von jemandem abgefangen worden war. Mittlerweile verfluchte sie sich für ihre Unvorsichtigkeit, aber der Übermut war einfach mit ihr durchgegangen. Noch sah man ihr die Schwangerschaft nicht an, dafür war es viel zu früh. Aber einen anderen Grund für die Wachen vor ihrer Tür, die ihr versagten, ihre Räume zu verlassen, gab es einfach nicht. Sie hatte sich mit Nitokris beschäftigt und sich Djedefre oft bringen lassen. Die beiden waren ihr einziger Trost in dieser Einsamkeit. Letztendlich hatte sie sich dazu durchgerungen, über ihre Dienerin um einen Besuch der Großen Königlichen Gemahlin, ihrer verhassten Halbschwester, zu bitten. Als sich die Türen plötzlich öffneten und Meritates ihre Gemächer betrat, war sie trotzdem überrascht, da sie nicht geglaubt hatte, dass sie ihrer Bitte nachkommen würde.

Meritates sah sich flüchtig in den Gemächern um und warf einen misstrauischen Blick auf Nitokris, die sich daraufhin vorsichtig zurückzog. Sie mochte Meritates nicht, und Neferiabet war nicht verwundert darüber.

»Du hast mich gebeten, dich zu besuchen. Was willst du also von mir?«

Neferiabet bat Meritates, sich zu setzen, doch diese schüttelte den Kopf. »Ich habe nicht vor, lange zu bleiben.«

Neferiabet nahm ihren ganzen Mut zusammen. »Weshalb hält man mich hier gefangen?«

Meritates spielte mit einem ihrer goldenen Ohrgehänge und ließ sich mit der Antwort Zeit. Offensichtlich genoss sie ihren Auftritt. »Nun, das solltest du doch am besten wissen. Wer Hochverrat begeht, dem steht nichts anderes zu.«

Neferiabet griff an ihr winziges Hathoramulett, das sie immer um den Hals trug. Angst machte sich in ihr breit. »Also ist es wahr. Mein Sendschreiben wurde abgefangen.«

»Von niemand anderem als mir selbst. Endlich habe ich etwas gegen dich in der Hand. Darauf habe ich lange gewartet.«

»Ich habe keine Entschuldigung vorzubringen. Mein gesamtes Leben habt ihr mich gehasst, du, Khufu und Hetepheres. Ich habe mir nur ein winziges Stück Glück zurückgeholt.«

Meritates lachte auf. »Ein trügerisches Glück, das dir letztendlich Verderben bringt.«

»Was wird nun mit mir geschehen?«

»Das wird entschieden werden, wenn Khufu zurückkehrt. Und solange wirst du hier bleiben.«

Neferiabet blickte ihr offen in die Augen. »Und was geschieht mit Pamiu?«

»Oh, bei all deinem Leid machst du dir also immer noch Gedanken um deinen Geliebten.«

Meritates verschränkte ihre Arme vor der Brust und verzog ihr Gesicht zu einer missmutigen Fratze. »Heißt es nicht, dass Katzen immer wieder auf die Füße fallen? Pamiu, dem Kater, wurde verziehen. Für ihn wird sich nichts ändern. Er behält alle seine hohen Privilegien und seine Ämter. Khufu will ebenso wenig auf ihn verzichten wie du.« Mit einem Mal kam Leben in die sonst so kalten Augen der Großen Königlichen Gemahlin. »Weißt du, dass Khufu verheimlichen will, dass das Kind von Pamiu ist? Er will es als sein eigenes anerkennen und lediglich von der Thronfolge ausschließen. Er will Pamiu schützen, und mir hat er befohlen, es ebenfalls für mich zu behalten.«

Neferiabet schüttelte den Kopf. »Die Götter schützen ihn.«

Meritates ging zu ihr und riss sie am Arm hoch, so dass sie ihr nahe gegenüberstand. »Bist du so dumm, dass du nicht verstehst? Er wird dich verbannen und Pamiu einfach so davonkommen lassen. Ich sage dir etwas, Neferiabet. Es gibt einen einzigen Grund, aus dem ich heute hier bin, und dieser ist, dass ich Pamiu noch mehr hasse als dich.« Sie ließ die erschrockene Neferiabet los. »Ich räume dir hier eine letzte Möglichkeit ein, dein Ka zu retten.«

Hoffnungsvoll, wenn auch misstrauisch, blickte Neferiabet Meritates wieder an. »Und was muss ich dafür tun?«

»Ganz einfach, du musst nur vor den Priestern und dem Volk sagen, von wem das Kind ist, denn bisher wissen nur ich und der Pharao davon. Dann wird Khufu Pamius Verbannung nicht mehr verweigern können. Er ist der Pharao und darf so etwas nicht dulden. Ich schwöre dir, dass ich dafür sorgen werde, dass du an einem angenehmen Ort leben wirst, wo es dir an nichts fehlen soll. Ich selber werde dafür sorgen, dass deine Kinder anständig erzogen werden und ein gutes Leben haben. Ich werde dir Berichte über sie zukommen lassen. Auch deinen Lebensstandart werde ich dir erhalten.«

Neferiabet wich zurück. »Ich soll den verraten, den ich liebe?«

Meritates blickte Neferiabet mitleidig lächelnd an. »Er wird dich verraten, glaube mir. Ich kenne die Männer.«

»Verschwinde.«

»Wie du meinst, wenn du es dir anders überlegst, dann lass es mich wissen.« Ohne ein weiteres Wort verließ Meritates Neferiabets Gemächer.

Während Antef die Baupläne seines Herrn zusammenrollte und die Einrichtung von Sklaven hinaustragen ließ, schenkte sich Pamiu immer wieder aus dem Bierkrug nach. Antef hatte nur einen besorgten Blick auf seinen Herrn geworfen, der schon seit Tagen in schlechter Stimmung war, hatte aber nicht gewagt, den Grund dafür zu erfragen. Er war ein guter Diener, und obwohl er seinen Herrn noch nie hatte Bier trinken sehen, blieb er diskret wie immer. Als er die elfenbeinerne Kopfstütze in eine Truhe packen wollte, kam wieder Leben in Pamiu. »Nein, gib sie mir.«

Antef reichte die Kopfstütze seinem Herrn, der fast schon zärtlich mit den Fingern über die erlesen gearbeiteten

Schnitzereien fuhr. »Das ist Hathor. Ist sie nicht wunderschön?«

»Wie könnte die Göttin der Liebe nicht von einem himmelsgleichen Äußeren sein, Herr?«

Pamiu stellte die Kopfstütze auf den Tisch. Seine Augen waren glasig; das Bier bekam ihm nicht. »Hast du eigentlich eine Familie, Antef?«

Der Diener nickte. »Ja, ich habe eine Frau und zwei gut geratene Söhne, Herr.«

»Ist es ein gutes Gefühl, Antef?« Er wies auf einen Stuhl und schenkte Antef ebenfalls einen Becher Bier ein. »Komm, erzähl mir von deiner Familie. Was tut ihr, wenn ihr die Zeit zusammen verbringt.«

Obwohl Antef seinen Herrn noch nie derart rührselig erlebt hatte und ihm dieser neue Wesenszug eher unheimlich war, wagte er doch nicht, der Bitte nicht nachzukommen. Ein Herr bat seinen Diener eigentlich nicht, sich mit ihm über private Dinge zu unterhalten. So etwas gehörte sich nicht. »Nun, Herr, meine Söhne sind mein ganzer Stolz. Sie werden meinen Namen weiter ehren, wenn ich dereinst im Schönen Westen lebe. Meine Frau habe ich bereits als Knabe gekannt. Wir beide wussten damals schon, dass wir füreinander bestimmt waren.«

Pamiu lauschte Antefs Ausführungen aufmerksam. »Woher wusstest du das? Haben die Götter es dir im Traum erzählt?«

»O nein!« Antef lächelte schüchtern. »Es war mehr ein Gefühl. Wir wussten es einfach.«

Pamiu nickte. Ihn befriedigte die Antwort seines Dieners nicht, aber ihm fiel nichts ein, was er ihn weiter hätte fragen können. »Die Götter waren mir gut gesonnen.«

»O ja, Herr, das waren sie. Du bist der Oberste Baumeister des Einzig Einen und ein mächtiger Mann in Kemet. Ich bin gesegnet, einem solchen Herrn dienen zu dürfen.«

Pamiu nickte erneut. »Ja, natürlich.« Er stand auf und gab Antef die Kopfstütze. »Leg sie zu den anderen Dingen in die Truhe, und lass sie in mein neues Haus bringen.«

Antef nahm die Kopfstütze und verbeugte sich. »Ich freue mich, dass du dich entschlossen hast, nun einen festen Hausstand hier zu gründen. Du verbringst die meiste Zeit in der Wüste, da war es eine kluge Entscheidung, das Nomadenzelt gegen ein großes Haus zu tauschen.«

»Wir werden ab jetzt fast nur noch hier sein, da ist es nötig, sich ein Heim zu schaffen. Es ist besser, wenn ich die Zeit hier bei meinen Aufgaben verbringe, als sie im Palast bei Banketten und Müßiggang zu vertun.«

Wieder wunderte sich Antef über die Worte seines Herrn, der früher niemals ein Fest ausgelassen hatte und dem seine häusliche Bequemlichkeit im Palast über alles ging. Doch er zuckte nur mit den Schultern und fuhr mit seiner Arbeit fort. Wie sollte ein einfacher Mann wie er einen der Großen Ägyptens verstehen können.

Khufu durchquerte die große Säulenhalle seines Palastes und wandte sich dann in Richtung des Frauenflügels. Sein Aufenthalt in Gizeh hatte ihm gut getan, obwohl er vom Schatten des Betrugs gekennzeichnet gewesen war. Allein die Tatsache, dass er die Entscheidung getroffen hatte, Neferiabet ein für alle Mal vom Palastleben auszuschließen, steigerte jedoch seine Laune gewaltig. Letztendlich hatte er eingesehen, dass die Hochzeit zwischen ihm und seiner verhassten Schwester ein Fehler gewesen war, den er allein für Hetepheres begangen hatte. Khufu hatte nicht vor, Neferiabet noch einmal zu sehen. Sich mit Frauenangelegenheiten zu beschäftigen hatte noch nie zu seinen Lieblingstätigkeiten gehört, und so würde er Meritates auftragen, Neferiabet ihr weiteres Schicksal mitzuteilen. Als er den Frauenflügel erreicht hatte, ließ er seinen Blick über die üppigen Wandbemalungen mit Alltagsszenen der Frauen gleiten. Eine Malerei zeigte eine Frau bei einer ihrer liebsten Beschäftigungen, nämlich der Auswahl ihrer Kleidung und ihres Schmucks, eine andere zeigte eine ganze Gruppe von Frauen bei einer nachmittäglichen Unterhaltung im Garten unter einem Sonnenschutz. Khufu wandte seinen Blick ab. Ihn interessierten die mannigfachen Beschäftigungen von Frauen nicht. In seinem Kopf sah er seine Pyramide wachsen. Das und nichts anderes erfüllte einen Sinn im Leben.

Als er vor den Gemächern seiner Großen Königlichen Gemahlin angekommen war, stürmte Kawab gerade mit trotzigem Blick aus der Tür. Als er seinen Vater sah, hellte sich das Gesicht des Achtjährigen auf. »Vater, du bist wieder da!«

Khufu blieb stehen und bückte sich, damit sein Sohn ihn umarmen konnte. »Ich freue mich, dich wiederzusehen, mein Sohn. Hast du deine Mutter besucht?«

Kawab schüttelte energisch den Kopf. »Sie wollte mich zwingen, mit ihr und Chamernebti in den Tempel zu gehen. Aber ich habe keine Lust dazu. Ich möchte viel lieber den Nachmittag mit Tjeni verbringen. Er hat mir versprochen zu zeigen, wie man mit Pfeil und Bogen umgeht. Ich bin davongelaufen, als wir im Garten waren, aber sie hat sicherlich ihre Dienerin hinter mir hergeschickt.«

Genau in diesem Moment erschien ein wütendes Mädchen in der Tür. Als sie jedoch den Pharao sah, erschrak sie und fiel auf die Knie.

»Sag deiner Herrin, dass der Prinz es vorzieht, den Umgang mit Pfeil und Bogen zu erlernen anstatt sich mit Weibergeschäften abzugeben.«

Das Mädchen stand rasch auf, verbeugte sich und ging dann, um Meritates die Nachricht zu überbringen.

Kawab grinste. »Mutter wird böse sein.«

»Ich werde mit ihr reden. Geh du nur mit Tjeni, und berichte mir morgen von deinen Fortschritten.«

Kawab ließ sich das nicht zweimal sagen und rannte davon. Khufu sah ihm voller Stolz hinterher. Kawab war ihm ähnlich. Wenn er eines Tages die Jugendlocke abgeschnitten hätte und den Schurz einen Mannes anstelle des schmalen Kindergürtels trüge, hätte er die besten Voraussetzungen, um dereinst auf Ägyptens Thron zu bestehen.

Er wurde jäh von einer wütenden Frauenstimme aus seinen Gedanken gerissen. Khufu verdrehte die Augen, denn er ahnte, was gleich passieren würde. Meritates hatte ihre Gemächer betreten und suchte ihn nun, nachdem ihre Dienerin ihr ausgerichtet hatte, dass Kawab sie nicht zum Tempel begleite. Khufu sah sich um, doch es gab keine Tür, hinter der er schnell hätte verschwinden können. Schließlich lauerte hinter jeder dieser Türen eine Frau. Er entschloss sich, Meritates' Zornesrede über sich ergehen zu lassen. Es dauerte nicht lange, und sie erschien. Zornig und entschlossen kam sie auf ihn zu. »Warum hast du das getan? Warum entfremdest du mir meinen Sohn?«

»Ich sehe keinen Grund dafür, dass er seine Zeit in einem Tempel vergeudet, wenn er etwas Besseres lernen kann.«

»Seine Zeit verschwenden?« Sie lachte schrill auf. »Du vergisst, dass es die Götter sind, die dir den Thron geschenkt haben.«

Khufu wandte sich zum Gehen, doch Meritates stellte sich ihm in den Weg. »Ich bin deine Königin. Vergiss das nicht.«

Er packte sie unsanft am Handgelenk und zerrte sie hinter sich her in ihre Gemächer, denn hier und da war eine der Türen aufgegangen und ein neugieriges Augenpaar schielte zu ihnen hinaus. In ihren Gemächern angekommen, gab er der vergoldeten Ebenholztür, auf der groß Meritates' Namenskartusche prangte, einen kräftigen Tritt. Als die Tür ins Schloss knallte, fiel einer der Edelsteine, die in Meritates' Namenszug angebracht waren, zu Boden. Khufu zeigte ein zufriedenes Grinsen.

»Du bist ein grobschlächtiger Tölpel.«

»Und du bist eine zänkische Gans.«

Beide funkelten sich eine Weile schweigend an, dann setzte Meritates wieder ihren unnahbaren Gesichtsausdruck auf. Khufu musste sich eingestehen, dass sie noch immer schön war, auch wenn ihre Vorliebe für schweren Schmuck und opulente Haartrachten ihn eher abstieß. Heute hatte Meritates eine Zöpfchenperücke auf, deren Länge ihr bis über das Gesäß reichte. Sie trug das, was andere Frauen zu abendlichen Banketten trugen, zu jeder Gelegenheit. Die Masse des Goldes, die täglich an ihrem Körper hing, hätte eine zierliche Person wie sie zu Boden drücken müssen.

»Weshalb bist du hier?« Meritates wirkte wieder vollkommen gefasst.

»Wegen Neferiabet. Ich habe eine Entscheidung getroffen, was mit ihr geschehen soll.«

Meritates horchte auf und setzte sich auf den Stuhl ihres Frisiertisches. Hätte sie sich an einen Tisch gesetzt, hätte Khufu das ihrer Ansicht nach als Einladung ansehen können, ebenfalls Platz zu nehmen.

»Und wie lautet deine Entscheidung?«

»Direkt nach der Geburt ihres Kindes soll sie zum Sinai gebracht werden und dort für den Rest ihres Lebens bleiben. Ich will, dass du ihr das mitteilst.«

»Warum sollte ich das tun? Sie ist deine Frau.«

»Weil ich es dir sage und weil ich es dir als dein Gemahl befehle.«

Meritates' Augen bekamen einen verschlagenen Ausdruck. »Und was geschieht mit Pamiu?«

Khufu wich ihrem Blick aus. »Das hat dich nicht zu interessieren.«

»Nein, natürlich nicht, mein Gemahl. Du bist ein lächerlicher König für dein Land, weil du dich von diesem Dämon mit dem Wesen einer Katze abhängig machst.« Sie stand auf, griff nach einem Amulett der Sachmet, das auf ihrem Frisiertisch gelegen hatte, und ließ die Kette vor Khufus Augen baumeln. »Du bist ihm verfallen, wie ein Geliebter einer Frau verfällt. Sieh dich doch nur an. Du bist den zwei Gesichtern der Sachmet verfallen, und wie alle Sterblichen siehst du nur das eine – Bastet, die dich umgarnt. Doch irgendwann wird Sachmet zum Vorschein kommen und dich vernichten. Hör auf mich. Pamiu ist dein Feind. Er wird sich gegen dich wenden, wenn du dir seiner sicher bist.«

»Halt den Mund, Weib. Ich will dein Geschwätz nicht hören.«

Meritates legte das Amulett beiseite. »Irgendwann, mein Gemahl, wirst du dich an meine Worte erinnern.«

Pamiu ging durch seine neuen Räume. Das Haus war weitläufig und besaß einen Hof, in dem die Dienerinnen Brot backen konnten, und einen Garten, der ihm vorbehalten war. Es gab sogar ein Gesindehaus. Und um seine eigenen Räume zu füllen, musste er sich einige neue Möbel anschaffen. Zuerst hatte er überlegt, sich Gegenstände seiner Einrichtung aus dem Palast schicken zu lassen, doch dann entschloss er sich für neue Möbel. Schließlich gab es mittlerweile in der Stadt der Arbeiter auf dem Markt sogar Schreiner, die ihre Dienste anboten. Pamiu wollte sich ablenken. Die Gedanken an seine Geliebte ließen ihn nicht los, auch wenn er wusste, dass er sie vergessen musste. Nach reiflicher Überlegung war ihm einmal mehr klar geworden, dass er sein Leben nicht für sie aufgeben konnte, auch wenn er sich schuldig und schlecht dabei fühlte. Er hatte einst leichtfertig geschworen, sie zu beschützen, doch letztendlich musste er sich selbst schützen.

Er verließ sein Anwesen und ging die staubige Straße hinunter. Hier musste er sich noch etwas überlegen. Der Wüstensand wurde vom Wind immer wieder hochgeweht, sodass man ständig das Gefühl hatte, Sand im Mund zu haben. Deshalb waren auch nur wenige Menschen auf den Straßen zu sehen. Entweder man traf sich mit Freunden im eigenen Haus, oder man ging in eine der Wein- und Bierschenken. Der Markt war ebenso schlecht besucht, und sicher war auch hier der Wüstensand ein Grund dafür. Er legte seine Hand schützend über die Augen, während er über eine Lösung nachdachte, Seth hier zu trotzen. Die wenigen Händler, die ihre Waren feilboten, machten einen gelangweilten Eindruck. Offensichtlich verdiente man auf diesem Markt nicht sehr viel, und Pamiu verstand schon bald, weshalb dies der Fall war. Das Brot, das er einer alten Bäckersfrau für ein paar Kupferringe abkaufte, schliff ihm die Zähne ab, weil es Sand enthielt, und das viel zu warme Bier, das er dazu trank, schmeckte auch nicht besser. Er sah sich um. Seine Hoffnung, hier einen guten Handwerker für Möbel zu finden, begann langsam zu schwinden. Er passierte die armseligen Stände der Händler. Mit dem großen Markt in Memphis, auf dem man alles über Salböle, Stoffe, Kräuter, erlesene Truhen und sogar außergewöhnliche Vögel bekam, hatte diese traurige Ansammlung hier nichts zu tun. Schließlich blieb Pamiu an einem kleinen Stand stehen, an dem ein junges Mädchen schlecht gearbeitete Tonkrüge und ein paar Flechtkörbe feilbot. Das Mädchen bemerkte ihn überhaupt nicht, so war es in einen Haufen Spielsteine vertieft, auf dem jeweils der Namenszug eines Gottes stand. Er räusperte sich.

Sie blickte auf und wischte sich die schmutzigen Hände an ihrem groben Kittel ab. Sie konnte höchstens vierzehn Jahre alt sein, doch unter der Dreckschicht war das nicht so genau auszumachen.

»Kennst du jemanden, der Truhen und vielleicht auch einige Stühle sowie einen Tisch anfertigen kann?«

Das Mädchen kratzte sich am Knöchel und stand dann auf. »Mein Vater kann so etwas. Früher hat er solche Dinge auf dem Markt in Memphis verkauft, und die reichen Leute nahmen seine Arbeiten sehr gerne. Doch hier fragt so gut wie niemand mehr danach.«

Pamiu war etwas gereizt. Er hatte keine Lust auf ein längeres Gespräch mit diesem schmutzigen kleinen Ding. »Nun, ich interessiere mich dafür. Ich bewohne das große Anwesen am Stadttor. Sag ihm, er soll heute Abend zu mir kommen, damit wir alles aushandeln können.«

»Das große Haus mit den sechs Säulen am Eingang? Jenes, welches dem Obersten Baumeister des Einzig Einen gehört?« Sie schien nicht wenig beeindruckt zu sein.

»Jaja, genau das ist es. Sag ihm, er soll nach Sonnenuntergang kommen.« Er drehte sich um, ehe sie ihm noch weitere Fragen stellen konnte.

»Soll ich dir deine Zukunft lesen, Herr?«

Pamiu machte, dass er davonkam, und rief ihr noch zu: »Die Zukunft ist Schicksal, und niemand kann das Schicksal ändern. Warum sollte ich sie also wissen wollen?«

Pamiu wartete ungeduldig auf das Eintreffen des Schreiners. Als er endlich kam, hatte er schon einige Zeichnungen der Gegenstände gemacht, die er anfertigen lassen wollte. Der Schreiner nannte seinen Namen, Kaihap, und Pamiu stellte erleichtert fest, dass sein Schurz zwar aus billigem Leinen, dieses aber sauber war. Anscheinend pflegte der Alte sich besser als seine Tochter. Pamiu bot Kaihap einen Becher Wein an, den er dankbar annahm.

»Bei den Göttern, ich danke dir. Auf dem Weg durch diese Stadt schluckt man mehr Sand, als dass man Luft bekommt.«

Pamiu nickte. Er selbst hatte sich an diesem Nachmittag ja nur zu gut davon überzeugen können. »Ich habe einige Zeichnungen gemacht. Ich möchte, dass du mir die Stücke nach diesen Vorlagen anfertigst.«

Kaihap warf einen flüchtigen Blick auf Pamius Zeichnungen. »Ich werde sehen, was ich tun kann. Allerdings wird es schwer sein, das Elfenbein für die Intarsien zu bekommen.«

»Mach dir darüber keine Gedanken. Sag mir, was du brauchst, und ich werde dafür sorgen, dass du es erhältst.«

Kaihap verneigte sich. »Ich werde eine Liste der Dinge aufstellen, die ich benötigte, und sie dir durch meine Tochter zukommen lassen.«

Pamiu nickte. Auf eine Begegnung mit dem kleinen orakelnden Staubfänger hatte er zwar keine besondere Lust, aber noch weniger reizte ihn die Vorstellung, sich auf die Suche nach einem weiteren Schreiner zu begeben.

Meritates hatte überlegt, ob sie Neferiabet einfach ein Sendschreiben zukommen lassen sollte, in dem sie über ihr Schicksal aufgeklärt wurde. Bei einem persönlichen Besuch konnte sie jedoch herausfinden, ob sie ihre Meinung geändert hatte und nun bereit wäre, Pamiu zu denunzieren. Also hatte sie sich selbst auf den Weg zu ihr gemacht. Als sie die Gemächer ihrer Halbschwester betrat, war sie nicht dort. Sie sah sich um und ging dann schnellen Schrittes auf die Terrasse; für einen kurzen Moment hatte sie die Angst erfasst, Neferiabet sei die Flucht gelungen. Doch dann hörte sie die Stimmen, die aus dem Garten zu ihr herüberdrangen. Neferiabet musste Djedefre bei sich haben. Die Große Königliche Gemahlin überlegte kurz, ob sie Khufu davon überzeugen sollte, ihr auch den Umgang mit ihrem Kind zu verbieten, doch dann besann sie sich anders. Khufu hatte ohnehin kein Interesse an diesem Sohn. Als sie auf Neferiabet zuging, durchfuhr sie ein heißer Stich. Djedefre versuchte gerade, seiner Mutter entgegenzurobben. Der Kleine lachte und streckte die Arme nach ihr aus. Unwillkürlich dachte Meritates an Kawab und daran, wie fremd er ihr geworden war. Schließlich erblickte Neferiabet sie. Meritates entdeckte Angst in ihren Augen, und sie fragte sich, weshalb es ihr dieses Mal keine Genugtuung bereitete, sie derart verunsichert zu sehen.

»Du bringst mir Nachrichten über das mir zugedachte Schicksal, nicht wahr?«

Meritates blieb vor ihr stehen. »Der Pharao hat entschieden, was mit dir geschehen soll, nachdem du das Kind geboren hast.«

Eine bedrückende Stille lag zwischen den beiden Frauen, die selbst der kleine Djedefre zu spüren schien, denn er war ganz ruhig geworden und gluckste nicht mehr.

»Nun, dann lass mich bitte nicht mehr länger im Unklaren.«

»Du wirst zum Sinai gebracht werden, in den Tempel der Hathor. Dort sollst du dein restliches Leben verbringen.«

Neferiabets Stimme wurde leise. »Und was ist mit meinen Kindern?«

»Sie sollen im Palast bleiben und weiter von ihren Ammen erzogen werden.«

»Heißt das, dass ich sie nie wiedersehen werde?«

Meritates nickte. Warum nur fühlte sie keinen Triumph in dieser Minute?

»Sag mir bitte, hast du etwas von Pamiu gehört?« Neferiabets Stimme barg kaum Hoffnung.

Meritates wollte eigentlich auf diese Frage nicht antworten, doch es geschah wie von selbst. »Er hat ein großes Anwesen in der Stadt der Arbeiter bezogen. Es scheint, als hätte er nicht die Absicht, bald in den Palast zurückzukehren.«

»So hat er mich also wirklich vergessen.«

Meritates ging in die Knie, um Neferiabet in die Augen sehen zu können. »Ich beschwöre dich, verrate ihn um deinetwillen. Was kannst du noch von ihm erwarten?« Sie machte eine lange Pause und blickte den kleinen Djedefre an, der der Unterhaltung scheinbar aufmerksam lauschte. »Tu es für deinen Sohn. Bei meiner geliebten Isis, wir beide waren und werden niemals Freundinnen sein, aber wir sind Frauen. Warum sollen wir immer für die Machenschaften der Männer zahlen?«

»Ich liebe ihn. Auch wenn du es niemals verstehen wirst, Meritates. Liebe ist bedingungslos.«

Die Große Königliche Gemahlin seufzte und erhob sich. »Anscheinend ist sie das nur bei uns Frauen. Du bist wirklich dumm. Ich bedauere dich.«

Neferiabets grüne Augen funkelten sie an. »Du brauchst mich nicht zu bedauern, Große Königin. Nicht mehr. Ich habe meine Entscheidung getroffen. Ich werde niemals wie du und Hetepheres sein. Ich werde niemals eine verbitterte Frau werden wie du und deine Mutter. Hathor ist Zeugin, ich werde meine Würde behalten.«

Meritates stand auf und lächelte sie süffisant an. »Welche Würde, Sklaventochter? Wie könnte eine wie du jemals Würde haben?« Damit wandte sie sich um und ging zurück in ihre Gemächer. Es war falsch gewesen, auch nur einen Anflug von Mitleid für Neferiabet zu empfinden. Hetepheres hätte sie wirklich bei ihrer Geburt beseitigen sollen.

Pamiu hatte gerade die Planung für den Innenausbau der Pyramide in Angriff genommen, als Antef ihn störte. Irritiert fuhr er von den Bauzeichnungen hoch, denn er war mit der Frage beschäftigt, wie er die Königskammer im Innern der Pyramide am besten würde abstützen können. Er hatte sich für schwere Granitträger entschieden, überlegte aber noch, wie viele davon anzubringen wären, damit sie dem Druck der Gesteinsmassen standhielten.

»Herr, vor der Tür steht ein schmutziges Mädchen, das zu dir möchte. Ich habe ihr gesagt, dass du für niemanden zu sprechen bist, doch sie ließ sich nicht abhalten, behauptete gar, ihr Vater habe sie geschickt.«

Pamiu seufzte und rollte die Pläne zusammen. Es hatte ohnehin keinen Sinn, weiterzuarbeiten, wenn er einmal aus seinen Gedanken geholt worden war. »Sie ist die Tochter des Schreiners, bei dem ich einige Einrichtungsgegenstände in Auftrag gegeben habe. Lass sie ruhig herein, aber bring ihr wenigstens eine Schale mit Wasser, damit sie sich die Hände säubert, bevor sie das Haus betritt.«

Antef verbeugte sich und verschwand leise.

Einige Minuten später betrat Kaihaps Tochter Pamius Räume. Anstatt sich zu verbeugen, wie es sich eigentlich geziemt hätte, starrte sie mit wachen Augen die üppigen Wandmalereien an.

»Du hast ein sehr schönes Haus, Oberster Baumeister des Einzig Einen. Wie ist dein Name?«

Pamiu konnte die Unverfrorenheit des Mädchens kaum fassen, deshalb konterte er mit einer Gegenfrage. »Wie ist dein Name? Geliebte des Staubes?«

Das Mädchen blickte ihn aus großen braunen Augen an, und erst jetzt bemerkte Pamiu, dass diese Augen seltsam ausdrucksstark waren. »Nein, mein Name ist Baket-Geb. Meine Eltern gaben mir den Namen, weil ich seit meiner Geburt erdverbunden bin.«

Pamiu blickte auf ihren dreckigen Kittel und die staubigen dürren Beine, die darunter zum Vorschein kamen. »Wie passend.«

»Soll ich dir heute vielleicht die Zukunft lesen, Herr?«

Er schüttelte den Kopf. »Nein, nicht heute und auch nicht

irgendwann. Ich nehme an, dass du mir die Liste mit den Dingen bringst, die dein Vater benötigt.«

Geistesabwesend zog Baket-Geb eine Tontafel aus einem schäbigen Umhängebeutel hervor, den sie über ihrer schmalen Schulter trug, und reichte sie Pamiu.

Er nahm sie entgegen und legte sie auf seinen Schreibtisch. Dann wartete er, dass Baket-Geb, deren Namen er ebenso seltsam fand wie das ganze Mädchen, endlich ging. Doch sie blieb, wo sie war, und begann wieder geistesabwesend die Wände anzustarren.

»Bei den Göttern, was tust du da?« Pamiu fühlte, wie seine Geduld dem Ende zuging.

»Ich höre auf die Stimmen der Götter.«

Pamiu verdrehte die Augen. »Könntest du das vielleicht an einem anderen Ort tun? Ich habe noch zu arbeiten.« Er wunderte sich, weshalb er ihr nicht mit Strafe drohte, schließlich war er der Oberste Baumeister, doch irgendetwas in ihm wehrte sich dagegen, diesem seltsamen Geschöpf zu drohen, auch wenn das Mädchen ihm unheimlich war.

Endlich schien Baket-Geb sich satt gesehen zu haben. »Die Götter lieben dich, doch sie zürnen dir auch. Du musst vorsichtig sein, denn sie fordern gerne ihre Geschenke zurück, da sie launisch sind.«

Pamiu deutete mit dem Finger zur Tür. »Ich danke dir für den klugen Rat. Ich werde gleich morgen in den Tempel gehen und mich reinigen. Aber jetzt muss ich arbeiten.«

Ohne beleidigt zu sein, drehte sich Baket-Geb um und verließ ohne einen Gruß Pamius Arbeitsraum. Als sie fort war, schüttelte er den Kopf über das seltsame Mädchen. Mit welchem Fluch mochte man als Vater gestraft sein, ein solches Kind zu haben. Doch ihre Worte hatten ihn an Nefermaats Worte erinnert, die er vor vielen Jahren zu ihm gesagt hatte. Pamiu verwarf die aufkommenden düsteren Gedanken aus der Vergangenheit und begann, Kaihaps Liste auf Papyrus zu übertragen. Er wollte sie gleich am nächsten Tag Antef geben, damit er in Memphis die nötigen Dinge besorgen konnte.

Neferiabet spürte, wie das Kind gegen ihre Bauchdecke trat. Sie legte ihre Hände beruhigend auf die mittlerweile starke Wölbung. Es konnte nicht mehr lange dauern, bis sie entbinden würde. Sie überkam Angst. Sie wusste, dass sie nach der Entbindung nicht mehr geschützt wäre. Als sie die Augen schloss, gelang es ihr, sich ein wenig zu beruhigen. Das Atmen fiel ihr nun schwerer, die Glieder waren geschwollen – ein sicheres Zeichen für die bevorstehende Geburt. Sie griff nach der kleinen Hathorstatue, die neben ihrem Ruhebett stand. In Gedanken sandte sie Stoßgebete an die Göttin: Bitte noch nicht, Hathor. Gib mir noch etwas Zeit, ich habe solche Angst. Ich weiß, was ich zu tun habe, ich habe deine Zeichen erkannt, und ich verstehe nun auch, weshalb du mir keine Träume mehr geschickt hast und weshalb ich Djedefre nicht auf dem Horusthron habe sehen können. Ich werde tun, was du von mir erwartest, das verspreche ich dir. Doch ich bitte dich, lass mir noch ein wenig Zeit.

Sie setzte sich unter Mühen in ihrem Ruhebett auf und rief nach Nitokris, die auf der Terrasse im Schatten gelegen hatte. Sofort war die Katze bei ihr und sprang zu ihr auf das Lager.

»Nitokris ta sherit, du bist mir die treueste Freundin in meinem Leben.« Die Katze sah sie an und schnurrte. »Bald ist es so weit. Leiste mir Gesellschaft, während ich warte.«

Khufu wurde in der Nacht vom lauten Rufen der Dienerschaft geweckt. Es war drückend und heiß, der Schweiß klebte ihm auf der Haut. Das Mädchen neben ihm wälzte sich unruhig im Schlaf. Er stand auf, um sich einen Becher Wein zu holen, denn seine Kehle war wie ausgedörrt. Erst da bemerkte er, dass er kaum Luft bekam und dass seine Augen brannten. Khufu taumelte zur Tür seiner Gemächer und hämmerte dagegen. Normalerweise hätten die Wachen, die im Gang vor der Tür postiert waren, sofort die Tür geöffnet, doch es geschah nichts. Benommen riss er selbst die große Flügeltür auf und wurde von dichtem Rauch eingehüllt. Er rief in den Gang, weil er durch den dicken schwarzen Qualm nichts sehen konnte. Hinter ihm in seinem Ruhebett erwachte hustend und keuchend das Mädchen, das er sich am Abend zuvor aus seinem Harem hatte kommen lassen. Sie begann zu schreien. »Feuer, großer Pharao! Es brennt! Der Palast brennt!«

Khufu hatte kaum Zeit, sich über die Geistesgegenwart der Kleinen zu wundern. Warum war ihm nicht der Gedanke gekommen? Endlich packte ihn jemand am Oberarm und drückte ihn zurück in seine Räume. Er erkannte Tjeni, den Leibdiener und Erzieher seines Sohnes Kawab.

»Tjeni, was um der Götter willen passiert hier?«

Das Mädchen saß immer noch schreiend im Bett. Tjeni ging zu ihr und versetzte ihr eine Ohrfeige. Augenblicklich herrschte Ruhe.

»Mein König, wir müssen sofort durch die Gärten in den Ostteil des Palastes fliehen – zu den Frauengemächern.«

Khufu war wie gelähmt. »Brennt der Palast, Tjeni? Wie konnte so etwas geschehen?«

»Nein, nein, es ist viel schlimmer. Ein Teil von Memphis steht in Flammen. Einige Wohngebiete und die Tempelbezirke. Der Rauch ist überall im Palast. Wir können nur durch die Gärten entkommen. Die Gänge des Palastes sind mit Rauch angefüllt. Wir würden ersticken.«

Khufu packte Tjeni am Arm. »Wo ist mein Sohn, Tjeni? Ist er in Sicherheit?«

Tjeni nickte und zog Khufu hinaus auf die Terrasse. Das

verängstige Mädchen folgte ihnen, nachdem es sich sein Kleid übergeworfen hatte.

»Deine gesamte Familie ist in Sicherheit. Ich denke, dass das Feuer sich nicht weiter ausbreiten wird. Jeder Mann ist abkommandiert, um zu löschen. Aber der Rauch ist gefährlich. Komm bitte mit mir, Pharao. Im Ostteil des Palastes sind wir sicher, da der Wind günstig steht. Dort kann man frei atmen.«

Khufu warf sich ebenfalls seinen Schurz über und hastete hinter Tjeni her. Das verängstigte Mädchen zitterte am ganzen Körper und weinte. Khufu ergriff ihre Hand und begann zu laufen.

Tjeni hatte Recht behalten. Auch wenn der Gestank von verbranntem Holz und Getreide ihnen draußen in der Nase brannte, kamen sie gut voran. Khufu durchfuhr ein Schreck. Die Kornspeicher brannten. Er dachte an das Getreide in den Silos. Es war die Ernte eines ganzen Jahres, die hier dem Feuer zum Opfer fiel. Er blickte auf die weinenden Frauen, die ebenfalls zum Ostteil des Palastes eilten. Er hörte die schreienden Kinder, die die Angst ihrer Mütter spürten, obwohl sie noch nicht verstanden, welche Gefahr von dem Feuer ausging.

»Tjeni, man muss das Getreide retten, hörst du?«

Tjeni schüttelte den Kopf. »Ich bezweifle, dass dort noch etwas zu retten ist, mein König. Wir können uns glücklich schätzen, wenn wir das Feuer heute Nacht löschen und der Nil genug Wasser führt.«

Endlich erreichten sie die Frauengemächer. Khufu überließ seine immer noch zitternde und wimmernde Begleiterin der Obhut einiger Frauen, die sie in ihre Mitte nahmen, und folgte Tjeni zu den Räumen von Meritates, in denen sich seine Familie eingefunden hatte.

Als er die Tür öffnete, atmete er erleichtert auf. Chamernebti saß eng an Meritates geschmiegt, und Kawab spielte mit ein paar Senetfiguren, die er vor sich auf dem Boden ausgebreitet hatte. Selbst Henutsen war anwesend. Sie saß still auf einem Stuhl und ließ ihren verängstigten Blick zu ihrer Schwester wandern.

Khufu setzte sich auf einen noch freien Stuhl neben Henutsen und sah zu Meritates hinüber, die ihn fragend anblickte. Tjeni war schon wieder verschwunden, um neue Männer für die Löscharbeiten einzuteilen.

»Können sie das Feuer löschen?« Meritates' Stimme klang beunruhigt, aber gefasst.

Er nickte. »Ich denke schon, aber ich werde mich nun besser selbst darum kümmern.« Er stand auf und wollte gehen. In diesem Moment stürmte eine junge Dienerin zur Tür herein.

»Verzeih mir, Pharao. Ich komme von der königlichen Nebenfrau Neferiabet. Sie liegt in den Wehen, und ich kann keine Hebamme in dem Durcheinander finden.«

Khufu stieß ein paar Flüche aus und wandte sich dann an Meritates. »Kümmer du dich darum.«

Meritates fuhr empört auf. »Bin ich vielleicht eine Gemeine? Ich bin keine Geburtshelferin.«

Er fuhr sie zornig an: »Nein, aber du bist eine Frau. Oder möchtest du dich vielleicht um das Feuer kümmern?«

Meritates verstummte. Sie hatte den Worten des Pharaos nichts entgegenzusetzen, und dann war er auch schon zur Tür hinaus.

Als Meritates Neferiabets Räume betrat, stockte ihr der Atem. Es war stickig und viel zu heiß. Bis auf zwei Priester und eine vollkommen überforderte junge Dienerin war niemand anwesend. Neferiabet wälzte sich stöhnend in ihren Laken. In ihrer Ratlosigkeit riss Meritates zuerst die Binsenmatten, die man vor der Terrassentür drapiert hatte, herunter und prüfte die Luft. Ein leicht ätzender Geruch kam zwar mit der frischen Luft herein, aber er war immer noch angenehmer als die Schwüle und Hitze im Raum. Einer der Priester eilte aufgeregt auf sie zu.

»Majestät, du lässt den Atem des Übels in die Gemächer, wenn du die Binsenmatten entfernst. Wir haben viel Weihrauch verbrennen müssen, um das Unheil fernzuhalten. Das Kind wird unter einem schlechten Omen geboren werden.«

Meritates stieß ihn beiseite. »Es mag sein, dass du dein Handwerk verstehst. Aber ich bin eine Frau und habe zwei Kinder geboren. Sie wird die frische Luft brauchen, wenn die Presswehen einsetzen.«

Neferiabet schien ihre Anwesenheit bemerkt zu haben, denn sie hob den Kopf und blickte sie an. »Was tust du hier?«

Meritates trat an ihr Ruhebett. »Es konnte noch keine Hebamme gefunden werden. Alles im Palast ist in Aufruhr wegen des Feuers. Du wirst vorerst mit mir vorlieb nehmen müssen.«

»Ein Feuer?« Sie blickte hinüber zu der leeren Wiege von Djedefre. »Wo ist mein Sohn?«

»Ich weiß es nicht.« Meritates rief nach der kleinen verschüchterten Dienerin, die ohnehin nur unnütz in der Ecke stand. »Geh und such die Amme des Prinzen. Lass sie beide in meine Gemächer zu meinen Kindern bringen.«

Neferiabet blickte Meritates erstaunt an. »Ich danke dir, auch wenn ich nicht verstehe, weshalb du das tust.«

Meritates schüttelte den Kopf. »Er ist ein Prinz. Eine weitere Erklärung brauche ich dir wohl nicht zu geben.«

Im nächsten Moment wurde Neferiabet von einer Wehe geschüttelt. Meritates fühlte sich hilflos. Sie selbst wusste am besten, wie wenig einer Frau in diesen Stunden zu helfen war. Sie wandte sich an einen der Priester.

»Bei den Göttern, tut etwas. Sucht eine Hebamme.«

Der ältere der beiden fuhr sich über den glatt rasierten

Kopf und spielte an seinem Pektorale, das ihn als Priester des Re auswies.

»Aber wir sind Priester, Hoheit, keine Diener.«

Meritates schrie ihn an. »Aber heute wütet das Chaos im Palast und in der ganzen Stadt. Erwartet ihr etwa, dass ich dieses Kind zur Welt bringe? Diese Frau ist eine königliche Nebenfrau. Also bewegt euch, oder ich werde dafür sorgen, dass euch die Haut in Fetzen vom Rücken fällt. Möchtet ihr Bekanntschaft mit der Peitsche machen, ihr Diener des Re?«

Sofort setzte sich der jüngere der beiden in Bewegung und verschwand auf dem Gang.

Neferiabet zeigte ein schwaches Lächeln. »Bei meiner geliebten Hathor – Meritates. Einen solchen Wutausbruch hätte ich dir überhaupt nicht zugetraut.«

Auch auf Meritates' Gesicht zeigte sich jetzt ein kleines Lächeln. »Nun, als Mutter kann ich mich wohl gut in deine Lage hineinversetzen.«

Neferiabet nickte. »Warum waren wir unser gesamtes Leben lang Feinde? Jetzt und hier erscheint das alles so sinnlos.«

Meritates zog sich einen Stuhl an das Bett und ließ sich darauf nieder. »Ich weiß es nicht. Vielleicht war das unser Schicksal.«

»Ich weiß, dass du dabei warst, als Hetepheres meine Mutter vergiftete – kurz nach meiner Geburt.«

Meritates blickte sie erschrocken an. »Du weißt es? Aber … woher?«

»Von Hetepheres. Doch ich will dir etwas sagen. Ich muss es tun, ich will keine Lasten auf meinem Ka mit in den Schönen Westen nehmen.«

Meritates ergriff spontan Neferiabets Hand. »Rede nicht so einen Unsinn. Dies ist nicht dein erstes Kind, deshalb wird es keine Schwierigkeiten bei der Geburt geben.«

»Ich habe Hetepheres mit einem Kissen erstickt, als sie mir die Wahrheit über den Tod meiner Mutter sagte. Ich wollte es nicht … aber ich war rasend vor Hass.«

Im nächsten Moment wurde Neferiabet von einer weiteren Wehe ergriffen. Meritates trafen ihre Worte wie ein Schlag ins Gesicht, und sie war versucht, ihre Hand loszulassen, doch dann besann sie sich.

»Lass es uns beenden, lass uns diesen Kreis aus Hass und Wut und Schmerz durchbrechen. Wem von uns hat er Glück gebracht? Weder Hetepheres noch dir, und auch mir nicht. Wir alle haben verloren, was wir geliebt haben.«

Neferiabet entspannte sich, als die Wehe schwächer wurde, und nickte. In diesem Moment eilte der Priester mit der Hebamme in den Raum, und die Frau kam zu ihnen herüber.

Sie wandte sich an Meritates. »Du kannst nun gehen, Hoheit. Ich werde mich weiter um sie kümmern.«

Meritates atmete auf. »Ich werde wiederkommen.«

Doch Neferiabet wurde erneut von einer Wehe gepackt, und Meritates fühlte sich nur im Wege. Also ging sie zurück in ihre eigenen Gemächer. Sie wollte bei ihren Kindern sein, bis sie sie außer Gefahr wusste.

Pamiu sah Antef schon von weitem, wie er sich durch den Wüstensand kämpfte. Sein Diener war fast ebenso verwöhnt und bequem wie er, was mitunter an dem neuen Komfort lag, den das Anwesen seines Herrn bot. Als er ihn endlich erreicht hatte, war er völlig außer Atem.

»Ich muss die Vermessung der Stützbalken für die Königskammer überwachen. Ich vertraue den Arbeitern nicht. Sie arbeiten ungenau, wenn man nicht anwesend ist. Deshalb bitte ich dich darum, dass du dich kurz fasst, wie dringend es auch sein mag.«

Antef rang nach Luft. »Herr, verzeih mir, dass ich dich stören muss, aber es ist etwas Schreckliches geschehen. In Memphis gab es ein Feuer. Die halbe Stadt liegt in Schutt und Asche. Ich habe es selbst erst durch meine Frau erfahren. Wir und viele andere Familien haben alles verloren.«

Pamiu hielt in seiner Arbeit inne. »Was sagst du da? Wie kann das sein?«

Antef hob ratlos die Hände. »Es ist fürchterlich.«

Pamiu war in heller Aufregung. »Was ist mit dem Palast? Ist auch er abgebrannt?«

»Ich weiß es nicht, Herr. Ich weiß nicht, welche Teile von Memphis dem Feuer anheimfielen und wie viele Menschen dabei ihr Leben lassen mussten.« In Antefs Stimme klang jetzt pure Verzweiflung.

Pamiu überlegte fieberhaft. »Ich lasse die Arbeit sofort niederlegen. Viele der Arbeiter haben Familie in Memphis. Ich selbst werde sofort nach Memphis reisen und mich über das Ausmaß der Katastrophe kundig machen.« Pamiu rief die Vorarbeiter zu sich. Er würde ihnen die nötigen Anweisungen geben und sie dann ermächtigen, den Arbeitern das Grauenvolle mitzuteilen. Mitten im Laufen wandte er sich noch einmal um. »Antef, lass deine Familie aus Memphis kommen und bring sie in mein Haus.«

Neferiabet hielt ihre kleine Tochter im Arm. Die Geburt war schwer gewesen, aber sie würde daran nicht sterben. Fast schon bedauerte sie diesen Umstand, denn er bedeutete, dass ihr die Entscheidung über ihr Schicksal nicht abgenommen wurde. »Du gleichst meinem geliebten Pamiu aufs Haar«, flüsterte sie dem kleinen Mädchen zärtlich ins Ohr. Die Amme stand ungeduldig wartend neben ihrem Lager. »Ich habe die Anweisung, die Prinzessin in die Kindergemächer zu bringen, Hoheit.«

Neferiabet drückte die Kleine an sich, ohne sie aufzuwecken. »Bitte nur noch etwas Zeit, damit ich mich später daran erinnern kann, wie sie aussieht.«

Die Amme wagte nicht, ihr das Kind einfach fortzunehmen, und so nickte sie nur. Neferiabet fuhr sanft mit dem Finger über das weiche schwarze Haar des Kindes und berührte dann die winzigen Hände. Sie war ihre Tochter – sie war ihre und Pamius Tochter. Schmerz durchfuhr sie, als sie an ihren Geliebten dachte. Wie schön hätte alles sein können, wäre er jetzt an ihrer Seite gewesen. Die Amme streckte erneut die Arme aus, um das Kind in Empfang zu nehmen.

»Bitte, Hoheit, ich werde bestraft werden, wenn ich noch länger warte.«

Traurig legte Neferiabet ihre Tochter in die Arme des Mädchens und sah ihm hinterher, wie es hinauseilte. Eine plötzliche Leere trat in ihr Herz. Nun war es vorbei, es gab keinen Grund mehr zu warten. Neferiabet rief nach Nitokris. Wie immer erschien sie sofort. »Komm und bewache meinen Schlaf«, sagte sie zu der Katze. Ohne hinzuschauen, öffnete sie die Lade des Schubfachs, das sich in ihrem Beistelltisch befand, und nahm die kleine Phiole heraus, die sie sich schon vor Monaten durch eine Dienerin hatte bringen lassen. »Ich werde nicht zum Sinai gehen, ich werde nicht verbittert und würdelos leben, ich werde nicht mehr leiden und keinen Schmerz mehr fühlen. Komm, Hathor, und heiße mich willkommen. In deinen Armen will ich fortan liegen und vergessen den Schmerz und die Wut und die Einsamkeit.«

Mit zitternden Händen hob sie die Phiole an den Mund und leerte sie in einem Zug. Sie hatte sich sagen lassen, dass sie sanft einschlafen würde und nicht leiden müsste wie ihre Mutter. Dann legte sie sich zurück in die Kissen und zog Nitokris zu sich. Das warme Fell und das Schnurren der Katze beruhigten sie, während die Kälte in ihre Glieder kroch.

Ich bin Sachmet, die Mächtige
Ich bin die Pestilenz und das Chaos
Ich bin die Zerstörerin der Harmonie
Und die Wildheit des Ungewissen
Ich bringe Plagen und Elend
Mit meiner grausamen Wut

Kapitel 9

Memphis bot ein Bild der Verwüstung. Überall saßen Menschen am Rande der sonst so belebten Straßen. Kinder hielten ihre rußgeschwärzten Hände bettelnd denjenigen entgegen, die noch Besitz zu haben schienen. Pamiu hatte sich ein Tuch über Mund und Nase gebunden. Der beißende Gestank von Verbranntem lag überall in der Luft. Sein Herz zog sich zusammen, denn ein solches Elend hatte er noch nie gesehen. Sein Blick streifte die abgebrannten Fassaden der Häuser. Einige der Kinder hatten schwere Verbrennungen, und diejenigen, die das Feuer unversehrt überstanden hatten, zogen Karren hinter sich her, auf denen sie die Reste ihrer Habe oder Leichen transportierten. Pamiu war entsetzt über die einst so reiche und stolze Stadt. Er trieb die Träger an, denn er wollte so schnell es ging den Palast erreichen. Als er die Tempelbezirke verlassen hatte, beruhigte sich sein rasendes Herz etwas. Das Feuer hatte nicht ganz Memphis zerstört. Es gab durchaus noch unversehrte Gebäude, auch wenn mittlerweile alles von Asche und Schwärze überzogen war.

Als er schließlich vor den Toren des Palastes war, hatte sich die Asche schon längst auf seinen Schurz und seine Haut gelegt. Es genügte jedoch ein kurzer Blick, um zu sehen, dass der Palast vom Feuer verschont geblieben war. Er nahm die Stufen zum großen Palasttor im Laufschritt. Die müden Wachen, die sich ebenfalls nasse Tücher vor die Gesichter gebunden hatten, erkannten ihn und ließen ihn ungehindert passieren. Auch in den großen Vorhallen herrschte Chaos. Dienerinnen und Ärzte eilten geschäftig von einem Flügel zum anderen, Priester versuchten zum Pharao vorzudringen, doch die Türen zum Empfangssaal blieben geschlossen und machten für keinen der Bittsteller eine Ausnahme. Pamiu bahnte sich den Weg durch die aufgeregten Menschen und stieß dabei fast einen Priester um, der mit einem kleinen Weihrauchgefäß den beißenden Gestank zu bekämpfen versuchte.

Er wandte sich an einen der Wachsoldaten. »Meldet den Obersten Baumeister.«

Der Mann beäugte ihn aus rot geränderten Augen eine Weile, nickte dann aber lahm und verschwand durch die Tür. Er musste einige Zeit warten, in der er von der Menschenmenge hin und her gestoßen wurde. Dann endlich erschien der Mann wieder.

»Du kannst hineingehen, Herr. Der Einzig Eine erwartet dich.«

Erleichtert, dem Gewühl zu entkommen, schob Pamiu sich durch die Tür, die direkt hinter ihm wieder geschlossen wurde. Er war froh, dass sich vergleichsweise wenig Menschen in der Empfangshalle befanden. Schon von weitem sah er Khufu in einem schlichten Schurz und ohne irgendeine seiner Kronen mit in den Händen gestütztem Kopf auf dem Thronpodest sitzen. Neben ihm saß Meritates in ebenso wenig königlicher Haltung. Ihre Augenschminke war verwischt, und ihre Hände lagen müde auf den Armlehnen ihres Thrones.

Vor dem Herrscherpaar versuchten Priester, Soldatenführer und sogar einige der Wesire in unverhaltener Weise auf sie einzureden. Pamiu trat rasch zum Thronpodest vor und verbeugte sich kurz mit gekreuzten Armen.

»Ich grüße dich, mein Pharao. Auch du seist gegrüßt, Hoheit«, fügte er notwendigerweise hinzu.

Meritates beachtete ihn gar nicht, sondern fuhr sich mit einer Hand über die Augen, was ihre Schminke noch mehr zum Verwischen brachte.

Khufu blickte seinen Freund müde an. »Pamiu – so hast du es auch schon erfahren.«

»Du musst sofort damit anfangen Ordnung zu schaffen, mein König. Auf den Straßen herrscht Chaos. Bald werden die Plünderungen beginnen, wenn du nichts unternimmt.«

Khufu nickte. »Wo soll ich anfangen, mein Freund? Sag es mir.« Er wies auf die lamentierenden Gestalten um sich herum. »Sie alle liegen mir schon seit Stunden in den Ohren. Das Feuer ist gedämmt, doch die Kornspeicher und die gesamte Ernte sind verbrannt. Es sind so viele Menschen ohne Essen und Obdach, niemand weiß, wie viele in den Flammen gestorben sind. Was soll ich nur tun?«

Meritates richtete mit einem Mal den Blick auf ihren Gemahl. »Du bist der Pharao. Die Menschen erwarten, dass du ihnen hilfst. Also zeig dich ihnen, beruhige sie.«

Pamiu nickte. »Deine Königin hat Recht. Du musst ihnen jetzt Halt geben.«

Khufu erhob sich schwerfällig. Pamiu konnte sehen, dass er wieder einmal zu viel getrunken hatte. »Ich muss ein Bad nehmen. Danach habe ich einen klareren Kopf. Ich erwarte dich heute Abend in meinen privaten Gemächern, mein Freund.«

Die Anwesenden begannen zu tuscheln und die Köpfe zu schütteln.

Als Khufu gegangen war, befahl Meritates den Dienern, die Wesire und Priester bis zum nächsten Tag fortzuschicken. Auch Pamiu wandte sich um, aber Meritates hielt ihn auf. »Wohin willst du gehen, Pamiu?«

Er blieb stehen und wartete, bis die anderen die Empfangshalle verlassen hatten. »Wenn du nichts dagegen hast,

Hoheit, dann möchte ich in meine Gemächer und mich etwas ausruhen. Vielleicht gelingt es mir sogar, einige sinnvolle Gedanken zur schnellen Beseitigung dieser Katastrophe zu fassen.«

Meritates erhob sich von ihrem Thronsessel und stieg die paar Stufen von der Empore hinunter, bis sie auf gleicher Höhe vor ihm stand. »Vielleicht interessiert es dich zu erfahren, dass deine Tochter heute Nacht geboren wurde.«

Pamiu hatte Neferiabet in den letzten Stunden vollkommen vergessen. Viel zu stark hatte das Gesehene auf ihm gelastet. »Wie geht es Neferiabet? Bitte sag es mir, da ich sie schon nicht sehen darf.«

Meritates lächelte ihn schwach an. »Folge mir, ich werde dich zu ihr bringen. Du sollst sie sehen.«

Er folgte ihr durch die Gänge des Palastes in den Frauenflügel. Er erkannte die Große Königliche Gemahlin kaum wieder. So sehr er auch versuchte, etwas von der alten Wut in ihr zu finden oder wenigstens Verachtung aus ihrer Stimme zu hören, es gelang ihm nicht. Auf dem Weg zu Neferiabets Räumen sprachen sie nicht. Pamiu fühlte sich unsicher angesichts Meritates' Stimmungswechsel.

»Öffnet die Türen und lasst uns hinein«, befahl sie den Wachen.

Als Pamiu hinter Meritates die Gemächer betrat, zog sich ihm der Magen zusammen. Unter den leichten Aschegeruch hatte sich ein anderer gemischt, und Pamiu kannte ihn. Seine Kehle wurde trocken, und er ging ungefragt an Meritates vorbei und trat an das Ruhebett. Im nächsten Moment wusste er, dass Neferiabet nicht schlief. Er griff nach ihrer Hand – sie war eiskalt. Er wandte sich Meritates zu und ließ dabei Neferiabets' Hand nicht los.

»Sie hat Gift genommen«, sagte Meritates leise.

»Ihr habt sie umgebracht«, flüsterte er.

»O nein, Pamiu, wir alle haben sie dazu gebracht. Du auch.«

Sie trat jetzt ebenfalls an das Ruhebett und betrachtete die Tote. »Ich war bei ihr, kurz bevor sie das Kind geboren hat. Ich habe mit ihr geredet. Aber ich habe nicht gut genug zugehört, um das hier zu verhindern.«

Pamiu sah die Große Königliche Gemahlin hasserfüllt an. »Nach allem, was du getan hast, willst du jetzt die Schuld von dir weisen? Du und deine Mutter, ihr habt diesen Kreislauf des Wahnsinns begonnen, als ihr Tahemet gezwungen habt, zum Giftbecher zu greifen.«

Meritates blieb ruhig. »Ja, du hast Recht. Wir haben Schuld auf uns geladen, die wir nicht mehr gutmachen können. Es gibt keine Entschuldigung für das, was ich getan habe. Wir alle haben gegen die Maat verstoßen, und jetzt haben die Götter ihren Zorn über uns ausgebreitet.«

Sie wandte sich um, um zu gehen. »Aber du, Pamiu, du hast ebenfalls deine Wahl getroffen. Du bist mit uns diesen Weg des Wahnsinns gegangen. Du hättest dich dagegen entscheiden können, aber du wolltest Macht, Ruhm und Ansehen. Neferiabet hat diesen Kreislauf durchbrochen, indem sie sich opferte. Ich erkenne dieses Opfer an. Ich will nicht mehr den Weg des Wahnsinns gehen, auch wenn diese Entscheidung mein Ka nicht retten wird. Du, schöner Pamiu, drehst und wendest dich stets wie die Geschöpfe der Bastet. Aber heute hast auch du etwas verloren. Ich werde dich nun mit ihr alleine lassen, denn bald werden die Priester sie in das Haus des Todes bringen. Nimm Abschied von ihr, vielleicht verzeiht sie dir.«

Pamiu hatte Meritates' Worte kaum gehört. Nur allmählich machte sich ein tiefer Schmerz in ihm breit. Er sah Neferiabet ins Gesicht. Ihre Augen waren geschlossen, und ihre Züge wirkten friedlich. Er strich über ihre Stirn. Er konnte es nicht. Er konnte nicht um sie weinen, bei den Göttern, er konnte es nicht. »Bitte verzeih mir« waren die einzigen Worte, die über seine Lippen kamen. Dann bemerkte er eine Bewegung neben sich. Er erschrak und fuhr herum. Es war Nitokris, die ihm um die Beine strich. Er nahm sie auf den Arm und schmiegte sein Gesicht in ihr Fell. Benommen stand er auf und warf einen letzten Blick auf seine tote Geliebte. Ich habe sie geliebt, hämmerte es immer wieder in seinem Kopf. Warum kann ich nicht um sie weinen, wenn ich es doch eigentlich will?

Khufu trank seinen Wein in einem Zug. Pamiu hatte aufgehört zu zählen, wie viele Becher er an diesem Abend schon getrunken hatte. Schließlich war es ihm gelungen, einige Vorschläge vorzubringen, die sein Freund auch angenommen hatte. Die Obdachlosen wurden fürs Erste von den Tempeln des Landes mit dem Nötigsten versorgt, die Männer, die das Feuer unverletzt überstanden hatten, säuberten die Stadt von den Leichen und Kadavern der Tiere, die überall herumlagen. Pamiu fühlte, dass es seinem Freund recht war, dass sich jemand anders um die Lösung der Probleme kümmerte. Khufu suchte die Flucht im Rausch des Weines.

»Wenn wir den Bau der Pyramide ein Jahr ruhen lassen und die Arbeiter auf die Felder und hier in der Stadt aufteilen, damit sie helfen, die Maat wiederherzustellen, können wir das Schlimmste der Katastrophe abwenden, mein Prinz.«

In Khufus Augen traten der alte Trotz und Zorn. »Nein. Nur wenn ich dieses Bauwerk vollende, werden die Götter ihren Zorn von Ägypten abwenden. Ich dulde es nicht, dass die Arbeit in Gizeh niedergelegt wird.«

»Mein Prinz, es wäre doch nur ein einziges Jahr. Du bist

jung und stark und wirst noch viele Jahre Zeit haben, das Bauwerk zu vollenden.«

Wieder schüttelte Khufu den Kopf. »Bist du mein Freund, Pamiu, oder hast letztendlich auch du dich gegen mich gewandt?«

Pamiu spürte, dass es keinen Sinn hatte, mit ihm über dieses Thema zu reden. »Wie viele Menschen sind bei dem Feuer gestorben, mein Prinz? Hat dein Wesir dir bereits Zahlen nennen können?«

Khufu schob seinem Freund eine Liste herüber, auf denen die Namen standen. »Überzeuge dich selbst.«

Pamiu überflog die Liste. Nach einer Zeit verschwammen die Namen vor seinen Augen. Es waren viel zu viele. Dann mit einem Mal hielt er inne, denn auf der Liste standen auch die Namen seiner Eltern. Er schloss kurz die Augen und gab sie Khufu zurück.

»Auch meine Eltern sind in dem Feuer gestorben.«

»Das tut mir Leid.« Khufu wirkte ehrlich betroffen. »Ich werde dafür sorgen, dass sie ein standesgemäßes Begräbnis erhalten.«

Auf einmal war die alte Wut wieder da, die Pamiu früher oft auf Khufu verspürt hatte. »Und was ist mit Neferiabet? Wirst du auch an sie denken?«

Khufus Miene verfinsterte sich augenblicklich. »Sie wird Einzug in den Schönen Westen halten wie eine Königin.« Er stand auf, und plötzlich griff er Pamiu an die Kehle. »Aber ab heute soll niemand mehr ihren Namen auch nur in den Mund nehmen, verstehst du? Ich will sie vergessen. Sie hat sich das Leben genommen, und ich bin froh darüber.« Er nahm seinen Becher und warf ihn mit einem Fluch gegen die Wand.

Pamiu fasste sich an die schmerzende Kehle, sobald Khufu diese wieder freigab.

»Wie konnte so viel Unglück über Kemet kommen?« Ehe Pamiu antworten konnte, betrat Tjeni die Gemächer. Khufu blickte ihn fragend an. »Was gibt es jetzt schon wieder, Tjeni? Ein neues Feuer?« Er lachte über seinen plumpen Scherz.

Tjeni trat verlegen von einem Fuß auf den anderen. »Nein, mein König. Es ist dein Sohn, der Thronfolger. Er fiebert, und die Ärzte können das Fieber nicht hinunterdrücken. Eine Dienerin sagt, er habe Wasser aus dem Nil getrunken, welches die Priester zur Besänftigung Sachmets geweiht haben, um es in ihren Tempel zu bringen. Doch das Wasser war nicht gut. Überall auf dem Nil schwimmen tote Fische, und viele der Menschen haben Tierkadaver hineingeworfen, um sie von den Krokodilen fressen zu lassen.«

Khufu war mit einem Schlag wieder nüchtern. »O ihr Götter, nicht mein Sohn!« Ohne Pamiu weiter zu beachten, rannte er hinter Tjeni her zu den Kindergemächern.

Meritates saß schon am Bett ihres Sohnes, als Khufu eintrat. Er kam langsam näher und blickte auf Kawab, der sich im Fieberwahn schüttelte.

»Wie schlimm ist es?«

Ohne sich zu ihm umzudrehen, sagte sie: »Sein Schicksal liegt in den Händen der Götter. Wenn es gelingt, das Fieber zu drücken, dann wird er leben.«

»Und wenn nicht?« Khufus Stimme klang tonlos.

Meritates antwortete ihm nicht.

»Die Götter mögen mir alles nehmen, aber nicht meinen Sohn.«

Die Große Königliche Gemahlin hatte eine kleine Statue des Thot, dem Gott aller Heilkundigen, auf die schmale Brust ihres Sohnes gelegt. Der Atem des Jungen ging schnell. Schon längst war er nicht mehr bei Bewusstsein.

»Ich will, das es aufhört, das Leid und der Schmerz in Ägypten. Geh in den Tempel und besänftige Sachmet. Du bist der Sohn der Götter.«

Khufu blickte an ihr und seinem Sohn vorbei in die Dunkelheit. »Sie hören nicht auf mich – wann hätten sie das jemals getan?«

Als Re sich langsam am nächsten Morgen am Himmel zeigte, um seine tägliche Bahn zu beginnen, erwachte Meritates aus ihrem unruhigen Schlaf. Sie schalt sich dafür, eingeschlafen zu sein, doch die Geschehnisse der letzten Stunden hatten sie alle Kraft gekostet. Ihre Glieder waren steif, sie rieb sich den schmerzenden Nacken und blickte sich im Raum um. Die Ärzte hatte sie schon vor Stunden fortgeschickt. Sie hatten sie mit ihren ratlosen Gebärden und den Schutzzaubern, die sie ständig vor sich hin flüsterten, nur noch unruhiger gemacht. Stattdessen hatte sie ihren Gemahl endlich überzeugen können, Sachmet ein Opfer zu bringen. Meritates war sich sicher, dass die furchtbaren Ereignisse und die Krankheit ihres Sohnes nur von den wütenden Göttern hatten gesandt werden können. Sie beugte sich langsam vor, um Kawab zuzudecken, der sich in der Nacht von seinen Laken befreit haben musste. Jetzt lag er ruhig da. Sie lächelte, denn es konnte nur bedeuten, dass er eingeschlafen war. Liebevoll legte sie die Hand auf Kawabs Stirn und erschrak. Die Stirn ihres Sohnes war eiskalt. Sie sprang auf und griff nach seiner Hand, doch auch die war kalt. Meritates traten Tränen in die Augen. »Ihr Götter, nein! Ihr dürft mir meinen Sohn nicht nehmen.« Die Große Königliche Gemahlin blickte auf die frei liegende Brust des Jungen. Es waren keine Atembewegungen mehr zu erkennen. Unvermittelt entfuhr ihr ein Schrei, und sofort waren die Ärzte und Priester bei ihr, die vor der Tür gewartet hatten. Einer der Ärzte legte sein Ohr über den leicht geöffneten Mund des Kronprinzen und erhob sich dann langsam. Er schüttelte den Kopf.

Meritates fuhr ihn an: »So tu doch etwas. Rette meinen Sohn!«

Der Mann senkte langsam den Kopf. Meritates wandte sich an einen der Priester.

»Dann hilf du ihm. Sprich deine Zaubersprüche, auf dass Anubis ihn freigibt.«

Doch auch der Priester sah sie nur ratlos an.

»Kann denn keiner von euch mir meinen Sohn zurückgeben?« In ihrer Stimme lag Verzweiflung, doch Meritates wusste, dass sie Kawab verloren hatte. Langsam ließ sie sich wieder auf den Stuhl sinken, auf dem sie die Nacht verbracht hatte. »So sagt es meinem Gemahl.«

Khufu hatte die halbe Nacht im Tempel der Sachmet verbracht. Er hatte sich gereinigt und Gebete gesprochen, die er meinte seit seiner Kindheit längst vergessen zu haben. Doch mit einem Mal waren sie alle wieder da gewesen, er hatte sie nur aufsagen müssen. Als ihm der Priester nun die Nachricht vom Tode seines Sohnes brachte, fühlte er, wie die Leere in seinen Kopf zurückkehrte. Er erhob sich und trat der löwenköpfigen Göttin gegenüber, vor der er die Nacht kniend verbracht hatte. »Ist das der Dank? Ist das der Dank für den Tempel und die Opfergaben, die du in Memphis erhalten hast? Nirgends hattest du eine angemessenere Heimstatt als hier, und jetzt beißt du in die Hand, die zu deinem Ruhme gehandelt hat.« Er zog in unbändiger Wut und Trauer einen goldenen Armreifen von seinem Handgelenk und schleuderte ihn der goldenen Statue entgegen. »Ich verfluche dich, grausame Göttin. Mögest du untergehen, so wie der Stern meines Sohnes.«

Sofort waren einige Sachmetpriesterinnen zur Stelle und

begannen sich vor der Götterstatue zu verbeugen und sich für das blasphemische Benehmen des Pharaos zu entschuldigen.

Khufus Wut schürte das nur noch mehr. »Jeder, der hier noch einen Kotau vor der verfluchten Göttin macht, wird ausgepeitscht und dann hingerichtet.«

Sofort waren die Mädchen wieder auf den Beinen und verbeugten sich nun vor ihrem König.

Khufu wandte sich um und verließ mit großen Schritten den Tempel der Sachmet. Er wollte jetzt nur um seinen Sohn trauern.

Khufu traf Meritates vor dem Totenbett seines Sohnes. Sie schien so in ihre eigene Trauer vertieft, dass sie ihn nicht bemerkte. Er kam langsam näher und legte in einer hilflosen Geste die Hand auf ihre Schulter. Er hatte erwartet, dass sie zusammenzuckte, dass sie vielleicht seine Hand wegstoßen würde, doch sie tat nichts dergleichen. Stattdessen sprach sie mit seltsam klangloser Stimme. »Sie haben uns bestraft. Sie haben uns den Sohn genommen für unsere Vergehen.«

»Ich habe die halbe Nacht gebetet, wie du es wolltest, ich habe versucht Sachmet zu besänftigen.«

Meritates schüttelte den Kopf. »Es ist nicht genug. Für das, was geschah, ist es nicht genug gewesen.«

»Was redest du da? Ich war immer ein guter Diener der Götter.«

»Ja, das warst du. Aber warst du auch ein Diener der Menschen?«

Khufu nahm seine Hand von Meritates' Schulter und wollte gehen. Warum machte ihm diese Frau nur immer Vorwürfe? Wieder einmal spürte er die Distanz zwischen ihnen.

»Ich werde später wiederkommen.«

Meritates schloss die Augen und befragte ihr Herz. Als

Khufu schon auf halbem Weg zur Tür hinaus war, rief sie ihm zu: »Bleib bitte. Lass uns gemeinsam um unseren Sohn trauern.«

Khufu hielt inne und haderte mit sich. Dann kam er zurück und nahm sich einen zweiten Stuhl, den er neben den von Meritates stellte. »Wenn es wirklich dein Wunsch ist.«

Meritates nickte. »Ja, es ist mein Wunsch.«

Langsam ließ Khufu sich neben Meritates nieder und starrte auf den Körper seines Sohnes. Aus einem Verlangen heraus griff er nach ihrer Hand, und sie ließ es geschehen.

Als Pamiu auf dem Weg zum Empfangssaal war, kam ihm Meritates entgegen. Sie musste einige Zeit in ihren Gemächern verbracht haben, denn sie trug ein weißes, sauberes Kleid und hatte ihre Augenschminke erneuern lassen. Nun wirkte sie wieder wie eine Königin, und Pamiu stellte fest, dass er sie das erste Mal mit Respekt betrachtete. Sie blieben voreinander stehen, und er versuchte ein schwaches Lächeln, obwohl er vom Tode des Prinzen bereits gehört hatte. Überall im Palast rauften sich die Klageweiber die Haare und streuten sich Asche aufs Haupt, von der es mittlerweile in Memphis mehr als genug gab.

»Es tut mir Leid um deinen Sohn, Hoheit. Ich kann dir nicht sagen, wie sehr es mich schmerzt – für dich als Mutter, für den Pharao, den ich meinen Freund nenne, und auch für Ägypten, da ihm der Thronfolger genommen wurde.«

Meritates nickte schwach. »Ich danke dir. Sowohl der König als auch Kemet haben den schwersten Verlust erlitten, den es für uns geben kann.« Sie straffte die Schultern. »Ägypten wird um seine Toten trauern, und es scheint, dass es für jeden Einzelnen hier einen Grund dazu gibt. Wir alle haben etwas verloren, das wir geliebt haben. Wie gerne würde ich mit den Toten tauschen, denn für sie gibt es das Leid und den Schmerz nun nicht mehr. Sie werden auferstehen in den Gefilden des Westens und dort glücklich sein. Wir aber müssen nach den neunzig Tagen der Trauer dafür sorgen, dass die Maat wieder Einzug hält.«

Pamiu wunderte sich einmal mehr über die Stärke, die Meritates zeigte. Niemals hätte er geglaubt, dass sie dazu fähig wäre.

»Ich wünsche mir nur eines – in mein Haus zurückzukehren und die Arbeit wieder aufzunehmen. Ich vermag nicht zu trauern, Hoheit, noch nicht.«

»Dann kehre nach Gizeh zurück, und nimm nach der offiziellen Trauerzeit die Arbeit wieder auf. Ein jeder trauert wohl auf seine Art und Weise.«

»Vielleicht kann ich um die Frau, die ich liebte, trauern, wenn ich sie zu Grabe getragen habe.«

Sie blickte auf die noch immer rußgeschwärzten Wandmalereien. »Ja, vielleicht. Ich denke, einem jeden von uns wird ein ganzes Leben lang Zeit dazu bleiben. Die Götter werden uns diese Last nicht vorzeitig abnehmen.«

»Ich habe niemals an die Götter geglaubt, Hoheit. Ich habe an niemand anderen als an mich selbst geglaubt.« Er berührte das Pektorale mit dem Kopf der Bastet, das er wie selbstverständlich immer getragen hatte. »Habe ich einen Fehler begangen?«

Meritates blickte ihn zweifelnd an. »Ich kann dir darauf keine Antwort geben. Ich fürchte, diese Frage musst du selbst zu ergründen zu versuchen … mein Freund.«

Pamiu verbeugte sich zum Zeichen der Anerkennung mit gekreuzten Armen vor Meritates. »Dann darf ich fortan auch dich eine Schwester im Geiste nennen, Hoheit?«

Sie nickte. »Ich würde mich freuen.«

Pamiu verabschiedete sich, denn er wollte so schnell wie

möglich die nötigen Sachen von Antef packen lassen, um nach Gizeh in sein Haus zurückzukehren. Meritates rief ihm jedoch hinterher. »Möchtest du deine Tochter nicht sehen, Oberster Baumeister?«

Pamiu überlegte kurz, dann sagte er: »Es wäre mir die größte Freude, wenn sie fortan deine Tochter wäre und den Namen Hetepheres ta sherit trüge.« Und schon verschwand er hinter einer der großen Türen, die die Frauengemächer von denen der Männer trennten.

Über den Kindergemächern lag ein Hauch der Leichtigkeit. Chamernebti beugte sich neugierig zu der Wiege ihrer neugeborenen Halbschwester hinunter, und Djedefre lag auf einer Decke, die seine Amme für ihn ausgebreitet hatte. Die Kinder schienen mit ihrem leichten Gemüt wenig von der Katastrophe mitbekommen zu haben. Die Große Königliche Gemahlin begrüßte Chamernebti mit einer liebevollen Umarmung, dann warf sie einen Blick auf den schlafenden Säugling.

Chamernebti zog sie am Gürtel ihres Kleides. »Ist das meine neue Schwester?«

Meritates nickte. »Ja, Chamernebti. Ihr Name ist Hetepheres ta sherit.«

Chamernebti zeigte sich zufrieden mit der Auskunft und wandte sich wieder ihrer Puppe zu. Dann ging Meritates zu Djedefre hinüber und nahm ihn auf den Arm. Die Augen des Kleinen lachten sie an, so wie die Augen ihres eigenen Sohnes sie früher angelacht hatten. Freundlich streckte er eine Hand nach den Zöpfen von Meritates' Perücke aus. Ein Gefühl der Wärme breitete sich in ihr aus. »Djedefre«, sprach sie ihn an, obwohl der Kleine ihre Worte noch nicht verstand, »du bist nun die Hoffnung Ägyptens. Du bist nun ebenso mein Sohn wie der des Pharaos.«

Aus seiner Sänfte heraus warf Pamiu einen letzten Blick auf Memphis. Überall waren Männer und Frauen noch immer damit beschäftigt, die Reste des Feuers zu beseitigen. Langsam schien wieder Ruhe in die aufgebrachte Stadt einzukehren. Die Angst und Verzweiflung war einer stillen und hingebungsvollen Trauer gewichen. Memphis bereitete sich geschlossen auf die Trauerzeit vor, und dieses Mal war es etwas Besonderes, denn jeder würde die Trauer des anderen verstehen. Es gab kaum jemanden, der kein Familienmitglied verloren hatte. Selbst die Götterfamilie hatte geliebte Menschen verloren. Er zog den Vorhang der Sänfte zu und legte seine Hand unter das Kinn von Nitokris. Die Katze schloss die Augen, und er fühlte das leise Vibrieren ihres Kehlkopfes, als sie zu schnurren begann. Er hatte beschlossen, Nitokris mitzunehmen, denn sie stellte die letzte Verbindung zu Neferiabet dar. »Vielleicht hütest du die letzten Geheimnisse meiner Geliebten, Nitokris, und weißt Dinge, die ich niemals erfahren werde.«

Nitokris öffnete die Augen und blinzelte ihn an, geheimnisvoll und wissend, so wie nur der Blick einer Katze anmuten konnte.

Ich bin Maat, die Hüterin der Harmonie
Ich bewahre das Gute und Schöne
Und schenke Kemet Reichtum und Glanz
Wo die Feder der Maat Beachtung findet
Dort wird das Glück Einkehr halten

Kapitel 10

Sein Haus hatte sich nicht verändert, und doch erschien es Pamiu nun fremd. Es war, als wäre er lange fort gewesen, obwohl es nur eine kurze Zeit gewesen war. Er hatte Antef eine kleine Mahlzeit für ihn bereiten lassen, doch es war ihm nicht möglich gewesen, sie anzurühren. Stattdessen hatte er den Teller genommen und ihn Nitokris hingestellt, der das reichhaltige Angebot an Nilbarsch mehr zusagte. Nach einem Becher Wein hatte er sich seinen Bauplänen widmen wollen, doch es war ihm nicht gelungen, sich zu konzentrieren, So hatte er die Papyrusrollen bis auf weiteres in einer Truhe verstaut. Pamiu fuhr mit seinen Fingern über das glatt polierte Holz und die exzellent gearbeiteten Elfenbeinintarsien. Ihm fiel ein, dass es eine von den Truhen sein musste, die er bei Kaihap, dem Schreiner, in Auftrag gegeben hatte. Er rief nach Antef.

»Antef, hat der Schreiner bereits die Möbelstücke geliefert, die ich bei ihm in Auftrag gegeben hatte?«

Der Diener nickte. »Ja, Herr, bis auf den Tisch hat er alle Dinge heute Morgen bringen lassen. Er sagte, dass er für den Tisch noch etwas Zeit benötige.«

Pamiu bedankte sich bei Antef und fragte: »Hast du deine Familie aus Memphis kommen lassen?«

»Ja, Herr. Wir alle sind sehr dankbar für deinen Großmut.« Er trat verlegen von einem Fuß auf den anderen, sodass Pamiu ihn fragend anblickte.

»Gibt es noch etwas, Antef?«

Der Diener wusste nicht so recht, wie er sein Anliegen vorbringen sollte. »Herr, mein Bruder ... er hat seine gesamte Familie im Feuer verloren. Er ist Steinmetz und hat in Memphis einen kleinen Handel betrieben. Er fertigte Götterstatuen und andere Gegenstände für die Tempel. Doch die Tempel sind verbrannt, und Memphis benötigt vorerst andere Dinge als Götterstatuen. Ich würde ihn gerne nach Gizeh holen. Er könnte hier gute Arbeit an der Pyramide des Einzig Einen leisten.«

Pamiu überlegte kurz, dann nickte er. »Hol deinen Bruder aus Memphis, und schick ihn zu mir, damit ich mich von seinen Fähigkeiten überzeugen kann. Wenn er wirklich gute Arbeit leistet, dann mag er hier seinen Beruf weiter ausüben.«

Antef verbeugte sich. »Ich danke dir, Herr. Ich bin sicher, du wirst nicht enttäuscht werden.«

Als Antef fort war, plagten Pamiu weiter die Gedanken. Er dachte an Neferiabet, um die er nach wie vor nicht trauern konnte, auch wenn er spürte, dass tief in ihm der Schmerz um sie vorhanden war. Nach einer Weile begann er in seinem Arbeitsraum auf und ab zu laufen. Wieder fiel sein Blick auf die Truhe, die Kaihap ihm angefertigt hatte. Mit einem Mal kam ihm ein Gedanke, der ihn nicht mehr loslassen wollte. Erneut rief er nach Antef und musste auch dieses Mal nicht lange auf das Erscheinen seines Leibdieners warten.

»Antef, ich möchte, dass du auf den Markt gehst und die Tochter des Schreiners suchst. Ihr Name ist Baket-Geb.«

Antef verbarg sein Entsetzen bei dem Gedanken an das schmutzige Mädchen, das sein Herr nun auch noch freiwillig in sein Haus holen wollte, hinter einer Maske aus Ergebenheit und verschwand eilends, um den Auftrag seines Herrn auszuführen. Pamiu blickte hinaus in den Garten seines Hauses. Re bereitete sich zwar bereits darauf vor, in Nuts Mund zu verschwinden, doch die Händler begannen erst um diese

Stunde ihre Waren zu verstauen und ihr Tagewerk zu beenden. Es müsste also noch möglich sein, Baket-Geb anzutreffen.

Als Antef einige Zeit später völlig außer sich zurückkehrte, hatte Pamiu schon ungeduldig auf ihn gewartet. Die fahrige Verbeugung seines Dieners zeigte ihm, dass er sich geärgert hatte.

»Nun, hast du die Tochter des Schreiners gefunden?«

»O ja, das habe ich, Herr, und bitte verzeih mir meinen unverfrorenen Ton, aber ich hoffe, dass die Götter ihr die vorlaute und unverschämte Zunge nehmen.« Antef beruhigte sich etwas und begann zu erzählen. »Ich traf Baket-Geb, wie du es gesagt hattest, auf dem Markt an. Sie war gerade dabei, ihre Waren zu verstauen, und wollte sich auf den Weg zum Haus ihres Vaters machen. Ich sprach sie an und sagte ihr, dass der Oberste Baumeister Pamiu sie zu sehen wünsche und sie deshalb mitkommen müsse. Da blickte dieses schmutzige kleine Ding mich mit einem Gesichtsausdruck an, der nur der Königin selbst zukommt, und teilte mir mit, dass sie ihre Waren hier nicht allein lassen könne und du sie deshalb im Haus ihres Vaters aufsuchen sollst.« Antef rang in einer ausladenden Geste die Hände. »Man stelle sich das einmal vor. Dieses freche Geschöpf sorgt sich um ein paar wertlose Gefäße, die ihr ohnehin niemand abkauft, und widersetzt sich einem Wunsch des Obersten Baumeisters des Einzig Einen.«

Pamiu stand auf und griff nach einem wollenen Umhang, denn mittlerweile war Re von Nut verschlungen worden und durch die Pyramidenstadt fegte ein kalter Wind. Antef beobachtete jede Handbewegung seines Herrn und wagte dann einen Vorstoß.

»Wenn du die Soldaten über ihr ungebührliches Verhalten

in Kenntnis setzen möchtest, so kann ich das für dich tun, Herr.«

Pamiu schüttelte entschlossen den Kopf. »Nein, Antef. Ich habe nichts dergleichen vor. Ich werde mich auf den Weg zum Haus des Schreiners machen.«

In die Augen des Dieners trat Ungläubigkeit. »So lass mich wenigstens die Sänftenträger rufen, damit du nicht zu Fuß gehen musst.«

Aber da war Pamiu schon längst an Antef vorbei.

Pamiu hatte einige Zeit suchen und sich den Weg zu Kaihaps Haus in einer Weinschenke erfragen müssen, doch schließlich stand er vor der Tür der kleinen Arbeiterunterkunft und klopfte. Kaihap selbst öffnete ihm und erschrak, als er Pamiu sah.

»Oberster Baumeister – du hier zu so später Stunde? Hast du etwas an meinen Arbeiten auszusetzen gehabt? Wenn ich nicht zu deiner Zufriedenheit gearbeitet habe, so werde ich dir neue Stücke anfertigen.«

Pamiu schüttelte den Kopf und schob sich an dem verunsicherten Mann ins Haus. »Nein, die Dinge, die du angefertigt hast, sind vorzüglich gearbeitet. Ich bin hier, weil ich zu deiner Tochter will.«

Der Schreiner kratzte sich am Kopf. »Zu Baket-Geb? War sie schon wieder vorlaut? Ich bitte dich um Verzeihung für das Verhalten meiner Tochter. Ihre Gabe hat sie mit der Zeit übermütig gemacht.«

»Gabe? Was meinst du mit Gabe?« Pamiu blickte Kaihap neugierig an.

»Sie hat die Gabe des Sehens, Herr. Die Götter sagen ihr manchmal, was sein wird.«

»Ich muss zu ihr, Kaihap.«

Der Mann nickte beflissen. »Natürlich, Herr. Sie sitzt im Hof und spricht mit der Erde – dieses verrückte kleine Ding.

Ich habe ihr gesagt, dass sie bei einem solchen Sturm lieber im Haus bleiben soll, aber sie sagt, sie sucht die Verbundenheit mit der Erde.« Er schüttelte verständnislos den Kopf. »Geh nur durch den Wohnraum und dann durch die Tür in der linken Ecke. Die führt direkt in den Hof.«

Pamiu bedankte sich und durchquerte schnell Kaihaps ärmliche Behausung. Als er auf den Hof trat, zog er sich sofort wieder den wollenen Mantel enger um die Schultern, denn der Wind war stärker geworden. Er fand Baket-Geb auf dem Boden sitzend, vor sich eine große Schale mit Wasser, in die sie hineinstarrte. Der Wind zeichnete ständig neue Formen auf die Wasseroberfläche. Pamiu ging auf sie zu und sprach sie an.

»Baket-Geb, ist es wahr, dass du die Zukunft sehen kannst?«

Sie ließ sich Zeit, dann hob sie den Kopf und blickte ihn mit ihren seltsamen Augen an. »Oberster Baumeister – also hast du doch den Weg zu mir gefunden. Willst du jetzt vielleicht, dass ich dir deine Zukunft verrate?«

Pamiu schluckte. Warum glaubte er an die Fähigkeiten dieses Mädchens, wenn er bisher sogar die Existenz der Götter bezweifelt hatte?

»Erst sage mir, was du in meinem Haus gesehen hast.«

Baket-Geb musste gegen den lauten Wind ansprechen. »Nur das Unvermeidliche, Oberster Baumeister des Einzig Einen.«

Er bückte sich zu ihr hinab und schrie sie an. »Aber du hättest es verhindern können – das Feuer, das Leid der Menschen, den Tod des Thronfolgers und …«, er machte eine kurze Pause, »… den Tod eines Menschen, der mir sehr nahe stand!«

Ihre Augen funkelten ihn an. »Nein! Du hättest es verhindern können, einzig und allein du hättest den Zorn der Götter abwenden können, wenn du bereit gewesen wärst, auf ihre

Warnungen zu hören. Aber du wolltest es nicht. Du hast ihre Geschenke genommen und es als selbstverständlich angesehen. Du hast ihren Zorn geschürt und wurdest bestraft. Und jetzt bemitleidest du dich selbst.«

Er schüttelte den Kopf. »Ich habe das alles nicht gewollt.«

»Das weiß ich. Aber das ändert nichts mehr. Was geschehen ist, ist geschehen. Es kann nicht mehr rückgängig gemacht werden.«

Pamiu ließ sich ungeachtet seines sauberen Schurzes vor ihr im Sand nieder. »Aber was kann ich tun, um nicht noch einmal einen Fehler zu begehen? Sag es mir.«

Baket-Geb lächelte. »Du willst eine Antwort auf zu viele Fragen. Doch du hast den ersten Schritt schon getan. Du bist hierher gekommen. In dieser einfachen Geste liegt schon ein großer Teil der Antwort auf deine Fragen.«

»Bitte lese mir die Zukunft«, versuchte Pamiu Baket-Geb zu überzeugen, doch sie schüttelte nur den Kopf.

»Nein, Oberster Baumeister, denn nun musst du selbst erkennen und eine Entscheidung treffen. Nur wenn dir das gelingt, wird dein Ka Frieden finden.«

Ehe er ihr noch eine weitere Frage stellen konnte, hatte sich Baket-Geb schon wieder in ihre Schale vertieft, in der sie etwas zu sehen schien, was für ihn nicht erkennbar war. Er stand auf und ging langsam zurück ins Haus, während er versuchte Baket-Gebs Orakel zu deuten.

Antef gab seinem Bruder einen Stoß, damit er sich vor seinem Herrn verbeugte. Der junge Mann war schüchtern, sein Fuß war bisher nur mit Lehmböden in Berührung gekommen. Eine Ausnahme bildeten da lediglich die Vorhöfe der Tempel, in denen er seine Waren abgeliefert hatte. Der schön gearbeitete Steinboden im Haus des Obersten Baumeisters des Einzig Einen wirkte auf ihn wie ein Wunder. Vorsichtig trat er vor den Schreibtisch des Mannes, dem die Götter, wie er meinte, ein besonders schönes Antlitz geschenkt hatten. Pamius Augen beobachteten ihn, was ihn nur noch mehr verunsicherte. Dann gab der Baumeister Antef einen Wink, dass er entlassen sei.

»Wie ist dein Name?«

»Ptah-Nefer«, antwortete der junge Mann zurückhaltend.

»Dein Bruder berichtete mir, dass deine Arbeiten exzellent genug seien, um an der Pyramide des Einzig Einen Beachtung zu finden.«

Eifrig bemühte sich Ptah-Nefer um ein überzeugendes Nicken. »Ich habe die großen Tempel von Memphis beliefert, Herr. Ich habe auch ein paar meiner kleineren Arbeiten mitgebracht, damit du dich selbst überzeugen kannst, dass sie gut genug für das Haus des Pharaos sind.«

Pamiu hob die Hand, um ihm Einhalt zu gebieten. »Ich möchte, dass du etwas Neues anfertigst, Ptah-Nefer. Wenn es dir gelingt, das, was ich möchte, herzustellen, sollst du eine entlohnte Arbeit in der Pyramidenstadt haben.«

Ptah-Nefer verbeugte sich zum Zeichen seines Einverständnisses. »Ich kann dir fertigen, was immer du begehrst, Herr.«

»Nun gut, wir werden sehen. Ich möchte, dass du eine steinerne Platte bearbeitest, eine Grabplatte für eine Königin. Die Farben sollen einzigartig und die Ausführung der Handarbeit besser als alles je Dagewesene sein.«

Ptah-Nefer hatte aufmerksam zugehört und ließ vor seinem inneren Auge ein erstes Bild entstehen.

»Die Königin soll das Leopardenfell der Priesterin tragen, und vor ihr soll ein reich gefüllter Opfertisch stehen, der alles enthält, was sie im jenseitigen Leben benötigen wird.«

Der Steinmetz nickte. »Ich werde dir die schönste Grabplatte fertigen, die du je gesehen hast, Herr. Aber welchen

Namen soll ich darauf anbringen, damit die Götter die Königin in ihrem neuen Leben auch finden werden?«

Pamiu seufzte und lehnte sich zurück. »Der Name der Königin ist Neferiabet – die Schöne aus dem Osten.«

Die neunzig Tage der Trauerzeit waren vergangen, ohne dass Pamiu einen klaren Gedanken hätte fassen können. Immer wieder hatte er die Bauzeichnungen hervorgeholt und versucht an ihnen zu arbeiten. Noch ruhte die Arbeit an Khufus Pyramide, doch schon bald sollte sie wieder aufgenommen werden, und er fühlte sich, als hätte er alle seine Fähigkeiten verloren. In ein paar Stunden erwartete Pamiu Khufu und Meritates in seinem Haus. Die Diener waren schon seit Tagen damit beschäftigt, den großen Nordflügel für die Götterfamilie herzurichten, die Pamiu für die Zeit der Begräbnisriten hier zu Gast haben würde.

Als Pamiu gerade gehen wollte, um ein Bad zu nehmen, kam Antef ihm eilig entgegengelaufen. »Herr, ich habe soeben von einem Boten die Nachricht erhalten, dass das Königspaar in weniger als einer Stunde hier eintreffen wird.«

Pamiu sandte ein paar Flüche aus. Er hatte sich vor ihrer Ankunft noch erfrischen wollen. Den ganzen Morgen hatte er über den Bauzeichnungen gebrütet und sich dafür weder schminken noch herrichten lassen. »Ist alles bereit für das Eintreffen des Königspaares?«

Antef nickte. »Es ist alles vorbereitet, und die Räume sind hergerichtet worden.«

»Nun gut, dann werde ich mich mit meinem Bad wohl beeilen müssen.«

Khufu umarmte Pamiu fest. »Ich freue mich, dich zu sehen, mein Freund. Auch wenn wir uns unter traurigen Umständen wiedersehen, so tut es doch gut.«

Pamiu erwiderte Khufus Umarmung. »Mögen die Geschicke Ägyptens wieder von Maat geleitet werden, wenn wir unsere geliebten Toten angemessen ins Jenseits geführt haben.«

Dann verbeugte er sich vor Meritates. »Ich freue mich, auch dich in meinem bescheidenen Heim begrüßen zu dürfen, Hoheit. Ich hoffe, deine Geschicke waren trotz deiner großen Trauer von etwas Glück erfüllt.«

Sie lächelte ihn an, jedoch ohne ein besonderes Zeichen ihres neuen Verständnisses füreinander. »Ich danke dir für deine freundlichen Worte, Oberster Baumeister meines Gemahls.«

Als sie das Haus betreten hatten, führte Pamiu Khufu in sein Arbeitszimmer. Meritates war den Dienern gefolgt. Sie wollte sichergehen, dass ihre Truhen unverzüglich in die ihr zugewiesenen Räume gebracht wurden.

Pamiu amüsierte sich über diese typisch weibliche Eigenschaft der Königin. Eine Frau vertraute niemals ihren Dienern, sondern überwachte ihr gesamtes Reisegepäck lieber selbst. Er schenkte Khufu und sich einen Becher kühlen und süßen Oasenwein ein.

»Nun, da die Ohren der Diener uns nicht mehr hören können, erzähl mir, wie es in Memphis aussieht.«

Khufu seufzte. »Die schlimmsten Rückstände des Unglücks sind beseitigt worden, die Tempel und Häuser, die dem Feuer anheim fielen, werden langsam wieder errichtet. Was wir nun noch tun können, ist beten, damit Isis' Tränen in diesem Jahr besonders lange fließen. Wenn die Nilschwemme gut ist, wird Ägypten nicht hungern.«

»Es gäbe noch immer die Möglichkeit, die Hälfte der Pyramidenarbeiter zur künstlichen Bewässerung auf die Felder zu schicken.«

Khufu knallte seinen Becher auf den Tisch. »Nein! Ich

habe dir gesagt, dass ich dem nicht zustimme. Die Götter erwarten, dass ich ihr Bauwerk vollende. Es entsteht zu ihren Ehren, und sie würden mir zürnen, wenn ich es vernachlässige.«

Denkst du wirklich an den Ruhm der Götter oder vielleicht doch mehr an deinen eigenen?, dachte Pamiu im Stillen, doch natürlich schwieg er. »Dann solltest du viele Opfer für Isis bringen, damit sie genug Tränen hat.«

Khufu trat hinaus in den Garten, und Pamiu folgte ihm. »Meritates ist Priesterin der Isis. Sie wird bei der Göttin um eine gute Nilschwemme bitten. Bis dahin wird das Volk aus den Kornspeichern der einzelnen Provinzen beliefert.« Er wandte sich um, und plötzlich bemerkte Pamiu einen milden Zug im Gesicht seines Freundes. »Ich habe in den Tagen der Trauer wieder Wärme für Meritates empfinden können. Sie scheint weicher geworden zu sein. Sie erzürnt mich nicht mehr wie früher durch ihre bloße Anwesenheit. Vielleicht werden wir wieder zueinander finden.«

Pamiu wusste natürlich, was Khufu meinte, hütete sich aber, seinem launischen Freund etwas von seinen Gesprächen mit Meritates zu erzählen. Stattdessen legte er Khufu eine Hand auf die Schulter. »Das freut mich wirklich für dich, mein Prinz.«

»Ja«, sinnierte Khufu, »wenn die Toten ruhen, wird eine neue Zeit über Kemet einbrechen.«

An diesem Abend fand Pamiu keinen Schlaf. Am nächsten Tag sollte die Begräbniszeremonie des Kronprinzen stattfinden. Der Begräbniszug war kurze Zeit nach dem Königspaar in Gizeh eingetroffen und überstieg das Maß an Opulenz, das Pamiu erwartet hatte. Khufu hatte es an nichts fehlen lassen, sodass Pamiu sich fragte, wie die vielen Grabbeigaben in dem vergleichsweise kleinen Grab des Prinzen untergebracht werden sollten. In dem prunkvollen Begräbniszug des Prinzen war Neferiabets Eskorte fast vollkommen untergegangen. Khufu hatte ihr nur das Nötigste für ihr Leben im Schönen Westen bereitstellen lassen. Pamiu erhob sich von seinem Ruhebett und ließ seine Hand über Nitokris' weiches Fell gleiten, die neben ihm lag. Dann wickelte er sich seinen Schurz vom Vortag um und schenkte sich einen Becher Wein ein. Gerade als er ihn ansetzen wollte, vernahm er Geräusche vor seiner Tür. In seinem Haus hatte er keine Wachen postiert, weil er hier niemanden fürchtete. Trotzdem griff er nach seinem Dolch und schlich zur Tür. Dann hörte er ein leises Klopfen. Er beruhigte sich etwas und öffnete die Tür. Vor ihm stand Meritates. Anscheinend hatte sie auf den Moment gewartet, da alle schliefen und es im Hause ruhig war, denn sie war angekleidet wie am Tag zuvor.

»Hoheit, was tust du hier zu so später Stunde?«

Meritates schlüpfte an ihm vorbei in den Raum. »Ich muss mit dir reden, Pamiu. Das kann ich nicht tun, wenn mein Brudergemahl anwesend ist. Das Gespräch muss unter uns bleiben.«

Pamiu schloss die Tür hinter ihr und bot ihr einen Stuhl und einen Becher Wein an.

»Was belastet dein Ka, Hoheit?«

»Ich fürchte um das Wohl Ägyptens. Khufu ist nicht bereit, zusätzliche Arbeiter für die Bewässerung der Felder einzuteilen. Er sieht die Gefahr einer Hungersnot nicht.«

Pamiu blickte nachdenklich in das besorgte Gesicht der Königin. »Ja, das ist wahr. Auch ich habe schon versucht ihn dazu zu bewegen, aber er ist durch nichts und niemanden umzustimmen. Er geht ein hohes Sicherheitsrisiko ein.«

»So hast du es also auch schon versucht? Ich hatte gehofft, dich dafür gewinnen zu können, mit ihm zu reden.« Meritates stand auf und begann nervös im Raum auf und ab zu gehen. »Ich sorge mich wirklich. Khufu will Djedefre nicht als Thronfolger anerkennen, er hört nicht auf seine Berater und nicht auf die Priester. Auch ich habe diesen Männern stets misstraut, doch das erste Mal sind sie sich sogar untereinander einig. Nur mein Gemahl scheint für die neue drohende Gefahr blind und taub zu sein. Ich fürchte jedoch, dass die Götter uns noch immer nicht gut gesonnen sind.«

»Ich werde überlegen, was ich tun kann, um den Pharao umzustimmen, aber ich sehe kaum eine Möglichkeit.«

Meritates begab sich zur Tür. »Ich danke dir, Pamiu. Die Maat muss wiederhergestellt werden. Der Pharao muss doch verstehen, dass nur er dazu beitragen kann.«

Pamiu hatte sich allein auf den Weg in die Wüste gemacht. Lediglich zwei Fackelträger begleiteten ihn, als er eine der kleinen Pyramiden betrat, die sich um Khufus unvollendetes Meisterwerk herum gruppierten. Er hatte die Fackelträger angewiesen, vor dem Grabmal auf ihn zu warten, und stieg nun den engen Gang zur Grabkammer hinab. Die Fackel tauchte die Wände in ein warmes Licht, und Pamiu betrachtete im Vorbeigehen die Opferszenen, die überall dargestellt waren. Das Grab selbst war zwar klein, aber die Steinmetze hatten sich große Mühe gegeben. Schließlich erreichte er die bescheidene Grabkammer mit dem Sarkophag aus Rosengranit. Der Raum war schmucklos, lediglich der erst kürzlich hineingetragene Steinsarkophag enthielt einen Hinweis auf die Besitzerin des Grabes. Er trug die Kartusche von Neferiabet. Pamiu wusste, dass er während und nach der Begräbniszeremonie keine Möglichkeit mehr haben würde, das Grab zu betreten, deshalb war er heute Nacht hierher gekommen. Er steckte die mitgebrachte Fackel in eine Wandhalterung und entfernte zwei lockere Bodenplatten. Er selbst hatte die kleine Pyramide, eine der vier Königinnenpyramiden, für die

Grablegung vorbereiten lassen, und so war es leicht gewesen, dieses Geheimversteck mit einzurichten. Unter den Bodenplatten befand sich ein etwa ein mal ein Meter großer Hohlraum, in den er die Opferplatte gelegt hatte, die Ptah-Nefer ihm angefertigt hatte. Noch einmal betrachtete er die schön ausgeführten Malereien und die leuchtenden Farben. Ptah-Nefer hatte nicht zu viel versprochen, er würde an der Pyramide des Pharaos die Innenarbeiten ausführen dürfen. Wie kaum ein anderer besaß der junge Mann die Gabe, dem Stein Leben und Schönheit zu schenken. Er zwang sich, seinen Blick von Neferiabets Bildnis abzuwenden, die im Gewand einer Lebenden vor dem Opfertisch saß. Dann begann er seine Arbeit. Er legte die Bodenplatten wieder zurück an ihre Ursprungsposition und verteilte sorgfältig Sand in den Fugen. Schließlich griff er nach einem mitgebrachten Wasserschlauch und goss Wasser über die Platten. Er verbeugte sich viermal in alle Himmelsrichtungen und beschloss die kleine Kulthandlung, indem er sich eine Locke seines Haares abschnitt und sie in den Sarkophag legte.

»Mögest du mir verzeihen, dass ich keine Tränen für dich finden kann. Mögest du mir verzeihen, dass ich dich verraten habe. Mein Ka sehnte sich nach dir, doch es ist ruhelos.«

Pamiu griff nach der Fackel und sah sich noch einmal in der kleinen Grabkammer um. Dann nahm er Abschied und ging den Weg zurück in die Wüstennacht.

Als das Königspaar nach der Beendigung der Begräbniszeremonie wieder in die helle Sonne hinaustrat, wirkte vor allem Meritates blass. Sie zuckte zusammen, als die Arbeiter damit begannen, das Grab ihres Sohnes Stein um Stein zuzumauern. Khufu schien gefasster als seine Königin, und so gab er schnell das Zeichen zum Aufbruch. Meritates gelang es derweil kaum, den Blick von der Grabstätte abzuwenden. Khufu musste sie leicht anstoßen, damit sie ihre Fassung wiedergewann. Neferiabet war schon Stunden vor der Begräbniszeremonie für Kawab von den Priestern in ihr neues Heim gebracht worden. Khufu hatte angeordnet, dass die Aufmerksamkeit allein dem Kronprinzen zu gelten habe.

Als sie zu Pamius Anwesen zurückkehrten und den reich gedeckten Bankettisch vorfanden, hatte niemand großen Hunger. Meritates starrte auf ihr Gedeck, und Khufu begnügte sich wie so oft mit Oasenwein, von dem er allerdings reichlich trank. Nach einer Weile zeigte der Wein Wirkung, und Khufus Bedrücktheit wich übermäßiger Redseligkeit.

»Dies war ein trauriger Tag für uns alle Pamiu. Doch ich spüre, dass nun alles wieder seinen geordneten Gang gehen wird, wie ich es vorausgesagt habe.«

Pamiu hatte eigentlich keine Lust auf eine solche Unterhaltung, aber der Höflichkeit halber ging er auf Khufu ein. »Dann hast du also schon Pläne, mein Prinz?«

Khufu nickte beflissen, ohne dabei auf Meritates zu achten, die stumm über die Reihen der Gäste starrte. »Ich werde Henutsen zur Königin machen. Zwei Königinnen sind ein Garant für einen Thronfolger.« Er wandte sich zuversichtlich zu Meritates um und wollte nach ihrer Hand greifen, die sie ihm jedoch verweigerte. Pamiu spürte einen Sturm aufkommen, denn von Khufus Gesicht verschwand sofort sämtliche Gelöstheit. »Warum tust du das nur immer wieder? Ich hatte gehofft, es würde besser werden.«

Meritates blickte ihn unglücklich an. »Ja, das hatte ich auch gehofft. Doch du hast dich nicht verändert. Heute habe ich meinen Sohn zu Grabe getragen, und du denkst an einen neuen Thronfolger.«

Seine Miene drückte Verständnislosigkeit aus. »Aber Ägypten braucht einen neuen Thronerben, Meritates. Das weißt du ebenso gut wie ich.«

Ohne Vorwarnung stand Meritates auf und schleuderte ihm ihren gefüllten Becher entgegen. »Ägypten hat einen Thronfolger!«, fuhr sie ihn an, dann lief sie einfach aus dem Bankettsaal.

Pamiu bemerkte, dass einige der Gäste das Geschehen mitverfolgt hatten und tuschelten. Auch Khufu war das nicht verborgen geblieben. Er stand auf und gab Pamiu ein Zeichen, ihm zu folgen.

»Das hätte sie nicht tun dürfen, bei den Göttern, ich kann das nicht dulden.«

Pamiu versuchte seinen Freund zu beruhigen. »Der Tag war schwer für sie, vielleicht solltest du es ihr nachsehen.«

»Was ist nur mit euch allen passiert? Seit wann nimmst du sie in Schutz, Pamiu? Früher habt ihr euch noch nicht einmal eines Blickes gewürdigt, und nun verteidigst du sie.«

Sie hatten sich in Khufus private Räume zurückgezogen, die er zurzeit in Pamius Haus bewohnte. Sofort beim Eintreffen hatte Khufu wieder zum Weinbecher gegriffen. Pamiu hätte dem Pharao am liebsten den Becher aus der Hand genommen, doch natürlich durfte er das nicht.

»Die Gäste haben alles gesehen. Kannst du mir sagen, was ich nun tun soll? Ich will und darf ihr Verhalten nicht einfach so hinnehmen.«

Pamiu spürte, dass er sich in Gefahr begab, wenn er weiter Gegenargumente vorbrachte, und so schwieg er.

»Ich werde Henutsen zur Königin machen. Das wird an Meritates Stellung als Große Königliche Gemahlin nichts ändern. Ich habe Frauen nie verstanden. Sie muss doch einsehen, dass wir an Ägypten denken müssen. Sollte sie mir einen weiteren Sohn schenken, wird er der Thronfolger sein.«

Khufu seufzte und schenkte sich wieder Wein nach. Pamiu überlegte, ob es einen Sinn hatte, ihm erneut gut zuzureden;

er hatte es Meritates versprochen. »Immerhin hast du noch einen Prinzen aus königlichem Geblüt.«

»Du sprichst von Djedefre? Du weißt ganz genau, dass ich ihn niemals zum Thronfolger ernennen werde.«

Pamiu beschloss, gegen alle Vernunft noch einmal zu versuchen seinen Freund zu überzeugen. »Mein Prinz, du weißt, ich bin dein Freund. Aber ich bin nach wie vor der Meinung, dass Ägypten zurzeit andere Probleme hat als die Zeugung eines Thronerben. Du bist jung genug, um noch viele Söhne zu haben. Wenn die Ernte dieses Jahr jedoch ausbleibt, wird es eine Hungersnot geben.«

Khufu erhob sich und blickte Pamiu kalt an. »Ich habe dir gesagt, dass ich davon nichts mehr hören will. Ich bin stets großzügig zu dir gewesen. Warum nur wendest du dich gegen mich? Ich sage es dir ein letztes Mal. Solltest du noch mal mit diesem Anliegen vor mich treten, ist unsere Freundschaft beendet.«

Mit diesen Worten beschloss Khufu das Gespräch und wies Pamiu mit einer deutlichen Geste die Tür.

Auf dem Weg zurück in den Bankettsaal sagte sich Pamiu, dass der Pharao die Drohung ernst gemeint hatte. Er konnte sich nicht erinnern, dass Khufu ihm jemals aus seinen Augen verwiesen hatte. Gegen jegliche Vernunft hatte er es versucht, hatte sein Versprechen der Großen Königlichen Gemahlin gegenüber eingelöst. Selbst er vermochte es nicht, den Pharao umzustimmen. Als er den Bankettsaal betrat, bemühte er sich um ein Lächeln, denn die Gäste sollten nicht noch eine Gelegenheit zum Klatsch finden. Der Umstand, dass das Königspaar an diesem Abend nicht mehr erscheinen würde, gab ihnen ohnehin schon Grund dafür. Pamiu ließ sich von einer Sklavin ein neues Gedeck auftragen und aß ohne große Lust. Aber wer wusste schon, wie lange Ägypten noch von einem reich gedeckten Tisch würde speisen können?

Als Pamiu am nächsten Morgen seine Räume verließ, eilten schon Diener und Sklaven durch das ganze Haus. Sie trugen Truhen oder waren damit beschäftigt, diese noch zu füllen. Pamiu suchte sich seinen Weg durch das heillose Durcheinander zu den Gemächern des Pharaos. Die Türen standen weit offen, und auch hier waren Diener damit beschäftigt, Khufus persönliche Sachen zu packen. Pamiu winkte einen der Diener herbei. Der Mann ließ sofort von seiner Arbeit ab und kam zu ihm herüber.

»Ich wusste nicht, dass der Pharao schon heute beabsichtigt, zum Palast zurückzukehren.«

»Der Einzig Eine hat sich dazu entschieden, noch bevor Re am Himmel stand. Er und die Königin sind schon abgereist.«

Der Mann wartete auf weitere Fragen, doch Pamiu nickte nur und entließ ihn. Also hegte Khufu wirklich Groll gegen ihn. Er war gegangen, ohne sich von ihm zu verabschieden. Pamiu ließ die Diener ihre Arbeit tun und schloss sich den gesamten Tag in seinem Arbeitszimmer ein. Gegen Nachmittag kehrte Ruhe in sein Haus ein. Die letzten Diener des Königspaares waren fort. Er griff nach den Bauzeichnungen und begann unkonzentriert ein paar Verbesserungen und neue statische Berechnungen vorzunehmen. Irgendwann legte er die Rollen beiseite und starrte ins Leere. Er hatte das Gefühl, dass alles aus den Fugen geriet und ihm weiterhin auch nichts gelang, was er in Angriff nahm.

Ich bin Pharao,
der lebende Gott der Millionen Jahre

Ich errichte dir ein Bauwerk,
welches größer und schöner ist
als alles je Dagewesene
Zum Ruhme der Götter soll es erstrahlen
Und daran erinnern,
dass ich ihr eifrigster Diener war,
als Kemet in meiner Hand lag

Kapitel 11

Ein Jahr war vergangen, seit Pamiu seinen Freund gesehen hatte. Khufus unvermitteltem Aufbruch aus seinem Haus nach der Grablegung des Kronprinzen war kein weiterer Besuch gefolgt, und auch Pamiu hatte Memphis gemieden. Er hätte nicht gewusst, mit welchen Worten er Khufu hätte gegenübertreten sollen, denn alles hatte sich verändert. Die Gebete um eine gute Ernte waren nicht erhört worden, Isis hatte weniger Tränen vergossen als in den Jahren zuvor, und so war die Nilschwemme gering geblieben. War Pamiu früher zur Inspektion der Baustelle gegangen, um sich von den Fortschritten und der gewissenhaften Ausführung der Arbeiten zu überzeugen, so tat er dies mittlerweile nur noch, um die Arbeiter zu vertrösten. Die Essensrationen der Männer waren gekürzt worden, sie hatten Hunger, und die Freude an der Arbeit war einem unterschwelligen Groll auf den Pharao und auch auf ihn, Pamiu, gewichen. Erst gestern waren die Vorarbeiter wieder vor ihn getreten und hatten sich über die unzureichende Versorgung beschwert. Pamiu gelang es immer seltener, sie zu beruhigen und zu vertrösten.

Die Arbeiten an Khufus Bauwerk gingen nur schleppend voran, viele der Männer waren krank geworden. Sie litten entweder unter der schlechten Versorgung oder wurden von Krankheiten dahingerafft. Der Unmut stieg, und diese Wendung betraf nicht nur die Pyramidenstadt in Gizeh. Auch Antef wusste von der Wut der Menschen zu berichten. Seine Familie, die sich in Memphis wieder ein notdürftiges Heim geschaffen hatte, berichtete von Unruhen in der Stadt. Khufu hatte die Zahl der Soldaten rund um den Palast verdoppeln lassen, die königliche Familie erschien nur noch selten vor den Augen des Volkes.

Nachrichten aus dem Palast drangen nur spärlich an die Ohren der Menschen. Wenn man den Gerüchten Glauben schenken durfte, so hatte der Pharao tatsächlich seine Schwester Henutsen zur Königin gemacht. Auch ein Sohn, den Khufu Chefren nannte, war dieser Verbindung bereits entsprungen. War es früher Tradition gewesen, die Geburt eines neues Prinzen mit dem Volk zu feiern und zu einem solchen Festtag Bier und Brot zu verteilen, so drang mittlerweile kaum noch etwas als offizielle Verkündigung durch die Palastmauern, und es gab keine Feste mehr. Alles, was aus dem Palast bekannt wurde, verdankte man redseligen Dienern oder Höflingen, die dort verkehrten. So ging auch das Gerücht um, dass es Khufu und seinem Hofstaat weiterhin an nichts fehlte, eine Tatsache, die das Volk noch mehr erzürnte. Pamiu glaubte diesen Gerüchten nur allzu gerne, denn auch seine Güterlisten, die er regelmäßig an den Palast sandte, wurden weder gekürzt noch traten Verzögerungen bei den Lieferungen ein.

Während Pamiu sich im Garten seines Anwesens im kühlen Wasser des Badeteiches erfrischte, kam Antef eilig auf ihn zugelaufen. Als er endlich vor ihm stand, konnte Pamiu sehen, dass sein Diener in heller Aufregung war. Ohne Anstalten zu machen, aus dem Teich herauszukommen, erteilte Pamiu ihm die Erlaubnis zu sprechen.

»Herr, vor dem Haus wartet eine Frau. Sie lässt sich nicht abweisen, behauptet, die Frau eines Arbeiters zu sein, der krank sei. Sie hat auch einen Säugling dabei. Er scheint mir ebenfalls nicht gesund zu sein. Mit Verlaub, Herr, bitte erteile mir die Erlaubnis, sie gewaltsam fortbringen zu lassen, denn ich habe gehört, dass in der Stadt der Arbeiter eine gefährliche Krankheit ausgebrochen ist. Die Betroffenen können weder ihren Stuhl noch ihr Wasser halten und sterben.«

Pamiu gab Antef ein Zeichen, ihm seinen Schurz zu reichen, und stieg aus dem Wasser.

»Wenn das wirklich wahr ist, Antef, dann muss ich mehr darüber erfahren, um einen Brief an den Palast zu schreiben.«

Antef folgte Pamiu ins Haus, weiterhin bemüht, ihn von seinem Vorhaben abzuhalten. »Herr, es steht mir nicht zu, das zu sagen, aber glaubst du wirklich, dass der Palast deine Bitte anhört? Der Pharao hat sein Herz und seine Augen vor dem Leid seines Volkes verschlossen.«

Doch Pamiu war schon in der großen Empfangshalle und bedeutete einem weiteren Diener, die Tür zu öffnen. Draußen wartete wirklich eine junge Frau, die ihren Säugling zu stillen versuchte. Das Kind schien lethargisch, selbst sein Wimmern war leise und schwach. Die Wangen der Frau waren hohl und eingefallen, man sah, dass auch sie Hunger litt. Pamiu erschrak beim Anblick der beiden.

»Mein Diener sagte mir, dass du mich zu sprechen wünschst.«

Die Frau nickte müde. »Ich weiß keinen Ausweg mehr, mein Mann ist krank, alle in meiner Familie sind krank, wir haben nichts zu essen außer ein paar Reste schimmligen Brotes und eine Hand voll Linsen am Tag.«

Pamiu ließ die Frau eintreten und fühlte sich angesichts seines eigenen Wohlstands mit einem Male nicht gut.

»Ich lasse dir etwas zu essen bringen«, sagte er aus seiner Ratlosigkeit heraus. Die Frau blickte sich verstohlen in der Halle um. »Wie ist dein Name?«

»Isis«, antwortete sie schnell und bekam große Augen, als der Diener mit einem Teller Linsengemüse und Entenfleisch zurückkam. Sie setzte sich, wo sie war, auf den Boden und begann zu essen. Ab und an versuchte sie ihrem Säugling etwas in den Mund zu schieben, doch der Kleine besaß noch nicht einmal Zähne, mit denen er etwas hätte kauen können.

»Warum bist du nun hier, Isis?« Pamiu hatte sich einen Stuhl bringen lassen, denn die Angst vor einer Ansteckung mit der scheinbar unheilbaren Krankheit hielt ihn nun doch davon ab, sie in das Innere seines Hauses mitzunehmen. Auch hielt er einen größeren Abstand zu Isis, was diese jedoch nicht zu bemerken schien.

»Du musst uns helfen, Oberster Baumeister des Einzig Einen. Die Stadt der Arbeiter wird zum Grab für uns, unsere Kinder verhungern, unsere Männer sind zu schwach zum Arbeiten, aber der Pharao hört unser Flehen nicht. Jeder weiß, dass du ein Freund des Einzig Einen bist – sein bester sogar.« Sie blickte ihn jetzt mit hoffnungsvollen Augen an. »Geh nach Memphis und bitte für uns. Sonst werden wir alle sterben.«

»Warum glaubst du, dass der Pharao gerade auf mich hören sollte, wenn er noch nicht einmal auf seine Berater hört?«

Isis stand auf und wischte sich die Hände an ihrem schmutzigen Leinenkleid ab. »Weil wir, wenn du es nicht tust, alle verloren sind. Bitte hilf uns, Oberster Baumeister.«

Pamiu erhob sich ebenfalls. »Du bist eine mutige Frau, Isis.«

Sie schüttelte den Kopf. »Nein, Herr, ich bin nicht mutig, nur verzweifelt. Du magst mich sogar auspeitschen lassen für meine Unverschämtheit, dich zu belästigen, aber all das ist mir mittlerweile fast egal.«

Pamiu blickte in die Augen von Isis und konnte die Verzweiflung darin sehen. »Du wirst nicht sterben, Isis, und die anderen auch nicht, das verspreche ich euch.«

Als Isis weg war, kam Antef sofort mit einer Fingerschale herbeigelaufen. »Wasch dir bitte die Hände, Herr, und nimm ein Bad, damit du nicht krank wirst.«

Geistesabwesend tauchte Pamiu die Finger in die silberne Schale und ließ sich von Antef die Hände mit einem Leinentuch abtrocknen.

»Antef, ist es wirklich so schlimm, wie diese Frau sagt?«

Er nickte, ohne ihn anzuschauen. »Ja, Herr, bei den Göttern, die Frau hat die Wahrheit gesprochen.«

In diesem Moment fasste Pamiu einen Entschluss. »Sind meine Vorratskeller gefüllt, Antef?«

Wieder nickte der Diener. »Dir wird es an nichts fehlen, Herr.«

»Dann nimm von allem, was wir haben, je die Hälfte und sorge dafür, dass die Arbeiter und ihre Familien das Nötigste erhalten.«

Antef ließ die Silberschale fallen und starrte Pamiu an. »Herr, ganz Ägypten hungert. Wir müssen die Vorräte gut einteilen. Du kannst sie nicht weggeben.«

»Ich vermag meine Augen nicht mehr vor Kemets Leid zu verschließen, Antef. Ich werde nach Memphis gehen und versuchen den Pharao zu sehen. Er muss seinem Volk helfen.«

Antef stellte sich Pamiu in einer flehenden Haltung in den Weg. »Herr, wenn du das tust, riskierst du wirklich alles zu verlieren, was du hast. Bei den Göttern, hör auf mich und verschließ die Augen. Nur das kann dich durch diese schwere Zeit bringen.«

Pamiu legte ihm die Hand auf die Schulter. Mittlerweile verband ihn mit Antef fast so etwas wie eine ungleiche Freundschaft. »Aber ich kann mein Ka dadurch nicht retten, Antef. Also geh und pack meine Sachen, damit ich bald nach Memphis reisen kann.«

Pamiu war entsetzt über die Veränderungen in Memphis. Zwar war er darauf vorbereitet gewesen, nicht mehr die Stadt seiner Jugend vorzufinden, doch das Bild, das sich ihm bot, überstieg seine Befürchtungen. Überall traf man auf bettelnde Menschen und nackte Kinder mit aufgeblähten Bäuchen, und überall gab es Soldaten, die die Hungernden von den großen Hauptstraßen vertrieben und vom Palast fernhielten. Diejenigen, die noch etwas hatten, ließen ihre Häuser ebenso gut bewachen wie der Pharao seinen Palast.

Pamiu blickte in leere Augen und hoffnungslose Gesichter. Vor den Tempeln bildeten sich zu jeder Tageszeit Menschentrauben, die auf eine warme Mahlzeit warteten. Die Tempel verteilten zwar Essensrationen, doch es bekamen nur diejenigen etwas ab, die noch stark genug waren, sich ihren Weg bis nach vorne zum großen Tempelportal freizukämpfen. Pamiu hatte über den Markt von Memphis gehen wollen, doch er musste einsehen, dass es besser war, sich fernzuhalten, denn dort wurden diejenigen, bei denen man Besitz und Reichtum vermutete, mit verhaltenem Zorn und leisen Flüchen empfangen. Memphis war ein Pfuhl für Diebe und Gauner geworden, die ihre Geschäfte hinter verschlossenen Türen abwickelten, und ein Ort des Elends, in dem das Sinnen und Trachten der Menschen einzig und allein darin lag, sich eine warme Mahlzeit zu verschaffen. Die Viertel der Reichen waren für die Armen nicht mehr zugänglich, die Reichen ihrerseits ließen sich in den Armenvierteln nicht mehr blicken.

Am Palasttor erkannte man Pamiu nicht mehr. Ein unfreundlicher Wachsoldat ließ sich seinen Siegelring und das Pektorale mit den Amtsinsignien zeigen. Erst nach genauester Überprüfung wurde er vorgelassen, jedoch sofort von einem Palastdiener in Empfang genommen. Zumindest dieser Mann schien ihn noch zu kennen. Er sah ihn verwundert an.

»Du warst schon lange nicht mehr hier, nicht wahr? Sonst hätte ich dein Gesicht besser in Erinnerung. So aber ist es nur ein vager Schatten, der mir sagt, dass du der bist, für den du dich ausgibst.«

Pamiu blickte sich in der Vorhalle um. Es gab weniger Diener als früher, oder aber sie hielten sich im Innern des Palastes auf. Er wandte seine Aufmerksamkeit wieder dem Diener zu. »Ich möchte den Pharao sprechen.«

Der Mann kicherte unverschämt. »Oh, wer will das nicht? Aber folge mir, Oberster Baumeister. Vielleicht ist der König ja heute bei guter Laune, und er empfängt Besucher.«

Pamiu fand das Verhalten des Mannes merkwürdig und hätte ihn gerne in seine Schranken verwiesen, doch angesichts der sich bietenden Situation ging er nur schweigend hinter ihm her. Vor dem großen Empfangssaal blieben sie stehen, und der Diener bedeutete ihm zu warten, während er hinter der Tür verschwand. Als er nach kurzer Zeit wieder erschien, gab er Pamiu ein Zeichen, dass er eintreten dürfe. »Du hast Glück. Der Einzig Eine ist noch nicht erwacht, aber die Große Königliche Gemahlin will dich empfangen.«

Pamiu stutzte erneut. Es war später Nachmittag. Sein Freund war stets früh am Morgen aufgestanden, oft noch, bevor Re am Horizont erschien. Er ließ den unverschämten Diener zurück und trat durch die Tür.

Als Meritates ihn sah, schickte sie ihren Schreiber und den Wesir hinaus. Anscheinend hatte sie Amtsgeschäfte erledigt, doch Pamiu verstand nicht, weshalb Khufu das nicht tat. Sie saß auch nicht auf dem Thronpodest, sondern stand mit den Männern mitten im Raum. Als sie allein waren, verbeugte sich Pamiu vor ihr.

»Hoheit, ich freue mich, dich zu sehen, auch wenn ich nicht verstehe, was ich hier im Palast und auch in Memphis vorgefunden habe.«

Meritates zeigte ein mattes Lächeln. »Es ist lange her, seit du hier in Memphis warst. Du wirst nichts so vorfinden, wie du es verlassen hast.«

Pamiu blickte sich in der leeren Empfangshalle um, in Erwartung, den Pharao doch irgendwo zu sehen. »Wo ist dein Gemahl, Hoheit? Der Diener sagte mir, dass er noch schlafe.«

Über Meritates' Gesicht huschte ein spöttisches Lächeln. »Nun, da hat er dir die Wahrheit gesagt. Wenn mein Gemahl sich nicht in Wein ertränkt, in seinem Harem vergnügt oder oppulente Feste für diejenigen gibt, die nicht alles verloren haben, dann schläft er. Die Regierungsgeschäfte und sein Volk interessieren ihn nicht. Die Wesire kommen zu mir und fragen um Rat, wo ich keinen erteilen kann.«

»Wie kann das sein?« Pamiu vermochte nicht zu glauben, was er hörte.

Meritates seufzte. Mit etwas Erleichterung stellte er fest, dass die Große Königliche Gemahlin zumindest ihre Würde gewahrt hatte. Ihr Äußeres war makellos, wie man es von der Gemahlin eines Gottes erwartete, doch er konnte den harten Zug um ihren Mund sehen, den er als ein Zeichen ihres Kummers deutete.

»Mein Gemahl begann sofort mit seinem Lebenswandel, als wir aus Gizeh zurückkehrten. Er heiratete Henutsen und schwängerte sie. Auch von mir verlangte er, dass ich sein Lager wieder teile, aber ich weigerte mich. Bei den Göttern, Pamiu, ich dachte, wir würden wieder zueinander finden. Als wir um unseren Sohn trauerten, schien es besser zu werden, doch Khufu hat sich in einen Dämon verwandelt. Er hört auf niemanden mehr, er steigert sich in Zornesausbrüche, und er verzeiht mir nicht, dass ich Zuneigung zu Djedefre und Hetepheres ta sherit empfinden kann. Sein Hass ist grenzenlos.« Sie sah ihn entschlossen an. »Es gab eine Zeit, da ich dich bat, mit ihm zu reden, doch heute rate ich dir davon ab. Der Pharao hat alle vergessen, die ihn einst geliebt haben. Es ist besser für dich, vergessen zu bleiben. Ich vermag nicht zu sagen, wie er dich empfangen wird.«

Pamiu nickte. »Trotzdem muss ich ihn sehen, Hoheit. Das Elend der Menschen in der Pyramidenstadt lässt ein Vergessen nicht zu.«

Sie lächelte ihn jetzt etwas sanfter an. »Wie sehr hast du dich doch verändert, Pamiu. Aber bedenke, was du zu verlieren hast. Ich kann dich nicht schützen. Auch wenn die Wesire zu mir kommen. Die Macht hält einzig und allein der Pharao in Händen. Ich vermag nicht zu sagen, was er tun wird, wenn du ihn mit dem Leid der Menschen konfrontierst. Er will davon nichts hören. Selbst sein Bauvorhaben hat er, wie es scheint, vergessen, und vielleicht ist auch das besser so.«

»Ich muss ihn sehen, Hoheit.«

Meritates nickte. »Also gut, ich werde dich zu ihm bringen.«

Khufu war nicht alleine, als Pamiu seine Räume betrat. Auf dem Boden räkelte sich ein betrunkenes Mädchen, das nach Pamius Einschätzung höchstens dreizehn Jahre alt sein konnte. Ihre Augenschminke war verschmiert, und bis auf einen schmalen Hüftgürtel war sie vollkommen nackt. Khufu lag auf seinem Ruhebett und warf der Kleinen Häppchen seines Mahls zu, die sie mit dem Mund aufzufangen versuchte. Er lachte, wenn ihr das gelang, und die Kleine sah mit einem lasziven Blick auf, um den Pharao zu erfreuen.

Als Khufu Pamiu bemerkte, schien er kaum überrascht. »Oh, was sehe ich? Wenn das nicht mein treuer Freund Pamiu ist.« Er deutete auf das nackte Mädchen am Boden. »Gefällt sie dir? Willst du sie haben? Ich habe sie von der Straße holen lassen, das kleine ausgehungerte Ding. Sie liebt mich.« Er wandte sich an das Mädchen. »Das stimmt doch, nicht wahr?«

Die Kleine nickte eifrig und bemühte sich dabei, überzeugend zu wirken.

»Ich habe sie Tamiut genannt – die Katze. Sie macht ihre Sache doch schon ganz gut, oder?«

Er winkte sie zu sich, und sofort kniete sie vor ihm und begann sich an ihn zu schmiegen.«

Pamiu wandte angewidert den Kopf ab.

»Was willst du? Gefällt dir deine Nachfolgerin nicht? Sie liebt mich wirklich und wird mich niemals verlassen. Das ist doch so, oder?«

Wieder nickte das Mädchen beflissen.

»Diese Straßenmädchen sind dankbarer als Königstöchter – dankbarer als Freunde. Für etwas zu essen tun sie alles.«

Pamiu überhörte die Spitze und kam näher. »Es tut mir Leid, dich so zu sehen, mein Prinz.«

»Nenn mich nicht so! Ich bin der Pharao, ich bin der lebende Gott auf Erden.«

»Ich bin gekommen, weil ich dein Freund bin.«

Khufu schubste das Mädchen von sich fort und setzte sich ruckartig auf. Mit einem unsicheren Sprung kam er aus dem Bett und griff nach dem zerknitterten Schurz, der auf dem Boden lag, um ihn sich umzubinden. »Freund nennst du dich? Ich dachte einmal, dass du mein Freund wärst – mein einziger.«

»Ich war niemals etwas anderes als dein Freund.«

Khufu bedeutete Pamiu, ihm auf die Terrasse zu folgen. Dort angekommen, schenkte er sich Wein ein und ließ sich unter einem Sonnensegel nieder. »Also, warum bist du hier? Kannst du mir nennenswerte Fortschritte bezüglich meiner

Bauvorhaben bringen? Wie ich hörte, scheint das letzte Jahr diesbezüglich nicht gut gewesen zu sein.«

Pamiu setzte sich einige Schritte entfernt von Khufu auf einen Stuhl. Dass sein Freund vergessen hatte, ihm ebenfalls einen Becher Wein anzubieten, verwunderte ihn kaum noch.

»Ich bin hier, weil die Arbeiter sich bei mir beschweren. Die Menschen hungern und sind krank. Erst gestern war eine Frau mit einem zum Sterben verurteilten Säugling bei mir. Du musst deinem Volk helfen, Pharao.«

Khufus Zorn entflammte. »Ich muss? Du wagst es, mir zu sagen, was ich zu tun habe?« Er winkte ab. »Lass sie arbeiten. Treib sie an. Es werden bessere Ernten kommen, aber bis dahin muss mein Bauwerk errichtet sein.«

Pamiu konnte die Ignoranz seines Freundes nicht mehr ertragen. »Ich habe dich gewarnt – bei den Göttern, alle haben dich gewarnt. Hättest du die Hälfte der Arbeiter zur Bewässerung der Felder beitragen lassen, dann wäre jetzt alles anders.« Pamiu stand auf. Die Dämme seiner Selbstbeherrschung brachen. Er konnte nicht mehr einfach mit ansehen, wie Khufu das Land zugrunde richtete. »Du willst der Pharao sein, aber du stürzt dein Land ins Unglück. Du weist deine Berater und deine Freunde zurück und richtest auch dich zugrunde. Ich habe alles, was ich getan habe, aus Freundschaft zu dir getan, auch wenn es Unrecht war.«

Khufu schrie ihn nun seinerseits an. »Aus Freundschaft sagst du? Nein, mein schöner Pamiu, du hast es aus Machtgier getan. Tadeln willst du mich? Du bist ein Mörder, Pamiu, ja, du hast gemordet, verraten und stets aus meiner Hand genommen. Und jetzt wagst du es, mir gegenüberzutreten und mich zu beschuldigen.«

Er fasste sich wieder und atmete tief durch.

»Ich werde heute einen Entschluss treffen. Ich nehme dir alles, was du aus meiner Hand erhalten hast, ich widerrufe meine Freundschaft zu dir und verbanne dich in den Süden des Landes. Du willst den Menschen helfen? Nun gut, ab jetzt kannst du selbst dazu beitragen. Du erhältst ein Stück Land, das du mit deinen eigenen Händen bebauen kannst. Du kannst dir dein Feld selbst bestellen und dich und Ägypten damit retten. Gelingt dir das nicht, wirst du verhungern.« Khufu stand auf. »Ich will, dass du mir in meinem ganzen Leben nicht mehr unter die Augen trittst.« Er rief nach einem der Wachsoldaten, die auch am Ende der Terrasse postiert waren. »Sorgt dafür, dass er das Nötigste aus seinem Haus in Gizeh holt, und schickt ihn mit einer Eskorte in den Süden. Der Wesir des Südens soll ihm Land zuweisen. Genug, um sich selbst zu versorgen, zu wenig, um jemals wieder zu Reichtum zu kommen.«

Pamiu war wie vor den Kopf geschlagen. Er blickte in Khufus Augen und erkannte, dass es kein Zurück mehr gab. Khufu sah ihn spöttisch an. »Pamiu, der Kater, der Schöne, von den Göttern geliebt, von allen bewundert, soll fortan nicht mehr als ein Bauer sein.« Er wandte sich ab, um ihn nicht mehr ansehen zu müssen. »Und nun schafft ihn mir aus den Augen!«

Antef rang verzweifelt die Hände und ging hinter seinem Herrn her. »O Herr, ich habe dich gewarnt. Hättest du doch alles auf sich beruhen lassen. Dein gesamtes Lebenswerk, alles, was du dir erarbeitet hast, ist nun verloren.«

Pamiu blickte sich auf dem Anwesen um, das nun nicht mehr seines war. Wie selbstverständlich hatte er seit seiner Kindheit in solchen Räumen gelebt. »Ich werde das alles vermissen. Ich habe niemals mit meinen eigenen Händen gearbeitet, aber wenn ich es recht bedenke, beruhte mein gesamtes Lebenswerk auf Betrug und Rücksichtslosigkeit.« Er schulterte die beiden gefüllten Taschen, die man ihm erlaubt hatte, mitzunehmen. »Hast du getan, was ich dir aufgetragen habe und die Nahrungsmittel unter den Arbeitern verteilt?«

Antef nickte. Pamiu konnte sehen, dass er mit den Tränen kämpfte. »Ja, Herr. Aber es sind so viele. Es hat ihre Bäuche für eine Mahlzeit füllen können, doch es wird sie nicht retten.«

»Vielleicht wird es ihnen aber Hoffnung geben, weiterzukämpfen. Manchmal schenkt einem schon die Tatsache Hoffnung, dass jemand an einen denkt.«

Antef ließ den Kopf hängen. »Ich werde an dich denken, Herr. Ich werde dich nicht vergessen.«

Pamiu legte ihm die Hand auf die Schulter. »Vielleicht, Antef, ist das, was mit mir geschieht, Maat. Ich habe Angst vor meinem neuen Leben, aber ich habe auch das erste Mal das Gefühl, etwas Gutes getan zu haben.«

Antef verbeugte sich zum Abschied. »Mögen die Götter mit dir sein und dich auf diesem schweren Weg begleiten.«

Pamiu nickte und wandte sich um. Ihm war die Kehle wie zugeschnürt, er hatte das Gefühl, kein vernünftiges Wort mehr herausbringen zu können. Er griff nach seinen beiden Taschen, von denen eine leichter war, weil sie eine leichte Fracht barg. Pamiu öffnete den Zugriemen etwas, damit Nitokris ta sherit ihren Kopf hinausstrecken konnte. Er legte seinen Kopf auf den der Katze, was sich diese gerne gefallen ließ. Dann ging er durch die große Eingangstür, durchquerte seinen Garten, passierte seinen Badeteich und folgte den Soldaten, die schon auf ihn warteten. Es war das erste Mal seit langer Zeit, dass keine Sänfte für ihn bereitstand. Pamiu musste den Weg durch die Stadt der Arbeiter zu Fuß gehen. Als er und seine beiden Begleiter die Arbeitersiedlungen erreichten, hatte sich eine Menschenmasse gebildet. Er blickte zu Boden, denn er erwartete Anfeindungen oder zumindest Genugtuung auf den Gesichtern der Männer und Frauen zu finden. Schließlich hatten sie jahrelang seine Strenge und Unnachgiebigkeit gefürchtet. Dann löste sich der erste Ruf aus der Menge von einem großen hageren Mann mit kräftiger Stimme. »Mögen die Götter mit dir sein, Oberster Baumeister Pamiu.«

Eine Frauenstimme fiel in den Ruf ein. »Ich werde im Tempel für dich bitten, genau wie du in Memphis für uns gebeten hast.«

Plötzlich fielen immer mehr Stimmen mit ein, bis es schließlich nur noch einen Chor von Hochrufen für ihn gab. Pamiu blickte in die Gesichter der Menschen und fühlte sich nicht mehr ganz so verzweifelt wie zuvor. Er hatte mit ein paar kleinen Gesten die Achtung zurückgewonnen, die er jahrelang verloren geglaubt hatte.

Als sie endlich die Stadt der Arbeiter verlassen hatten und die Tore erreichten, sah Pamiu schon von weitem ein Mädchen auf einem Stein sitzen. Kurz spielte ihm sein Kopf einen Streich, und er dachte, es wäre Neferiabet. Als sie ihn bemerkte, erhob sie sich und schulterte ihren Beutel. Erst als sie kurz vor ihm stand, erkannte er sie.

»Baket-Geb? Was tust du hier?« Pamiu hatte Baket-Geb lediglich an ihren seltsamen Augen wiedererkannt. Sie trug ein einfaches, aber sauberes Leinenkleid. Die bronzene Farbe ihrer Haut war zu erkennen. Pamiu blickte sie ungläubig an. »Du hast dich in einem Jahr verändert.«

Baket-Geb lächelte. »Ich habe mich gar nicht so sehr verändert, Oberster Baumeister. Wir sehen immer, was wir sehen wollen.«

Er versuchte erst gar nicht, Baket-Gebs Worte zu deuten. »Was willst du hier? Ich bin nicht mehr der Oberste Baumeister und muss die Stadt der Arbeiter verlassen.«

Die Soldaten drängten ihn bereits zum Weitergehen, aber ein Blick aus Baket-Gebs Rätselaugen ließ sie innehalten. Sie besaß eine unergründliche Stärke. »Natürlich weiß ich, was dir widerfahren ist. Deshalb bin ich hier. Ich werde mit dir gehen.«

Pamiu schüttelte entschlossen den Kopf. »Nein, geh zurück zu deinem Vater. Dein Platz ist hier.«

Sie ließ sich nicht abhalten. »Glaubst du, die Götter haben dich vergessen? Sie haben dich bestraft, aber sie haben dich nicht verlassen. Weißt du, wie man ein Feld bestellt? Weißt du, welche Früchte du essen darfst und welche nicht? Hast du jemals mit deinen eigenen Händen gearbeitet? Du brauchst mich in deinem neuen Leben.«

Pamiu blickte sie skeptisch an. »Warum willst du das tun?«

Sie zuckte mit den Schultern und begann sich in Bewegung zu setzen. »Wer weiß schon, welchen Weg die Götter für uns bestimmt haben? Und nun lass uns gehen. Es gibt hier nichts mehr zu tun.«

Die Reise auf der alten Nilbarke war unerträglich gewesen. Pamiu hatte mit den Insekten und dem Schweißgeruch der anderen kämpfen müssen, die sich in der Kabine ausbreiteten, in der zehn weitere Passagiere mitreisten. Irgendwann hatte er angefangen an Deck zu schlafen, und Baket-Geb hatte ihn gelassen. Er war missmutig und fühlte sich schmutzig. Baket-Geb hatte ihm gesagt, dass er sich daran gewöhnen müsse, doch er hatte sich umgedreht und war einfach weggegangen. Als sie endlich die Barke verlassen konnten und Pamiu sich etwas an die nie enden wollende Hitze des Südens zu gewöhnen schien, straften ihn die Götter erneut. Das Haus, das ihm zugeteilt worden war, hätte Pamiu noch nicht einmal einem Tier als Unterkunft angeboten. Auch hier versuchte Baket-Geb ihn wieder zu beruhigen, indem sie ihm erzählte, wie man es verschönern oder gar ausbauen konnte. Pamiu ließ seinen Blick über die baufällige Hütte gleiten und presste die Lippen zusammen. Er fühlte sich unendlich verlassen, daran konnte auch Baket-Geb nichts ändern, auch wenn sie sich zu bemühen schien. Pamiu war nicht in der Lage, irgendetwas anderes als seinen Schmerz und seine Verachtung für das Leben, das ihm aufgezwungen worden war, wahrzunehmen. Während Baket-Geb sich um das Haus kümmerte, besah sich Pamiu das dazugehörige Feld. Es war ausgetrocknet und von Unkraut überwuchert. Als er den dritten Tag auf das Feld starrte, ohne zu einem Handgriff fähig zu sein, war Baket-Geb zu ihm gekommen.

Er hatte sie angesehen und gefragt: »Die Erde ist von der glühenden Sonne ausgetrocknet und hart wie Stein – wie soll man ihr etwas abgewinnen können, wie soll man sie fruchtbar machen und bewässern?«

Sie war ihm eine Antwort schuldig geblieben, hatte stattdessen einen Wasserschlauch genommen und ihn im Nil gefüllt. Dann hatte sie das Wasser auf das Feld gegossen und zugesehen, wie es langsam von der durstigen Erde aufgenommen wurde. Pamiu hatte sie entsetzt angeschaut.

»Ich soll das Wasser mit meinen Händen aus dem Nil schöpfen?«

Seither war ein ganzer Mondumlauf vergangen, und Pamiu hatte sich bemüht, das Feld zu wässern. Seine Hände waren hart und schwielig geworden, seine Haut dunkelbraun. Immer wenn es möglich war, gab er sich seinen Tagträumen hin, in denen er weiter sein altes Leben lebte und die Nachmittage in seinem Badeteich verbrachte. Dann rief Baket-Geb ihn, und er musste aufwachen, was er ihr übel nahm.

An einem besonders heißen Nachmittag, an dem Pamiu mit seinem Leben hadernd auf der schäbigen Bank vor seiner bescheidenen Unterkunft saß, Nitokris neben sich, die sich im Gegensatz zu ihm gut in das neue Leben eingefühlt zu haben schien, zog er schließlich den Ring von Osiris-Snofru vom Finger, den er bis jetzt abzunehmen nicht in der Lage gewesen war.

Baket-Geb wusch in dem kleinen Teich vor ihrem Haus die Wäsche. Sie hatte es mittlerweile aufgegeben, Pamiu aufzuheitern. Mit einem Wutschrei schleuderte er den Ring in den Teich. Baket-Geb wandte sich zu ihm um. »Warum tust du das?«

Er stand auf und blickte sie trotzig an. »Ich werde mich niemals in dieses Leben fügen können. Ich werde niemals wie ein Bauer leben können. Die Götter haben mich verflucht. Ich erfahre die schlimmste Strafe, die einem Menschen auferlegt werden kann.«

Sie kam auf ihn zu und trocknete sich die nassen Hände an ihrem Kittel ab. »Du brauchst nur etwas Zeit. Irgendwann wirst du deinen Frieden finden. Ich weiß es.«

»Frieden?« Er blickte sie wütend an. »Was weiß eine Bäuerin wie du schon davon? Ich werde jedes einzelne verfluchte Jahr hassen, das ich gezwungen bin hier zu leben.« Er hob drohend seine Faust, so als wollte er sie schlagen, ließ sie dann jedoch sinken. »Wenn es eine Gerechtigkeit gibt, werden die Götter mich zurückkehren lassen. Und genau darauf werde ich warten. Und wenn es Jahre dauern sollte, ich werde nach Memphis zurückkehren.«

Mit diesen Worten wandte er sich um und verschwand im Haus. Er dachte an Neferiabet, er dachte an Memphis, und er dachte, dass allein dort seine Heimat war. Niemals würde er sich mit dem Leben als Bauer abfinden, das schwor er sich. Die Jahre sollten ihn nicht zerbrechen, egal, wie viele seines Lebens er hier fristen musste.

Ich bin Geb, die gute Erde
Auf meinem Rücken wächst jede Pflanze
Ich bin die neue Saat und die Ernte
Ich bin der Gott des Ursprungs
In mir liegt die erhoffte Ruhe
und die Zufriedenheit des einfachen Lebens

Kapitel 12

Pamiu streckte sich und befühlte seinen schmerzenden Rücken. Dann blickte er prüfend zur Sonne, die hoch am Himmel stand. Es war Mittag, und sein Magen rumorte. Er klopfte sich seine schwieligen Hände an dem groben Leinenschurz ab und winkte der jungen Frau zu, die in einiger Entfernung das Unkraut aus dem kleinen Feld gezupft hatte. »Aaschu, lass uns heimgehen und sehen, was deine Mutter uns zu essen bereitet hat.«

Die junge Frau ließ von ihrer Arbeit ab und kam zu Pamiu herüber. Ihre Augen strahlten ihn freundlich und hell an. Sie erinnerten ihn an klares Wasser, doch Baket-Geb hatte bei ihrer Geburt gesagt, ihre Tochter sei Luft, wie sie selbst Erde sei.« Er hatte niemals versucht die seltsamen Eingebungen seiner Frau infrage zu stellen, sondern mit der Zeit zu akzeptieren gelernt, dass sie ein Gespür für das Wesen der Menschen besaß. Aaschu hatte einen freundlichen und offenen Charakter, sie umgarnte und umflog die Menschen und gab einem jeden ein Gefühl von Leichtigkeit. Deshalb war sie auch sehr beliebt bei den jungen Männern.

Es hatte lange gebraucht, bis Pamiu Baket-Geb wirklich als sein Weib angenommen hatte. Sie hatte sich niemals über die Zeit des Wartens beschwert, seine Sehnsucht nach der ihr unbekannten anderen Frau einfach hingenommen. Als er sich schließlich entschlossen hatte, Baket-Geb auf sein Lager zu holen, waren seine Hände schon längst schwielig gewesen, und sein Körper hatte die gleiche dunkle Farbe angenommen wie der ihre. Neferiabets Duft war nur noch eine dumpfe schmerzliche Erinnerung gewesen. Baket-Geb war vollkommen anders als seine tote Geliebte. Sie war dunkel und warm, ebenso wie die körperliche Vereinigung mit ihr es gewesen war. Baket-Gebs Liebe war ruhig und bedacht, die Leidenschaft, die er mit ihr verspürte, gemäßigt, dafür aber beständig. Ihre eigentliche Verbindung und Liebe war Aaschu gewesen. Sie hatten sich beide gefreut, als Baket-Geb schwanger wurde. Pamiu graute vor dem Tag, an dem er Aaschu in das Haus eines Mannes geben musste.

»Du solltest nicht mehr so hart arbeiten, Vater. Warum lässt du mich nicht heiraten, dann hättest du einen Schwiegersohn, der dir bei der vielen Arbeit auf dem Feld hilft.«

Er überhörte die Maßregelung seiner Tochter, und sie machten sich auf den Heimweg, den er in den verstrichenen Jahren so oft gegangen war. Pamiu zählte in seinem Kopf die Jahre, die er nun schon hier lebte. Es waren fast fünfundzwanzig, und er war ein alter Mann geworden. Seine Tochter war bereits siebzehn, und er wusste, dass sie bald eine eigene Familie würde gründen wollen. Er erinnerte sich noch oft an die ersten Jahre seines Aufenthalts. Die Arbeit war ihm schwer gefallen, und er hatte lange mit seinem Schicksal gehadert. Baket-Geb hatte es nicht leicht mit ihm gehabt. Seine Ruhe hatte Pamiu bei Aaschus Geburt letztendlich wiedergefunden, obwohl er auch danach noch immer in seinen Träumen in der Zeit zurückreiste und manchmal glaubte, in seinem großen Haus in der Pyramidenstadt zu erwachen. An solchen Tagen war er schweigsam, und Baket-Geb zog sich zurück, als ob sie spüren würde, was ihn plagte.

Sie gingen den schmalen Weg bis zu ihrem bescheidenen Haus hinauf. Aaschu hielt wie immer vor dem kleinen Grabhügel neben dem Haus und sprach einen Segen, den sie von ihrer Mutter gelernt hatte. Pamiu lächelte. Als sie Nitokris eines Morgens tot vor der Feuerstelle gefunden hatten, war Aaschu die Erste gewesen, die geweint hatte. Seine kleine Tochter hatte sehr an der Katze gehangen. Pamiu und Baket-Geb hatten ihr nie von Pamius Vergangenheit erzählt, und so wusste sie auch nicht, dass Nitokris die letzte Verbindung zu dieser Vergangenheit gewesen war. Trotzdem schien sie zu spüren, dass Nitokris etwas Besonderes war. Pamiu hatte der Tod der Katze einen Stich ins Herz versetzt. Nun lag sie unter dem kleinen Grabhügel, und Aaschu versäumte es niemals, ein Gebet für sie zu sprechen, wann immer sie an dem Steinhaufen vorbeikam.

»Beeil dich, Aaschu. Du weißt doch, dass Baket-Geb es nicht gerne sieht, wenn wir sie warten lassen.«

Aaschu beendete ihr Gebet, und sie betraten das kleine Haus mit dem gestampften Lehmboden. Baket-Geb blickte Pamiu tadelnd an.

»Warum seid ihr nie pünktlich?«

Aaschu umarmte ihre Mutter und lachte. »Ach Mutter, du weißt doch, dass wir es niemals schaffen werden, pünktlich zu sein. Warum also versuchst du immer wieder, uns ein schlechtes Gewissen zu machen?«

Pamiu setzte sich an den Tisch und ließ sich Linsengemüse mit Zwiebeln auftragen. »Die Ernte wird dieses Jahr gut werden. Wenn wir Glück haben, können wir noch etwas auf dem Markt verkaufen.«

Baket-Geb winkte ab. »Wir sind bisher jedes Jahr satt geworden, auch in den Jahren, als es in Ägypten fast niemanden gab, der einen gefüllten Bauch hatte. Wir brauchen nicht mehr, als wir bisher hatten, also rede nicht von Geschäften.«

Pamiu lachte entschuldigend. »Alte Angewohnheiten kommen wohl von Zeit zu Zeit immer wieder ans Tageslicht.«

Baket-Geb sah ihn wissend an.

»Was meinst du damit, Vater?«

Pamiu zuckte mit den Schultern. »Oh, das ist nicht so wichtig.«

Aaschu verzog schmollend den Mund. »Warum erzählt ihr mir nie etwas über die Zeit, bevor ihr geheiratet habt? Ich habe stets das Gefühl, dass ihr mir etwas verschweigt.«

»Das ist Unsinn, Aaschu. Es gibt nur nichts darüber zu erzählen, das ist alles.«

Baket-Geb setzte sich zu ihnen an den Tisch. »Ich denke, es ist Zeit, dass wir Aaschu von der Vergangenheit erzählen.«

Pamiu blickte seine Frau entgeistert an. Zwischen ihnen hatte die Vereinbarung bestanden, die Vergangenheit ruhen zu lassen. Sie hatten ihr Glück gefunden, auch wenn es lange gedauert hatte. Jetzt fiel ihm Baket-Geb auf einmal in den Rücken und entschloss sich, das Schweigen zu brechen. Ehe er ungehalten reagieren konnte, zog Baket-Geb einen Papyrus aus einem Schubfach hervor, das sich unter dem Tisch befand. Pamiu durchzuckte ein heißer Blitz. Es war so lange her, seit er dieses Siegel gesehen hatte. Es stammte aus einer Zeit, als er ein anderer gewesen war. Der Papyrus trug das Siegel des Palastes. Aaschu blickte neugierig darauf. Pamiu hatte ihr das Geheimnis der Hieroglyphen nicht offenbart, doch die königliche Kartusche erkannte auch sie sofort.

»Das ist das Siegel des Königshauses, Vater. Warum erhältst du, ein Bauer, ein Sendschreiben vom Einzig Einen?«

»Wann ist es hier abgegeben worden und von wem?«

»Es war ein Soldat, der es heute Morgen, kurz nachdem ihr das Haus verlassen hattet, brachte. Er fragte mich, ob Pamiu hier lebe. Als ich das bejahte, übergab er mir wortlos den Papyrus und verschwand wieder.«

Pamiu wusste, dass er seiner Tochter nun nichts mehr verheimlichen konnte. »Wir waren einmal befreundet, der Pharao und ich, aber das war vor langer Zeit, bevor du geboren wurdest.«

Aaschu blickte ihn ungläubig an. »Der Pharao ist Freund eines Bauern?«

»Ich war nicht immer ein Bauer. Früher war ich der Oberste Baumeister. Ich habe die Baupläne für die große Pyramide gezeichnet und hatte sogar einige Jahre die Bauleitung.«

In Aaschus Augen lagen Zweifel. »Dann musst du ein reicher Mann gewesen sein, Vater. Wie kommt es, dass du jetzt Bauer bist?«

Pamiu seufzte. Er hätte die Erinnerung gerne für immer tief in seinem Ka begraben, doch seine Tochter würde Antworten fordern. Also begann er die Geschichte seiner Verbannung zu erzählen, von vorne bis hinten. Aaschu ließ ihn seinen Bericht zu Ende führen, ohne ihn zu unterbrechen. Pamiu erzählte von seiner Freundschaft zu Khufu, von der Hungersnot in Kemet und von seinem Streit mit dem Pharao, der seine Verbannung zur Folge hatte. Auch von Baket-Geb, die ihm damals in den Süden gefolgt war, erzählte er. Doch er erwähnte mit keinem Wort seine einstige Geliebte und verschwieg auch, in welcher Art und Weise er dem jetzigen Pharao zum Thron verholfen hatte. Pamiu war der Ansicht, dass diese Dinge nicht für die Ohren seiner Tochter bestimmt waren.

Baket-Geb deutete auf den Papyrus. »Was will der König von dir?«

Auch wenn Baket-Geb nicht lesen konnte, so war er sich doch sicher, dass sie niemals ohne sein Wissen auch nur einen Blick auf das Schreiben geworfen hätte. Er erbrach das Siegel und begann über die Zeilen zu fliegen.

»Grüße sendet dir, Oberster Baumeister des Einzig Einen, die Große Königliche Gemahlin Meritates.
Sehr viel Zeit musste vergehen, bevor ich dir Zeilen meiner Wertschätzung zukommen lassen konnte. Mein Gemahl ist

zu seinen Ahnen gegangen, und die Wunden der Vergangenheit sind geheilt, auch wenn wir alle Narben davongetragen haben. Es besteht kein Grund mehr, deine Verbannung aufrechtzuerhalten. Wäre es mir früher möglich gewesen, dies zu tun, so sei versichert, ich hätte nicht gezögert.
Bitte kehre zurück nach Memphis, um die Trauerzeit mit uns zu begehen, die wir alle deine Familie waren und im Herzen noch immer sind. Erinnere dich an die Zeit, als dich und Osiris-Khufu Freundschaft verband. Memphis erwartet dich mit offenem Herzen, also zögere nicht und folge seinem Ruf.«

Pamiu legte das Schreiben zur Seite und gab den Inhalt mit seinen Worten wieder. Er sah Baket-Geb an, die wie immer nicht ahnen ließ, welche Gefühle sich hinter ihrem geheimnisvollen Blick verbargen.

Aaschu schaute ihren Vater ängstlich an. »Wirst du gehen, Vater? Wirst du der Bitte der Großen Königlichen Gemahlin folgen?«

Er zuckte mit den Schultern. »Ich weiß es nicht, Aaschu.«

Das Mädchen stand auf und sah ihn flehend an. »Bitte geh nicht. Ich weiß, wenn du erst einmal wieder in Memphis bist und den Palast mit seinem ganzen Reichtum und Prunk siehst, dann wirst du nicht mehr zu uns zurückkehren wollen.« Sie wischte sich mit der Hand über die Augen, um die aufkommenden Tränen zu verbergen. Dann rannte sie hinaus.

Pamiu hatte sich in der Abenddämmerung mit einem kühlen Becher Bier, das Baket-Geb selbst braute, auf die kleine Bank vor seinem Haus gesetzt. Er hatte in den vergangenen Jahren oft dort gesessen, um seinen Gedanken nachzuhängen. Zuerst waren es Gedanken des Heimwehs und des Schmerzes gewesen, Abende, an denen er um den Verlust seines Lebens getrauert hatte. Auf diese Gedanken waren Abende der Leere und Stumpfheit gefolgt, in denen er sich hoffnungs- und kraftlos gefühlt hatte; und schließlich waren diese düsteren Abende denen einer ruhigen Zufriedenheit gewichen, als er es endlich geschafft hatte, sein Schicksal anzunehmen. Der heutige Abend war anders als die vorangegangenen der letzten Jahre. Pamiu spürte auf einmal wieder eine Unruhe in sich, die ihn lange nicht mehr geplagt hatte. Seine Hände fingen zu schwitzen an, wenn er über den feinen Papyrus strich, der einen Duft verströmte, wie ihm nur der Papyrus zu Eigen war, der im Palast hergestellt wurde.

Ohne dass er es bemerkte, ließ sich Baket-Geb neben ihm nieder. Erst als sie ihm einen frischen Becher Bier reichte, lächelte er sie an. »Hat Aaschu sich wieder beruhigt?«

Baket-Geb nickte. »Sie hat aufgehört zu weinen und versucht ihre Sorge zu verbergen, die sie bezüglich deiner Reise nach Memphis hegt.«

»Ich werde nicht nach Memphis gehen, Baket-Geb.«

»Du musst gehen. Es ist der Wille der Götter.«

Pamiu griff nach der Hand seiner Frau und drückte sie. »Du hast das zweite Gesicht, und ich bin mir sicher, dass die Götter zu dir gesprochen haben. Was haben sie dir gesagt, Baket-Geb? Bitte sag es mir.«

»Sie haben mir gesagt, dass du nach Memphis gehen sollst.«

Er schüttelte den Kopf. »Ich fürchte mich davor. Ich habe in den Jahren hier endlich Ruhe gefunden, mein Ka schien mir geheilt. Aber seit dieses Sendschreiben kam, fühle ich die alte Unruhe meiner Jugend in mir. Meine Hände zittern, wenn ich das königliche Siegel berühre.«

Sie sah ihn ernst an. »Dann solltest du nach Memphis gehen, damit das Zittern und die Unruhe aufhören.«

»Aber was ist nun, wenn Aaschu Recht hat? Was geschieht, wenn ich meinen Fuß nach so langer Zeit wieder auf Marmorböden setze und feines Leinen trage? Was soll ich tun, wenn mich die alte Lust nach einem Leben mit allen Annehmlichkeiten wieder überfällt?«

»Die Götter bestimmen unser Schicksal, nicht wir selbst, Pamiu.«

»Ihr seid meine Familie. Ich will euch nicht verlassen.«

»Wenn das so ist, wirst du zurückkehren, und dein Ka wird frei sein. Dann brauchst du dir keine Gedanken zu machen.«

Pamiu ließ das kühle Bier seine Kehle hinunterlaufen und schloss die Augen. »Aber das ist es ja gerade – ich bin mir nicht sicher, ob mein Ka gefestigt genug ist für diese Prüfung.«

Baket-Geb erhob sich und nahm ihm den leeren Becher ab. »Wenn du bleibst und den Ruf der Königin ungehört verklingen lässt, wirst du auch hier bei uns keinen Frieden mehr finden.«

»Es ist ohnehin sinnlos, darüber nachzudenken. Womit soll ich diese Reise bezahlen?«

Sie griff in die Tasche ihres Kittels und zog einen Ring hervor. »Hiermit. Das reicht für die Reise nach Memphis und auch noch dafür, dir auf dem Markt einen guten Schurz und ein Öl für eine anständige Rasur zu kaufen, damit du nicht als Bauer vor die Königin hintreten musst.«

»Das ist der Ring, den mir einst Osiris-Snofru gab. Ich dachte, ich hätte ihn damals in den Teich vor unserem Haus geworfen.«

Baket-Geb lächelte. »Das hast du auch. Aber ich habe ihn wieder herausgeholt und aufgehoben.«

Er blickte sie irritiert an. »Heißt das, die Götter haben dir schon vor Jahren offenbart, dass ich einst nach Memphis zurückkehren würde?«

Sie verschloss ihr Gesicht und zuckte mit den Schultern. »Nein, aber es wäre dumm, einen so schönen und wertvollen Ring den Fischen zu überlassen.« Mit diesen Worten wandte sich Baket-Geb um und kehrte ins Haus zurück. Pamiu starrte auf den Ring, während er das schwere Gold in seinen Händen spürte. Wärme durchflutete ihn, und er fühlte sich mit einem Mal wieder jung und voller Tatkraft.

Aaschu winkte ihrem Vater nach, als er die Nilbarke bestieg. In ihrem Herzen tobte ein Sturm, und sie griff nach der Hand ihrer Mutter. »Was sollen wir tun, wenn er nicht zurückkommt, Mutter? Wenn er die schönen Frauen im Palast sieht, wenn er das süße Leben genießt und sich nicht mehr vorstellen kann, ein Bauer zu sein? Vielleicht wird er sich unserer schämen, weil wir nicht lesen und schreiben können und unsere Hände nicht so weich sind wie die der Sklavinnen, die ihm sein Bad bereiten?«

Baket-Geb legte den Arm um die Schultern ihrer Tochter. »Wenn das so ist, dann haben es die Götter so gewollt, und wir müssen ihre Entscheidung akzeptieren.«

Aaschu schüttelte den Kopf, und ihre Augen füllten sich erneut mit Tränen. »Das ist nicht gerecht, Mutter. Du bist ihm damals gefolgt, als er allein und hoffnungslos war. Es ist nicht gerecht, wenn er dich und mich nun vergisst.«

»Die Götter werden uns nicht vergessen, Tochter. Die Götter vergessen niemanden.«

Als Pamiu in Memphis von Bord ging, fühlte er sich unsicher. Die Stadt zeigte keine Spur mehr des Feuers und der Hungersnot, die vor gut fünfundzwanzig Jahren hier gewütet hatten. Er fand das Memphis seiner Kindheit wieder – und doch war es ein anderes. Der Weg zum Markt war noch immer derselbe, er verfehlte ihn nicht. Er ging an den Ständen der

Händler vorbei und hielt die zwei Silber- sowie einen Goldring umklammert, gegen die er Osiris-Snofrus Geschenk eingetauscht hatte. Pamiu benutzte den Goldring, um sich einen feinen neuen Schurz zu kaufen. Er war nicht vergleichbar mit dem Königsleinen, das in früheren Zeiten in seinen Truhen zu finden gewesen war, aber es war auch kein Bauernschurz, wie er ihn in den letzten Jahren getragen hatte. Dann ließ er sich von einem Barbier sein mittlerweile ergrautes Haar schneiden und sich jedes einzelne Körperhaar mit einem scharfen Messer entfernen. Zum Schluss tat er, wie Baket-Geb ihm geraten hatte, und kaufte sich ein gutes Öl, um seiner von der Sonne gedunkelten Haut neuen Glanz zu verleihen. Der Barbier hielt ihm einen Kupferspiegel vor das Gesicht. Pamiu erschrak, als er sein Gesicht sah. Er erkannte zwar jede Falte wieder, doch die Augen und Konturen zeigten ihm den Mann, den er schon vergessen und begraben zu haben meinte.

»Nun siehst du aus wie ein adeliger Herr. Selbst im Palast könntest du dich frei bewegen«, versuchte der Barbier sein Werk zu preisen.

Pamiu schluckte hart und überreichte ihm einen Silberring. Etwas verärgert über Pamius Wortlosigkeit wandte sich der Mann seinem nächsten Kunden zu. Pamiu fühlte sich wie ein Schlafwandler, als er über den Markt ging und die große Prachtstraße entlang, die ihn direkt zu den Toren des Palastes führte.

»Wer bist du, und was willst du hier?« Die Wachsoldaten bedachten Pamiu mit abweisenden Blicken.

»Ich möchte zur Großen Königlichen Gemahlin Meritates.«

Einer der beiden zeigte ein verächtliches Grinsen. »Verschwinde, Alter, der Palast begeht die Trauerzeit für Osiris-

Khufu, und die Große Königliche Gemahlin ist für niemanden zu sprechen.«

Pamiu war auf die Abweisung vorbereitet gewesen, deshalb zog er das Schreiben hervor und überreichte es dem Wachsoldaten wortlos. Dieser überflog die Zeilen und gab es dann an den anderen weiter.

»Wir kennen den Namen Pamiu nicht. Das hier kann ebenso gut eine Fälschung sein.«

»Nun, es ist doch offensichtlich das Siegel des Palastes. Wenn ihr mir schon nicht glauben wollt, schickt doch einen Boten zur Königin.«

Unwillig rief der Mann nach einem alten Diener. »Der hier behauptet, eine Einladung von der Großen Königlichen Gemahlin erhalten zu haben. Wir haben die Anweisung, niemanden vorzulassen. Also, was sollen wir mit ihm tun?«

Der Diener nahm dem Soldaten den Papyrus aus der Hand und las ihn jetzt seinerseits. Dann kratzte er sich am fast kahlen Kopf und blickte Pamiu stirnrunzelnd an. »Es gab mal einen Mann hier, den sie Kater nannten. Er war ein Freund des verstorbenen Pharaos und eine Zeit lang sein Oberster Baumeister. Aber das ist lange her, es scheint mir fast schon ein anderes Leben zu sein.« Der Diener trat näher zu Pamiu und blickte ihm in die Augen. »Ich kenne dich. Ja, ich erinnere mich. Du bist dieser Mann. Ich erkenne dich an den Augen.« Er trat einen Schritt zurück. »Auch wenn du jetzt die Hautfarbe eines Bauern hast und den Schurz eines Lehrers trägst. Das Alter und die Sonne waren dir nicht wohlgesonnen. Wo hast du die letzten Jahre verbracht, Pamiu? Auf den Feldern?« Ohne eine Antwort abzuwarten, winkte er ihn durch das Tor. »Lasst ihn passieren, er ist tatsächlich der, für den er sich ausgibt. Wenn die Große Königliche Gemahlin ihn zu sehen wünschst, dann werde ich ihn zu ihr bringen.«

Pamiu blickte sich im Palast um, während er dem Diener folgte. Er hatte sich kaum verändert, die Wandmalereien und Gänge waren die gleichen geblieben, nur die Gesichter waren andere. Pamiu erkannte keines von ihnen wieder, und auch die vorbeihuschenden Sklaven und Höflinge hielten nicht inne wie früher, als sie ihm verstohlen und bewundernd hinterherblickten. In den letzten Jahren war ihm sein Alter nicht aufgefallen, doch hier, in der Umgebung seines ehemaligen Lebens, in dem es so viel Prunk und so viel Schönheit gab, fühlte er sich mit einem Mal alt. Er war ein alter Mann geworden, und ihm kamen Osiris-Snofrus Worte wieder in den Sinn, der ihm einst gesagt hatte, wie sehr er ihn um seine Jugend beneide. Jetzt und hier umgaben ihn junge Menschen, die ihn nicht einmal zu bemerken schienen, und Pamiu erkannte den Kreislauf. Irgendwann würden sie vielleicht genau wie er durch diese Gänge laufen und neidvoll den jungen Menschen hinterherblicken, die sie umgaben.

Der Diener ließ ihn eine Weile vor den Türen des großen Empfangssaales warten, länger als er früher jemals hatte warten müssen, wie ihm auffiel. Er fragte sich, ob es auch so gewesen wäre, wenn er nicht die letzten fünfundzwanzig Jahre als einfacher Bauer gelebt hätte, sondern noch immer der große Baumeister des Pharaos wäre. Dann endlich kam der Diener zurück und nickte ihm zu. »Du kannst eintreten. Die Prinzessin Hetepheres wird dich vorerst empfangen, denn die Große Königliche Gemahlin ist noch nicht vom Tempel zurückgekehrt.«

»Du bist Pamiu, den mein Vater vor Jahren verbannte und der das Leben eines Bauern führen sollte?«

Prinzessin Hetepheres ta sherit hatte es sich auf dem Thronsitz ihrer Mutter bequem gemacht und ließ sich mit einem Fächer aus Straußenfedern von zwei ihrer Sklavinnen Luft zuwedeln. Pamiu spürte, wie ihm der Schweiß den Nacken hinunterlief, denn er meinte ein Ebenbild Neferiabets vor sich zu sehen. Mit einem Mal wurde ihm klar, dass Hetepheres auch seine Tochter war. Er fühlte sich noch unwohler als zuvor. Ihm fiel ein, dass er sich zu verbeugen hatte. Hetepheres erhob sich vom Thron und kam zu ihm herunter.

»Deine Manieren scheinst du wenigstens nicht auf den Feldern im Süden verloren zu haben.« Sie umkreiste ihn. Pamiu kam sich mit einem Mal vor wie ein Rind, das zum Opfertisch geführt wurde. »Man erzählt sich, dass du einst der schönste Mann bei Hofe gewesen seist. Wie schade, dass sich diese Schönheit mit der Zeit verloren hat. Ich sehe nur einen alten Mann vor mir.« Sie seufzte. Pamiu spürte, dass sie mit ihm spielte.

»Es tut mir Leid, Prinzessin, dass dich mein Anblick enttäuscht.« Er bemühte sich, Festigkeit in seine Worte zu legen.

Hetepheres winkte mit einer lasziven Geste eine ihrer Dienerinnen herbei. »Es scheint wohl, dass meine Mutter noch eine Weile im Tempel bleiben wird, um ihre Gebete für meinen Vater zu sprechen, der sich zu Tode getrunken hat. »Bring uns zwei Becher Wein, Meret, damit wir meines Vaters gebührend gedenken können. Pamiu ist bestimmt durstig nach der langen Reise.« Hetepheres wandte sich wieder ihm zu. »Was hast du dort unten getan – im Süden?«

Pamiu fühlte, wie Zorn in ihm hochstieg. »Was möchtest du, Prinzessin Hetepheres? Ich bin sicher, du weißt, was mir widerfahren ist. Ich kann mir nicht vorstellen, welches Interesse du an mir haben solltest.«

Sie zog ihre Augenbrauen in gespielter Überraschung hoch. »Wenn die Mundöffnungszeremonie an meinem

Vater vollzogen worden ist, werde ich Große Königliche Gemahlin an der Seite meines Bruders Djedefre sein.«

»Dazu beglückwünsche ich dich.«

»Aber eines möchte ich vorher noch wissen. Ist es wahr, dass du mein Vater bist?«

Pamiu fühlte sich wie vor den Kopf geschlagen. Er wandte sich ab, damit seine Augen ihn nicht verrieten. »Dein Vater war Osiris-Khufu, der Pharao. Warum stellst du mir eine derart unsinnige Frage?«

Ihre Stimme hatte nun einen scharfen Ton. »Weil ich die Wahrheit kenne. Osiris-Khufu war nicht mein Vater, so wie Meritates nicht meine richtige Mutter ist. Meritates hat es mir gesagt, meine Mutter trug den Namen Neferiabet, und ich war die Frucht einer verbotenen Leidenschaft zwischen ihr und dem Obersten Baumeister. Ich habe lange gesucht, um dich zu finden, ich habe viel Gold gebraucht, um die Wahrheit herauszufinden.«

Pamiu fühlte sich in die Enge getrieben. »Und was verlangst du nun? Ist es nicht besser, die Tochter eines Pharaos zu sein als die eines Bauern?«

Hetepheres sah ihn kalt an. »Das Sendschreiben, das du erhalten hast, kam nicht von Meritates. Ich habe es verfasst. Ich wollte wissen, wer mein Vater ist. Ich wollte den Mann kennen lernen, der damals gegangen ist, ohne mich auch nur einmal gesehen zu haben.«

Pamiu ließ sich auf den Stufen des Thronpodestes nieder und stützte den Kopf in seine Hände. Als er sich etwas gefasst hatte, blickte er seine zornige Tochter an. »Ja, es ist wahr, was du sagst. Alles, was du gesagt hast, entspricht der Wahrheit. Ich bin gegangen, ohne dich einmal angesehen zu haben. Ich dachte damals, dass es besser wäre. Meritates hat dich als ihre Tochter angenommen, und auch der Pharao erklärte sich dazu bereit.«

Sie lachte spöttisch. »O ja, das ist wahr. Meritates war mir eine gute Mutter, obwohl sie selber unter dem Jähzorn des Pharaos zu leiden hatte. Aber vom Pharao hatte ich nichts zu erwarten, ebenso wie Djedefre. Wenn es nach ihm gegangen wäre, hätte Chefren den Thron bestiegen und nicht Djedefre, doch Meritates beschloss es anders, sobald er bei seinen Ahnen weilte. Vielleicht verbindet uns deshalb so viel – Djedefre und mich.«

»Was erwartest du von mir, Hetepheres? Dass ich die Jahre ungeschehen mache?«

Sie schüttelte den Kopf, und mit einem Mal schien ihr Zorn verflogen. »Nein. Ich wollte einfach nur wissen, weshalb du meine Mutter damals zum Giftbecher hast greifen lassen.«

»Weil ich machthungrig und selbstsüchtig war. Genau das ist der Grund. Ich habe es oft bereut, sie nicht mehr um Verzeihung bitten zu können für das Unrecht, das ich begangen habe. Ich würde dich gerne um Verzeihung bitten. Aber selbst das wage ich nicht.«

Sie kam näher und setzte sich neben ihn. Wie sehr erinnerte sie ihn an Neferiabet, in ihren feinen Gewändern und den langen schwarzen Haaren. Selbst das Grün ihrer Augen glich dem seiner einstigen Geliebten. Er blickte sie an. »Du ähnelst ihr sehr. Als ich dich sah, dachte ich zuerst, die Vergangenheit hätte mich eingeholt und sie steht vor mir.«

»Hast du sie geliebt?« In Hetepheres' Augen lagen unzählige Fragen.

Er nickte. »Ja, das habe ich. Und erst heute weiß ich, dass es so ist.«

»Dann will ich dir verzeihen.« Sie stand auf und bemühte sich um ein zögerliches Lächeln. »Die Götter wissen, weshalb ich dir verzeihen will, aber es ist so. Ich möchte nicht

Osiris-Khufus Zorn in meinem Herzen tragen, wenn ich die hohen Federn der Königsgemahlin erhalte.«

Er stand auf und lächelte ebenfalls. »Ich weiß nun, weshalb ich nach Memphis gekommen bin. Und ich weiß nun, dass ich dir damals hätte in die Augen schauen sollen.«

»Du hast es jetzt getan.« Sie suchte nach Worten, um ihre Frage zu formulieren. »Wirst du hier bleiben? Ich meine, wirst du nun nach Memphis zurückkehren, nachdem es keinen Grund mehr dafür gibt, die Verbannung aufrechtzuerhalten?«

Aaschu stocherte in dem Essen herum, das ihre Mutter für sie beide zubereitet hatte. Es waren bereits zwei Mondumläufe vergangen, seit ihr Vater nach Memphis aufgebrochen war. Sie blickte ihre Mutter flehend an. »Warum willst du es nicht tun? Warum willst du die Götter nicht befragen, Mutter? Ich weiß, dass sie dir die Wahrheit sagen werden.«

Baket-Geb griff nach der Hand ihrer Tochter. »Weil wir das Schicksal nicht beeinflussen können, auch wenn wir es kennen.«

»Er wird in Memphis bleiben, nicht wahr? Er wird in Memphis bleiben und uns vergessen. Du selbst hast mir erzählt, wie er früher war. Und das, was wir seit frühester Jugend sind, das stirbt nicht. Ein Rest davon bleibt immer in unseren Herzen.«

»In unserer Gesamtheit sind wir so viel, Tochter. Wichtig ist letztendlich nur, was alles zusammen ergibt.«

Aaschu stand auf und warf den Löffel zu Boden. »Warum sprichst du immer in Rätseln, Mutter? Ich will, dass Vater zu uns zurückkehrt.« Dann rannte sie hinaus.

Baket-Geb seufzte und hob den Löffel auf, den Aaschu in ihrer Wut zu Boden geschleudert hatte. Insgeheim teilte sie die Sorge ihrer Tochter, und auch sie hatte mit sich gekämpft und schon einige Male zu ihrer Schale greifen wollen, um die Götter zu befragen, doch sich letztendlich immer anders entschieden, einerseits aus Respekt vor ihrer Gabe, andererseits aus Angst, dass sie eine Antwort erhalten würde, die sie nicht hören wollte. Sie war Pamiu damals gefolgt, weil er sie gebraucht hatte. Später hatte sie ihn dann geliebt, auch wenn sie oftmals Schwierigkeiten hatte, diese Gefühle in Worte zu fassen und sie Pamiu mitzuteilen. In den letzten zwei Monden hatte sie sich gefragt, ob das ein Fehler gewesen war. Draußen hörte sie das Aneinanderschlagen von Tongefäßen. Sie ging zur Tür, um noch einmal mit ihrer Tochter zu reden. »Aaschu, sei nicht so ungerecht mit den Göttern.«

Dann erblickte sie Pamiu, der auf der kleinen Holzbank saß. Seinen Reisebeutel hatte er neben sich gestellt und schaute in die Sonne. Baket-Geb setzte sich mit klopfendem Herzen neben ihn. »Nun, mein Gemahl, hat dein Ka den ersehnten Frieden finden können, den es so begehrte?«

Pamiu schaute sie an und lächelte. »Ich bin zu Hause, Baket-Geb. Ich bin endlich zu Hause.«

Er griff nach ihrer Hand und drückte sie. Baket-Geb wollte etwas sagen, doch als sie in Pamius Augen sah, wusste sie, dass das nicht nötig war.

Epilog

Das Alte Ägypten an sich ist schon ein ungelöstes Geheimnis, das nicht nur die Ägyptologen seit vielen Jahren in seinen Bann zieht.

Das Alte Reich war längst schon zum Mythos geworden, als die letzte Herrscherdynastie – die Ptolemäer –Ägyptens Thron innehatte. Deshalb ist es wohl in diesem Fall auch leichter zu sagen, welche Teile meines Buchs nicht auf Fiktion beruhen, anstatt es umgekehrt zu halten.

Cheops hat allein wegen seiner Pyramide, welche als letztes erhaltenes der Sieben Weltwunder gilt, einen großen Bekanntheitsgrad unter den Ägyptologen und Ägyptenliebhabern. Auch seine Familienverhältnisse sind vergleichsweise gut nachzuvollziehen, was man von den wenigsten der Könige des Alten Reiches sagen kann. Sein Vater war Snofru, seine Mutter trug den Namen Hetepheres I. Auch gab es ältere Brüder, die eigentlich den Vorrang in der Thronfolge gehabt hätten – zwei von ihnen, Nefermaat und Rahotep, finden auch in meinem Buch Erwähnung. Khufu soll erst mit etwa fünfundzwanzig Jahren den Thron bestiegen haben, er gehörte also einer jüngeren Generation von Königssöhnen an und konnte nicht selbstverständlich damit rechnen, seinem Vater Snofru auf den Thron zu folgen. Man geht davon aus, dass Cheops vier Gemahlinnen hatte, von denen zwei die Namen Meritates und Henutsen trugen. Die Namen der beiden anderen Gemahlinnen sind nicht bekannt. Da im Alten Reich aber der Brauch, Geschwisterehen einzugehen, wahrscheinlich noch mehr Beachtung fand als später, ist anzunehmen, dass gerade die Königinnen Schwestern oder Halbschwestern des Herrschers waren. Meritates war seine Hauptgemahlin, ihr gemeinsamer Sohn trug den Namen Kawab und verstarb, bevor er seinem Vater auf den Thron folgen konnte. Seine Nachfolge trat nicht unmittelbar, wie oft angenommen, der ebenfalls durch seine Bauvorhaben gut dokumentierte Chefren an, sondern ein Sohn namens Djedefre, der allerdings nur etwa acht Jahre regierte und dann auch verstarb. Töchter des Cheops sind ebenfalls dokumentiert, nämlich Chamernebti I., Hetepheres II. und Meresanch II. Von diesen Töchtern finden allerdings nur die ersten beiden Erwähnung in meinem Buch.

Was hat es nun mit Neferiabet, der im Buch erwähnten Schwester und Gemahlin Khufus, auf sich?

Von ihr ist eine Opferplatte erhalten, die in ihrer Verarbeitung sehr schön und aufwendig ist. Aus diesem Grunde wird sie der 4. Dynastie zugeschrieben. Neferiabet wird Königstochter genannt, und allein aus diesem Grund als Tochter oder Schwester des Khufu bezeichnet, wobei ich mich für letztere Möglichkeit entschieden habe. Diese Opferplatte wird im Louvre ausgestellt und ist dort zu bewundern.

Auch bei der Ausschmückung von Khufus Charakterzügen habe ich mich an eine alte überlieferte Quelle angelehnt, die allerdings mit einiger Skepsis zu betrachten ist. So bereiste der Grieche Herodot (* um 484, † um 431 v. Chr.) Ägypten und hinterließ der Nachwelt einen ausführlichen Bericht über Kultur und Geschichte des Landes. In diesem Bericht wurde Snofru als der »Gute Herrscher«, der die Menschen mit Bruder ansprach, und sein Sohn Khufu als ein Tyrann beschrieben, der die Menschen für seinen Monumentalbau (die Cheopspyramide) zur Zwangsarbeit verpflichtete. Da Khufu aber um 2553–2530 v. Chr. über Ägypten herrschte, ist wohl anzunehmen, dass selbst zu Herodots Zeiten das Alte Reich schon zum Mythos geworden war. Heute geht man eher davon aus, dass der größte Teil der Bevölkerung nicht von Khufu für den Bau der Pyramide in Anspruch genommen werden musste.

Auch eine Hungersnot soll es im Alten Reich gegeben haben, allerdings ist sie nicht in der Zeit von Khufus Herrschaft dokumentiert. Im Grab eines Adligen, der im Alten Reich lebte, wurden entsprechende Berichte gefunden.

Zu den gesellschaftspolitischen Umständen ist abschließend noch zu sagen, dass die Residenzhauptstadt des Alten Reiches Memphis war und dass die Regentschaft der Könige außenpolitisch gefestigt gewesen sein dürfte. Von König Snofru sind eine Volkszählung und kleinere Feldzüge, die hauptsächlich der Sklaven- und Güterbeschaffung dienten, nach Süden überliefert, während das Hauptmerkmal von Khufus Regierung den Bau der Cheopspyramide dargestellt haben dürfte.

Glossar

Ammit	Seelenverschlingerin beim Totengericht, mit Krokodilskopf dargestellt
Anubis	hunde- oder schakalgestaltiger Gott des Totenreiches, in seiner Funktion als Friedhofs- oder Totengott
Barke	Nilschiff mit Ruderern, funktional sowohl als Handelsschiff als auch bei den Reichen als Prunkschiff genutzt
Bastet	»Die Katzenköpfige«, Katzengöttin mit Hauptkultort in Bubastis, im Alten Reich auch in Memphis, da sie mit der dort beheimateten Göttin Sachmet gleichgesetzt wurde. In ihrer Katzengestalt wurde sie auch als »sanftere« Erscheinungsform der löwenköpfigen Göttin gehandelt.
Duat	die Unterwelt, die die Toten zu durchqueren hatten, um in den Schönen Westen zu gelangen
Falke im Nest	der Thronfolger, auch Horus im Nest, also der Sohn des Königs, der selbst als Horus verehrt wurde
Fellachen	Bauern
Geb	alter Erdgott, Gatte der Nut, auf dessen Rücken die Pflanzen wachsen
Gefilde des Westens	nach dem Glauben der Ägypter der Ort, an dem sie nach ihrem Tod weiterleben, mit allen Annehmlichkeiten des bisherigen Lebens

Hathor	Liebesgöttin, auch Göttin des Tanzes, oftmals als Kuh, »Himmelskuh«, oder mit Kuhgehörn dargestellt, Hauptkultort Dendera, aber auch oft im Ausland verehrt, so z. B. am Sinai
Horus	Falkengott, menschen- oder falkengestaltig oder schon in der Frühzeit zwei ausgebreitete Schwingen mit der Sonnenscheibe des Re in der Mitte. Der lebende König wurde oft als Horus bezeichnet.
Imhotep	legendärer Baumeister des Djoser, der in der Spätzeit zum Gott erklärt und dementsprechend verehrt wurde
Isis	oftmals als Göttin der Familie und Beschützerin der Mütter verehrt, da sie selbst als Mutter von Horus diese Rolle einnahm. Wird auch in Verbindung mit der jährlichen Nilflut gebracht. So sagt der Mythos, dass Isis um ihren toten Gemahl Osiris weinte und diese Tränen in den Nil flossen, woraufhin der Pegel zu steigen begann.
Ka	neben Ba und Ach ein Teil der Seele, jedoch eher die geistige Kraft, die dem Menschen innewohnt
Kartusche	ein Oval, in dem die Namen der Könige und Königinnen geschrieben wurden. Im Alten Reich wurde dieser Ring oft als Seil dargestellt, während er später vereinfacht als o. g. Oval die Namen umfasste.
Kemet	alte Bezeichnung für Ägypten
Krummstab und Geißel	die Insignien der Macht, sozusagen Zepter, die rituell vom König vor der Brust gekreuzt wurden und oft in dieser Darstellung auf Sarkophagen zu finden sind
Maat	einerseits Begriff der inneren Weltenordnung

(Wahrheit, Gerechtigkeit), andererseits auch Gottheit, mit einer Feder, »Feder der Maat«, auf dem Kopf dargestellt. Der Pharao selbst galt als Hüter der Maat, also musste er in seinem Amt dafür sorgen, dass die Ordnung gewährleistet blieb. Auch wurde beim Totengericht das Herz des Verstorbenen gegen die Feder der Maat gewogen. War das Herz leichter, so war der Tote reinen Herzens und hatte beim Gericht bestanden.

Nechbet — Geiergöttin, die u.a. als Beschützerin des Königs und seines Namens galt

Neith — alte Jagd- und Kriegsgöttin, die im Alten Reich auch große Verehrung im Memphitischen Raum fand (gr. Nitokris)

Nephtis — Göttin und Schwester der Isis, als Beschützerin und Klagefrau für die Toten bekannt, da sie mit ihrer Schwester Isis um deren toten Gatten Osiris trauerte

Nut — nach der Schöpfergeschichte Himmelsgöttin, die Re jeden Morgen gebiert und abends im Westen wieder verschlingt, sie bildete das Himmelsgewölbe über dem Erdgott Geb.

Osiris — Gatte der Isis, wurde von seinem bösen Bruder Seth ermordet und in Stücke gehackt, woraufhin Isis seinen Leichnam wieder zusammensetzte und ihm neues Leben gab. Seither wurde er als Gott des Totenreiches verehrt.

Pektorale — Brustschmuck, mit einem Gegengewicht für den Rücken

Pharao — dieser Name für den König leitet sich aus dem Wort Per ao (großes Haus) ab und bezeichnete ursprünglich vielleicht den Palast. Erst später

	wurde dieser Begriff auf den König selbst übertragen
Re	Sonnengott, als runde Scheibe dargestellt
Sachmet	löwengestaltige Göttin, die als gefährliche, Chaos bringende Kraft angesehen wurde. Sie schickte Krankheit und Pestilenz, ihr Hauptkultort im Alten Reich lag in Memphis.
Senet	ein altägyptisches Gesellschaftsspiel
Seth	hundegestaltig, aber nicht genau bestimmbar, um welches Tier es sich handelt, wahrscheinlich ein Wüstentier, weshalb der Gott mit der Wüste in Verbindung gebracht wird. Als Mörder von Osiris wird auch ihm eine böse oder zumindest unbeherrschte Kraft zugeschrieben.
Sobek	Krokodilgott, einerseits gefährlich, andererseits für die Fruchtbarkeit des Nils stehend
Thot	ibis- oder paviangestaltig, galt als Gott des Wissens, Berechnens und Schreibens
Uräusschlange	die vom König getragene Stirnschlange, die seine Feinde vergiften und den König damit schützen sollte
Wesech	breiter Halskragen, der aus verschiedenen Materialien hergestellt sein konnte
Wesir	höchster Beamter im Staat unter dem König
Zeremonienbart	Dieser von vielen Darstellungen bekannte Kinnbart wurde mit Bändern befestigt und vom König zu bestimmten Anlässen getragen.

Danksagung

Ich möchte meinen Dank an alle diejenigen aussprechen, die es mir ermöglichten, das in meinem Geist entstandene zu Papier zu bringen, und mich auf dem Weg dorthin unterstützten. Meiner Lektorin Christine Steffen-Reimann für den Glauben an mich und meine Bücher, meiner Agentin Franka Schmid für die sorgfältige Beratung und Unterstützung, Annette Klein, weil sie zu den ersten begeisterten Lesern gehörte, und allen denjenigen bei der Verlagsgruppe Droemer-Knaur, mit denen ich in den letzten Jahren gut zusammengearbeitet habe.

Weiterer Dank gilt meinen Eltern für die geistige Unterstützung, meinen Freunden, die mich durchs Leben begleiten – allen voran Elke Farahat für viele lange geistreiche Gespräche und ihre tatkräftige Unterstützung durch ihren orientalischen Kunsthandel Kleopatra, und nicht zuletzt meinen Lesern, ohne die ich meinen Weg als Autorin nicht hätte gehen können.